# De zonnewijzer

Maarten 't Hart

# De zonnewijzer

*Roman*

Uitgeverij De Arbeiderspers
Amsterdam · Antwerpen

Eerste druk (geb.) augustus 2002
Tweede druk (ing.) augustus 2002
Negende druk juni 2004



Omslagontwerp: Nico Richter
Omslagfoto: Hal Horwitz/Corbis/TCS

ISBN 90 295 2269 0 / NUR 301
www.boekboek.nl

# I

Roos was dood en ik wist niet wat ik aan moest trekken. Was het maar winter, dacht ik, dan trok ik mijn lange, zwarte jas aan. Wie ging er nou dood in de zomer? Akkoord, het was een Hollandse nepzomer, met kille, klamme dagen. Al vanaf begin juni heerste de West-Europese moesson. Niettemin, een winterjas, dat ging niet. Wat dan?

Hoe eigenaardig om, terwijl je beste vriendin was doodgegaan, verbeten, bijna woedend, het ene kledingstuk na het andere uit je hangkast te grissen en op je bed te kwakken. Toen drie kwart van mijn fletse, armzalige garderobe op mijn twijfelaar uitgestald lag, liet ik me moedeloos op een stoel vallen. 'Waarom in godsnaam?' snauwde ik tegen de deurposten. Ik wist dat ik snel moest opstaan. Als ik bleef zitten, zou ik langzaam verstenen. Op het moment dat mijn blik in het rouwcentrum vluchtig over het glazen deksel van haar kist heen was gegleden, en ik haar doodstille, blauwbleke gezicht zag, had een asgrauwe moedeloosheid mij overrompeld. Zolang je in beweging bleef, kon je die op afstand houden; ging je liggen of zitten, dan zakte je weg in mijnschachten waar zelfs de dichter van psalm 130 geen weet van had gehad. 'Uit diepten van ellenden roep ik met mond en hart.' Die had nog kunnen roepen!

'De dood, de dood, het doodgaan en de doden,' mompelde ik, een dichtregel van Du Perron, en ik stond weer op. Vastberaden greep ik het zwarte jasje van mijn Vertigo-pakje. Het was mijn eerste keus geweest. Omdat ik het van Roos had gekregen, leek het a priori onbruikbaar. Naar een crematie in kleren van de overledene?

Onbetwistbaar verreweg het mooiste pakje dat ik bezat. Bovendien diepzwart, dus bij uitstek geschikt voor zo'n plechtigheid. Maar de zoom van de rok reikte net tot mijn knieschijf, en het jasje was getailleerd. Nogal uitdagend, kon dat bij een crematie? Goed, dat moest ik compenseren door mijn haar op te steken. Daarmee kon ik dan tevens camoufleren dat het lang en piekerig was. Binnenkort moest ik onverwijld naar de kapper. Toen ik het Vertigo-pakje had aangetrokken en zag dat ik er iets te zwaar voor was geworden, mompelde ik: 'Als ik het aantrek, moeten er beslist donkere kousen bij.' Had ik nog een donkere panty zonder ladders? In de onderste lade van mijn hangkast vond ik twee paar, vijftien dernier, met in ieder been een haal. Van beide panty's knipte ik rücksichtslos het aangetaste been af. Aldus had ik twee gemutileerde panty's die ieder één gaaf been opleverden. Of ze volmaakt gelijk oogden en glansden – ik wist het niet zeker, maar wat moest ik anders? Tijd om er nog op uit te gaan had ik niet. Bovendien: op maandagmorgen waren de winkels dicht. Voordat ik beide panty's aantrok deed ik eerst handschoentjes aan. Zonder glacés kousen aantrekken, zo weer een ladder.

Toen zat ik met het probleem van de tas. Ik had een goedkoop zwart laktasje. Kon dat bij zo'n duur pakje? Het moest maar.

Ook over mijn schoenen ging ik langdurig met mezelf in conclaaf, maar uiteindelijk stond ik op zwarte pumps in de kille zomerregen bij de bushalte. Omdat ik daar stond te staan, kwam die verschroeiende mismoedigheid onverbiddelijk opzetten, zodat ik, toen een zwenkbus eindelijk slippend remde, amper in staat was in te stappen. Bij het station moest ik overstappen. Daar stond de bus naar de begraafplaats gelukkig al startklaar.

Toen we Rhijnhof naderden, brak de lucht. Dartele wolkjes duwden het grijze moessondek naar Duitsland. Op het moment dat ik bij Boeketterie Datura uitstapte kwam zelfs de zon door; ik liep voor gek met mijn zwarte paraplu.

In de wandelgangen van het crematorium werden we staande gehouden. De vorige crematie bleek uitgelopen. Ik stelde vast dat het Vertigo-pakje er spannend uitzag. Of reageren mannen sowieso hitsiger op een kerkhof of in een crematorium? Hoe het ook zij, bekijks had ik.

Toen ik op mijn pumps oprukte naar de grote klapdeuren van de aula, werd ik aangeklampt door een bejaarde stropdasdrager.

'Kende u Roos goed?'

'Het was mijn beste vriendin,' zei ik pinnig.

'Niet te geloven,' zei de man, 'zomaar opeens dood... en nog zo jong.'

'Volgende week,' zei ik, 'zou ze drieënveertig zijn geworden. Ze was een Leeuwin. In die stomme astrologieboekjes staat altijd dat Leeuwen zo'n mooi postuur hebben, kaarsrecht lopen, kordaat handelen. Bij haar klopte dat alsof ze ervoor geschapen was om het gelijk van die achterlijke sterrenwichelaars te bewijzen...'

Geschrokken hield ik op. Vanwaar zo'n flux de paroles tegen iemand die ik nog nooit had gezien? En dan nog op zo'n bitse toon.

'Wat u zegt,' zei de oude man even vriendelijk als onverstoorbaar, 'ze zag er altijd geweldig uit. En prachtig kaarsrecht, net wat u zegt, kaarsrecht...'

Er volgde nog meer, maar ik hoorde het niet, ik dacht: zou Thomas er zijn? Tussen de mensen die voor mij queuden ontwaarde ik hem niet. Toen ik mij omwendde, keek ik in het gezicht van een van zijn voormalige collega's. Ofschoon jonger dan Thomas was deze jaren geleden, op grond van opzienbarend onderzoek naar bloeddrukverlagende middelen, tot opvolger van de hoogleraar farmacologie benoemd. Thomas uiteraard verbitterd. Had destijds eerst zijn woede op mij uitgeleefd en toen elders gesolliciteerd. Was nu zelfs het land uit. Niet aan terugdenken, hield ik mezelf voor, alles beter dan zo'n verpest, kinderloos huwelijk.

'Hallo,' zei de hypertensiehoogleraar, 'weet jij of Thomas ook komt?'

'Dat vroeg ik me net af,' zei ik, 'maar misschien weet hij niet dat Roos gestorven is.'

'Heb jij hem dan niet gebeld?'

'Nee,' zei ik kortaf.

Ik schrok zelf van mijn snibbige toon. Hij wendde zich tot zijn echtgenote, die er op haar paasbest uitzag in een eigeel pakje, en zei verongelijkt: 'Om één uur zou het beginnen, en nu is het al tien over één.'

'Maakt voor Roos geen bal meer uit,' zei Marjolein spottend, 'en je toespraak staat op papier, dus wat kan 't je schelen of 't een paar minuten later begint.'

'Stipt op tijd, daar houd ik van.'

'Net als de dood,' zei Marjolein.

'Waarom lig je toch altijd dwars?'

'Wie ligt er hier dwars? Roos niet, die ligt recht in haar kist, wie zeurt er hier over tien miezerige minuten...'

Hij wilde iets terugzeggen, maar de klapdeuren zwaaiden open. We mochten zowaar naar binnen. Voorin stond haar kist. Ik ging op de tweede rij zitten. Uit de luidsprekers klonk het langzame deel uit het eerste Haydn-kwartet van Mozart. Is niet al te hartverscheurend, dacht ik, heel passend, heb ik goed uitgezocht.

Toen iedereen een plaatsje had bemachtigd, schreed zo'n doodbidder naar een lessenaartje. Hij zei: 'Het woord is aan professor Wehnagel,' en stapte weer achter het lessenaartje vandaan. Eduard, indertijd zo'n baas met een buik, maar nu met emeritaat en oud en verschrompeld, wankelde naar het lessenaartje, nam een slokje water en zei: 'We zijn hier bijeengekomen om afscheid te nemen van ons aller Roos Berczy. Zoals de meesten van u waarschijnlijk weten, was Roos van Hongaarse afkomst. In november 1956 zijn haar vader en moeder uit Hongarije gevlucht. Het jaar daarop is ze geboren. Ze was enig kind. Tijdens de Hongaarse opstand zijn al haar familieleden vermoord. Haar ouders zijn kort na elkaar in de jaren tachtig overleden. Veel te jong nog is ze nu zelf gestorven. In de bloei van haar dagen moest zij, zoals het oude boek zegt, heengaan door de poorten van het dodenrijk en derven de rest van haar jaren.'

Hij pauzeerde, nam weer een slokje water.

'Ik herinner mij als de dag van gisteren dat ze bij ons solliciteerde als analiste. Ze had twee concurrenten, maar ze sprong er meteen uit. Ze was zo'n gaaf, knap meisje, ik weet nog dat ik dacht: ga alsjeblieft niet op het uiterlijk af. En ik dacht ook: een meisje met zulke lange nagels kan nooit nauwkeurig werken. Dwars tegen m'n intuïtie in, besloot ik dus een van die twee andere meisjes te kiezen. Nette, grijzemuismeisjes, die andere twee sollicitanten. Toen ik ze alle drie had gesproken, en bij God niet wist wie ik moest nemen, liet ik ze alle drie terugkomen voor een tweede gesprek. Aan het eerste grijzemuismeisje vroeg ik: "Kunt u een dubbeltje op z'n kant zetten?" Dat meisje pakte een dubbeltje uit een beursje, en probeerde wanhopig of ze dat rechtop kon zetten. Als u dat ooit geprobeerd hebt, weet u dat dat niet gaat. Ook het tweede meisje probeerde of ze dat dubbeltje rechtop kon zetten, maar Roos keek me aan, keek me aan... ik zie nog voor me hoe ook zij een dubbeltje opdiepte uit een rode portemonnee... ik weet nog goed dat ik toen teleurgesteld dacht: zou ze ook proberen om... maar ze pakte een luciferdoosje uit haar tas, klemde het dubbeltje handig vast tussen omhulsel en doosje en zette toen het doosje rechtop neer. "Alstublieft," zei ze, "een dubbeltje op z'n kant." Dus toen was er geen ontkomen meer aan, toen moest ik haar nemen.

Een betere keus had ik niet kunnen maken. Decennia heb ik met haar samengewerkt. Zo mijn onderzoek opzien gebaard heeft, dan vooral dankzij Roos. Dankzij haar nauwkeurigheid, speurzin, scherpzinnigheid hebben wij op farmacologie fantastisch onderzoek kunnen doen. Wat zal ze gemist worden!'

Hij stapte achter het lessenaartje vandaan, liep naar de kist, streek met zijn rechterhand over het hout, zei ontroerd: 'Vaarwel Roos,' en ging toen zitten.

Weer schreed die doodbidder door de aula. In de bloei van haar dagen moest ze heengaan en derven de rest van haar jaren, dacht ik, waar staat dat? Dat ik niet bijbelvast genoeg ben om dat meteen te weten!

'Dan geef ik nu het woord aan professor Mentink.'

Bas Mentink kreeg een duwtje in de rug van zijn eigele echtgenote en liep op een sukkeldrafje naar het lessenaartje. Onderweg diepte hij zijn toespraak op uit de binnenzak van zijn pak dat dezelfde donkergrijze kleur had als de nieuwe vuilnisvaten. Eer hij alle blaadjes had uitgevouwen, sneed zijn hoge, heldere stem door de aula.

'Roos ken ik al ruim twintig jaar. Zo'n beetje tegelijk zijn we begonnen op het laboratorium, ik als student medicijnen die op farmacologie een bijvak kwam doen. Dat ik daar voorgoed zou blijven, wist ik niet. Voor mijn onderzoek heb ik niet dadelijk een beroep op haar kunnen doen. Ze werkte fulltime voor mijn leermeester, die zonet het woord voerde, maar we zagen elkaar elke dag. Zodra ze tijd kreeg om ook voor mij te werken, wat heb ik toen haar toewijding, haar ijver, haar nauwgezetheid leren waarderen! Het is bijna niet te bevatten dat ze er niet meer is. Op de morgen van de fatale dag was ze toen ik op het laboratorium kwam al ijverig bezig.

"'t Belooft vandaag eindelijk een mooie zomerdag te worden," zei ze.

"Ja," zei ik, "wat mij betreft mag je vanmiddag vrij om naar het strand te gaan."

"Dolgraag," zei ze.

Wie had ooit kunnen denken of zelfs maar vermoeden dat ze die middag op het Katwijkse strand een zo ernstige zonnesteek zou oplopen dat ze daarvan in coma raakte. Was dat tijdig gemerkt, misschien zou ze nog te redden zijn geweest. Nu lag ze daar maar, al die tijd met dat verzengende zonlicht op hoofd en rug. Zelfs toen uiteindelijk een badgast ontdekte dat ze in coma lag... zelfs toen, zeg ik, had toch niemand kunnen denken dat ze nog diezelfde avond... dat ze 's avonds laat in het Diaconessenhuis zou overlijden.'

De hoge stem stierf weg in het zaaltje waar de zon die haar had omgebracht uitbundig door de hoge raampjes binnenviel. Mentink nam een slokje water, vermande zich, en herhaalde: '... dat ze in het Diaconessenhuis zou overlijden.'

Met zijn rechterhand wiste hij de druppels van zijn lippen.

'Roos, wat moeten we zonder jou? Niemand kan jou ooit vervangen. Jij was het zonnetje op de afdeling. Je was een fantastische vrouw. Onbegrijpelijk dat je nooit getrouwd bent. Aanbidders genoeg, maar blijkbaar taalde je niet naar een echtgenoot, naar kinderen, naar de geborgenheid van een gezin. Je was nu eenmaal getrouwd met je werk. Je was wonderlijk alleen, je had geen familie. Wel veel vrienden en vriendinnen – een aula vol zoals we nu kunnen zien. We zullen je allemaal vreselijk missen.'

Ook hij liep naar de kist, streek eroverheen, mompelde iets onverstaanbaars en keerde terug naar zijn plaats.

We zaten daar, in dat zonnige, warme zaaltje. Niemand zei iets, en ik dacht: nu zou er misschien nog muziek moeten klinken, maar ik heb niet meer dan twee stukken opgegeven, Mozart voor de aanvang, Beethoven voor het einde. De doodbidder liep naar voren en vroeg of nog iemand het woord wilde voeren. Hij wierp een nijdige blik mijn kant uit, het leek of hij wilde zeggen: u ook niet? Met u heb ik de gang van zaken tijdens deze plechtigheid doorgesproken, u zou toch ook iets moeten zeggen?

Als ik daar ga staan, dacht ik, kan ik misschien net twee woorden uitbrengen voor ik in snikken uitbarst.

Buiten klonk de heldere kakellach van een groene specht, klonk het gekoer van Turkse tortels, klonk de zeurzang van de groenling. Het was nu eenmaal hoogzomer, en we zaten daar nog een tijdje in dat sprankelende zonlicht dat haar een paar dagen eerder om het leven had gebracht. In die wonderlijke stilte – hoogstens twee, drie minuten – dacht ik: al die vijf miljard mensen die nu op aarde rondlopen, moeten één voor één begraven of gecremeerd worden, en het leek of daar, bij zo'n overweldigend aanbod aan potentiële doden, tijd noch gelegenheid voor zou zijn. Duizend doden stierf ik vanwege de logistieke problemen van al die miljarden uitvaarten. Al die toespraken, toch minstens drie à vier per begrafenis – want twee toespraakjes, dat bleek nu, was bepaald kaal –, minstens vijftien miljard toespraken, waar moesten die in hemelsnaam vandaan komen?

Pianissimo klonk het langzame deel uit het laatste strijkkwartet van Beethoven uit de luidsprekers van de aula. Ook dat kon ermee door als uitvaartmuziek, greep je niet bij de keel, smeet je niet in diepten van waaruit roepen onmogelijk was.

Vanuit de aula werden we naar een koffiekamer met hoge raampjes en potpalmen gedirigeerd. Omdat Roos geen familieleden meer had, kon er in feite niemand gecondoleerd worden. Maar ja, je kunt na een crematie niet naar huis zonder te condoleren, dus gingen Bas en ik naast elkaar tussen twee potpalmen staan. Bas zei: 'Mijn voorganger moet er ook bij komen staan,' maar die bleek al weg te zijn. 'Het verbaast me niks,' zei Bas, 'het heeft hem zwaar aangepakt, hij was verschrikkelijk aangedaan, hier nog weer handen schudden en napraten, hij kon het blijkbaar niet opbrengen. En z'n vrouw is ziek, misschien wou hij ook daarom gauw terug naar huis.'

Aldus stonden wij tweeën naast elkaar. Alle aanwezigen bleken oprecht verheugd dat ze konden condoleren en maakten daar gretig gebruik van. Het verbaast mij altijd dat mensen na een begrafenis of crematie opgelucht zijn. In zo'n condoleerzaaltje wordt het na verloop van tijd, bij cake en koffie, vaak een reuze vrolijke boel.

'Weet jij waar in de bijbel staat: "In de bloei van haar dagen moest ze heengaan, ze derft de rest van haar jaren,"' vroeg ik aan Bas.

'Weet je zeker dat dat uit de bijbel komt? Hij had het over een oud boek.'

'Welk ander oud boek zou hij bedoeld kunnen hebben?'

'Weet ik veel, maar de bijbel... ja, 't zal wel, nou ja, wat doet het ertoe waar het staat, het was anders wel passend... in de bloei van haar jeugd moest ze heengaan, ze derft de rest van haar jaren.'

Ik wou zeggen: niet jeugd, maar dagen. Hij werd echter volledig in beslag genomen door de condolerenden.

Toen we alle aanwezige rechterhanden geschud hadden, zei Bas: 'Me dunkt, de klus is geklaard, we kunnen ons nu onder het volk mengen.'

'Daar komt nog iemand,' zei ik, maar hij hoorde mij niet, liep haastig weg.

Een broos, roodharig, albasten meisje stapte op mij af. Ze schudde mij de hand, mompelde iets onverstaanbaars waarin ik het woord 'deelneming' meende te herkennen, en repte zich terstond weer naar de uitgang van de koffiekamer. Ik liep naar Bas. Ik wilde hem vragen: kende jij dat meisje? Hij onderhield zich met zijn echtgenote. Zo te horen was er alweer sprake van twist en tweedracht. De vrouw van Bas wendde zich kwaad af, zag mij, wierp een misprijzende blik op mijn kousen en vervolgens op mijn armzalige laktasje, deed een stap mijn richting uit en zei toen: 'Wat een bloedmooi pakje heb je aan.'

'Dank je wel.'

'Jammer alleen,' zei ze, 'dat ze het niet in jouw maat hadden.'

# 2

Aan het gekwinkeleer van de hedendaagse telefoons kan ik niet wennen. Geef mij de ouderwetse rinkelbel maar. Dit gesmoorde gemekker, als van een gecastreerde bok onder uit een keldergewelf – wie heeft dat ooit bedacht?

Toen een paar dagen na de crematie 's morgens om halfnegen de telefoon zo eng begon te sjirpen, schrok ik me dan ook halfdood.

'Met Leonie Kuyper.'

'Met het kantoor van notaris Graafland, ik verbind u door met de notaris zelf,' zei een soubrette.

Zacht geklik, toen een joviale stem: 'Heb ik het g... heb ik de eer... spreek ik met mevrouw Kuyper?'

'Daar spreekt u mee.'

'Mooi. Druk g... druk bezet vanmorgen?'

'Nee,' zei ik verbaasd, 'ik wou vandaag naar de kapper, maar dat kan wachten.'

'Zou u dan hierheen kunnen komen? Liefst alles maar meteen afg... doorg... afhandelen. Kunnen wis en zeker ook nette afspraak maken voor over een paar dagen, maar als u nu toevallig niks omhanden hebt, heb ik ook niks omhanden en kunnen we een en ander meteen... U bent de enig... alleen u bent de erfg... u erft alles, kortom. Wou ik gr... wou ik met u doorpraten.'

'Ben ik de enige erfgenaam?' vroeg ik verbaasd.

'Ja, u bent... ja, mevrouw Berczy heeft nog niet zo lang g... g... terug haar testament laten maken en u daarin aangewezen als enige erfg...'

'Erfgenaam,' vulde ik aan.

'Precies,' zei de notaris verheugd, 'zou mooi zijn als u en ik details van een en ander kunnen bespreken. Zou u nu hierheen kunnen komen?'

'Op stel en sprong? Is dat echt nodig?'

'Nodig... wat is nodig... het hele leven is onnodig. Maar komt u g... snel... formaliteiten afhandelen... overleg... vraag is: wilt u erfenis aanvaarden, zit nogal wat aan vast. Denkt u daarover na in de auto onderweg hiernaartoe.'

'Ik heb geen auto.'

'G... g... maakt niet uit. Fiets ook g... fiets akkoord, of taxi. Of benenwagen. Voor mijn part te paard. Of op ezeltje. Als u nu maar even komt, mijn kantoor is op de G... Galig... Galigaangr... gracht veertig in Gr... Groenho...'

Kun je het maken om een woord waarin een stotteraar blijft steken, aan te vullen? Mij lijkt van niet, toch zei ik: 'Groenhoven,' zelf ook haast struikelend over de g.

Op de fiets erheen dacht ik amper over die erfenis, dacht ik vooral: kun je de g niet zeggen, heet je Graafland en woon je op de Galigaangracht in Groenhoven.

Op grond van zijn joviale stem had ik mij al een voorstelling gemaakt van Graafland. Zoals je je daarin kunt vergissen. De stem bleek niet te horen bij de lange, ietwat gebogen vijftiger die schimmig voor mij aan de andere kant van de lijn was verrezen maar bij een gedrongen, stevig gebouwde, erg jongensachtig uitziende man met vrolijk glinsterende ogen boven een bespottelijke knevel. Hij droeg een camelkleurig colbert met een prikkeldraadmotief en een grote, helgroene stropdas.

'Zo... zo... u bent dus mevrouw Kuyper... g... g... neemt u een stoel. Steek ik meteen van wal. Mevrouw Berczy wou alles nalaten aan haar poezen. In Amerika kan dat, hier niet. Toen hebben we de mogelijkheid doorgesproken om een stichting op te richten. Het bestuur daarvan zou dan iemand aanstellen om voor de poezen te zorgen, maar ja... reuze g... reuze ingewikkeld allemaal. Uiteindelijk toch uitgekomen bij simpeler oplossing. Alles nalaten aan betrouwbaar, degelijk, solide iemand die op zich neemt de poezen te vertroetelen. Toen viel uw naam. U bent dus de enige erfg... enfin, u begr... snapt me wel, onderweg nog nagedacht of u die erfenis zult aanvaarden?'

'U had 't erover dat er nogal wat aan vastzit.'

'Niet weinig. Ziet u, mevrouw Berczy... ach, u zult dat toch allemaal al weten, wel gr... uitputtend met haar hebben doorgesproken. Sinds zij is overleden, zorgt u al, neem ik aan, voor haar drie poezen...?'

'Elke dag fiets ik naar haar flat.'

'Precies, dacht ik al, g... prachtig, maar hebt u ook met haar besproken dat u daar vanwege die poezen zult intrekken?'

'In haar flat wonen? Ooit heeft ze zo'n beetje terloops tegen me gezegd: "Zou jij je, als mij iets overkomt, over m'n poezen willen ontfermen," en toen heb ik ja gezegd, dat spreekt vanzelf, maar wist ik... ik bedoel... je verwacht niet... ze was voor in de veertig.'

'Moet ik daaruit opmaken dat u terugkrabbelt?'

'Ik krabbel niet terug, maar ik had niet verwacht...'

'Dus u hebt een en ander toch niet uitputtend doorg... met elkaar besproken. Die poezen, daar was ze dol op, enfin, dat zult u beter weten dan ik. Ze wilde gr... niets liever dan dat die poezen na haar dood in hun vertrouwde omgeving zouden blijven... daar is haar testament op toegesneden. Alles heeft ze u nagelaten, mits u daar g... mits u zich daar vooreerst vestigt, mits u zogezegd in haar voetstappen treedt, haar rol overneemt, haar playbackt, haar poezen daar vertroetelt zoals zij dat deed. Voor die poezen moet het lijken alsof alles hetzelfde is gebleven, alsof hun bazinnetje nog leeft. U zou... u kunt... met een vleugje van haar parfum, en ge... in haar kleren... ik doe maar een suggestie... Ach, weet u, voor poezen zorgen, da's echt zo erg niet. Als het nou fretten of pythons waren... en daarbij komt, ze woonde vorstelijk.'

'Ja, ze woonde mooi, maar erf ik dat appartement dan ook?'

'Wis en zeker, en vrij van hypotheek. Die had ze al afbetaald. Een bofkont bent u. Maar ja, de torenhoge successierechten... Ze had daarom een pittige levensverzekering afgesloten. Of dat g... voldoende is, huizenprijzen zo buitensporig g... veel hoger laatste jaren. Dus weet ik nog niet. Moet allemaal nog uitg... besnaveld worden.'

Met zijn knokkels roffelde hij een pittig marsje op zijn bureau, hij rommelde in een map met allerlei stukken, keek me aan en vroeg: 'U woont nu in een zijstraat van de Burg... g... gravenlaan? Naar om daar weg te gaan?'

'O, nee, helemaal niet. Ik woon in een akelige huurflat. Na m'n scheiding ben ik daar terechtgekomen omdat ik, toen m'n man ervandoor ging, op m'n eentje niet in staat was de hypotheek van ons huis...'

'Kijk eens aan, dus verhuizen, g... niet problematisch.'

'In principe niet.'

'Mooi zo, u zou er dus alvast in kunnen trekken en daar bijvoorbeeld eerst maar eens huren.'

'Huren? Van wie dan? Ze had dat appartement toch gekocht?'

'U huurt van de erven.'

'Van de erven?'

'Ja, van de erven Berczy, dus sensu stricto van uzelf. Maar ja, eer dat alles rondg... erfrechtelijk bezien min of meer aan kant is, zijn we wel een jaartje of wat verder. Hebt u al een jaartje g... huur betaald. Huurhuis altijd zestig procent minder waard dan koophuis. Dus dan ook minder successierechten. Tenminste, als de fiscus daar intrapt. En anders... verkoopt u wat van haar aandelen... neemt u desnoods hypotheekje... ook niet erg.'

'Hypotheekje? Dit overvalt me nogal... ik begrijp... ik snap... ik ga ook hakkelen, o God, waarom zeg ik zoiets stoms, neemt u me niet kwalijk.'

'O, helemaal niet, ik stotter al vanaf de windselen... kan niet? Beetje later dan, al vanaf de box. Functioneer desondanks g... redelijk. Bloeiende praktijk... aktes soms probleem, maar kun je zo schrijven dat er g... g... geen g inzit. Hé, hoort u dat, plotsklaps ging het, opeens komen ze eruit. Gek is dat. Al die g's. Als 't beetje meezit tot de lunch nu geen probleem meer. Komt door u, komt omdat u zo frank en vrij op m'n gestotter... ja... ja... hij doet het... grote goede gozers geven grijze gorilla's gratis gortenpap...'

Verbouwereerd staarde ik naar het kleine, gespierde kereltje. Met zijn glinsterende ogen keek hij me glunderend aan. Hij vatte zonder te stotteren samen wat hij al eerder had gezegd. 'U bent dus de enige erfgenaam. U kunt een en ander met gerust hart aanvaarden. Schulden zijn er niet. Ze laat veel na. Helaas, u bent geen familie, dus de successierechten zijn niet mals, maar ook daar is in voorzien. Ze had een levensverzekering die er wezen mocht. Ze had ook een begrafenispolis, dus de crematie is gedekt. 't Enige is:

u zult daar moeten intrekken en de zorg voor de poezen op u moeten nemen.'

'Ik begrijp niet goed... ik... waarom had ze al een testament gemaakt? Waarom had ze alles zo tot in de puntjes geregeld? Rekende ze erop... dacht ze dat ze niet lang meer te leven had? Ik vertrouw het niet. Als je bijna drieënveertig bent ga je er toch niet van uit dat je snel dood zult gaan, ga je toch nog niet naar de notaris...'

'Fout die veel mensen maken, denken: 't komt wel, ben nu nog jong, ik heb het hele leven nog voor me... o, o, wat dom. Je kunt zomaar schielijk het hoekje omgaan, is niks voor nodig, het kan tussen ontbijt en middagboterham afgelopen zijn. Testament... je kunt er niet vroeg genoeg bij zijn.'

'Ik vind het vreemd, heel erg vreemd.'

'Ik niet. Ze was een gisse dame. Toen ze haar appartement kocht, was ik bij de overdracht betrokken, heb ik haar gezegd: "Mevrouw, denk aan uw laatste wilsbeschikking," en dat zeg ik u nu ook. Ik sta tot uw dienst... is niet duur. En pittig bij de tijd. Heus, je kunt er niet vroeg genoeg bij zijn.'

'Met de windselen nog om zeker?'

Graafland barstte eerst in lachen uit en zei toen verschrikt: 'Ik heb u nog niks aangeboden.'

'Geeft niet,' zei ik.

'Een kop koffie?'

'Graag.'

Hij schakelde de intercom in en riep: 'Margreet, zou je twee koppen koffie willen brengen?'

Nerveus trommelde hij met zijn vingers op zijn bureau, hij zei: 'Komt nogal wat bij kijken, zo'n nalatenschap. Belastingdienst, aanslagen... hebt u een accountant?'

'Nee,' zei ik, 'waarom zou ik?'

'U zou haar accountant kunnen nemen. Is goed in haar zaken ingevoerd en heeft een hotline met mijn kantoor, dus wij kunnen u er samen vastberaden doorheen slepen als u wilt... u kunt ook andere notaris zoeken en andere accountant.'

Een tikje op de deur, hij zwaaide open en er verscheen een arm die een bladaje op een tafeltje schoof.

'Ja, de koffie,' zei Graafland, en hij schoot overeind.
'Suiker? Melk?'
'Een paar druppels melk,' zei ik.
Hij overhandigde mij een zakje creamer. Jolig zei hij: 'Pas op. Is opmerkelijk brandbaar.'
'Brandbaar?' vroeg ik verbaasd.
'Nooit gezien?'
Hij opende een tweede zakje creamer, schudde de inhoud ervan in de palm van zijn linkerhand, greep met zijn rechterhand een aansteker die hij indrukte, wierp de creamer in de lucht en hield daar het vlammetje bij. Een *split second* verscheen er een reusachtige steekvlam die dadelijk doofde.
'Altijd weer geweldig,' glunderde hij.
Vol verbazing keek ik naar het kereltje. Was dit nu een notaris, deze stotterende pyromaan? Opgetogen keek hij me aan. Hij zei: 'Mocht u nu denken: maar liever geen creamer in de koffie, dan heb ik ook nog zo'n tinnetje halvamel achter de hand.'
'Graag, eerlijk gezegd.'
'Wonderlijk! Laat je creamer vlammen, willen de mensen het niet meer in hun koffie. Begrijpelijk. Maar niet te bevatten is dat zoveel mensen, vaak zelfs nog zonder laatste wilsbeschikking, zorgeloos van alles naar binnen werken waarvan ze niet weten wat erin zit, niet weten hoe brandbaar het is, niet weten hoe g... g... o nee, niet weer, nee, nee, grote griezels graven graven... há, valt mee...'
Hij ging weer zitten en roerde in zijn koffie.
'Hebt u kinderen?'
'Nee,' zei ik kortaf.
'Ik wel. Drie stuks. Leuke pukken!'
Hij nam achter elkaar een paar slokken.
'D'r zijn een paar legaten, dus u krijgt niet alles. Groot legaat aan Dierenbescherming, groot legaat aan stichting tegen bont, Bont voor dieren.'
'Stichting Bont voor dieren,' zei ik stomverbaasd, 'ze had zelf twee bontjassen, een lichtbruin jasje van bisambont en een nerts...'
'Ja, die laatste droeg ze toen ze hier haar testament... ja, prachtige pels... nu van u... zal u ook geweldig staan.'

'Ja, maar een legaat voor een antibontstichting, terwijl ze zelf...'

'Is toch niet zo vreemd? Schuldgevoel... prachtjas... schuldgevoel afgekocht. 't Zijn de dieven die de diaconie steunen. 't Zijn de kinderlokkers die geld doneren voor weeshuisjes.'

Met een daverende klap zette hij zijn kopje op het schoteltje.

'Wat doet u voor de kost?' vroeg hij.

'Ik ben vertaalster en af en toe val ik in als lerares Frans,' zei ik, 'maar ik heb geen vaste baan.'

'Zou u er niet voor voelen om hier twee halve dagen in de week te komen werken? Per 1 september gaat Margreet weg.'

'Hier? In wat voor functie?'

'Representatie... u ontvangt, stelt op gemak... daar hebt u slag van. Dankzij u komen mijn g's er moeiteloos uit, daarom alleen al... denkt u er eens over... straks klein hypotheekje... komt klein baantje van pas...'

'Had zij geen hypotheek?'

'Die had ze afbetaald zoals ik u zonet al vertelde.'

'Afbetaald? Waarvan?'

'Weet ik niet. Was alleen, had goed salaris, kon wat opzijleggen.'

'Al afbetaald, hoe is het mogelijk?'

'Appartement was spotgoedkoop toen ze het kocht. Prijzen sindsdien krankzinnig gestegen, maar indertijd...'

Dromerig keek hij me aan en fluisterde: 'Komt u toch hier werken, twee halve dagen, u hebt iets... zo'n erfenisje... mooi dat het bij u terechtkomt... ach, nu moet ik weer aan de slag, zo meteen een overdrachtje... schroomt u niet mij te bellen als er problemen zijn. Kom, ik laat u uit.'

Hij bracht me niet alleen naar de voordeur, maar liep bovendien met mij de straat op. Hij wees naar de regenlucht en zong: 'Waar blijft die zomer, die mooie zomer.'

'Eén dag was het stralend,' zei ik grimmig, 'en toen heeft Roos die zonnesteek opgelopen.'

'Zonnesteek. Hoor je toch zelden, niet, dat mensen overlijden aan een zonnesteek?'

'Ze waren er te laat bij,' zei ik.

'Ach, kom,' zei hij, ''t kan nooit alleen maar een zonnesteek zijn geweest... al zo vaak had ze urenlang in de zon gelegen... d'r schortte natuurlijk ook iets anders aan, zwak hart, weet ik veel, kleine hersenbloeding, je kunt je er van alles bij voorstellen... zonnesteek, nou ja, weet ik veel, ik ben geen lijkschouwer. Hebben ze haar wel goed bekeken? Wie deed de lijkschouwing? Laat het u een les zijn: voor je het weet ben je schielijk het hoekje om, heus, d'r is niks voor nodig. Denk eens na over laatste wilsbeschikking, testament... ik sta tot uw dienst.'

# 3

Alsof het zo beschikt was, lag het appartement van Roos precies halverwege de Galigaangracht en mijn troosteloze huurflat. Na de dood van Roos was ik er elk etmaal aan het eind van de middag langsgefietst om Tijg, Ober en Lellebel hun luxe kattenbrokjes te verstrekken. Onderweg naar huis kon ik het, hoewel het nog lang geen tijd was voor hun avondmaaltijd, niet over mijn hart verkrijgen zomaar voorbij te fietsen. Was het mijn bestemming daar te gaan wonen? Ik kon het amper geloven. Zo'n mooi, licht appartement, in zo'n chic flatgebouw van dieprode steen, voorzien van dubbel glas, van brandtrappen en de modernste beveiligingssnufjes? Bijvoorbeeld zo'n aanminnig tv-schermpje in de hal waarop je kon zien wie bij de hoofdingang voor de deur stond als er was aangebeld.

Beneden haalde ik eerst de post uit de brievenbus. Er was weer sprake van een proliferatie van poezenbladen: het gestencilde blaadje *Snorharen*, de gedrukte *Poezenkrant*, *De gelaarsde kat* in glanzend zwart-wit, en het dure, glossy blad *Majesteit*.

Toen ik boven haar hal met het mini-tv-scherm betrad, rook ik scherp de poezengeur. Uiteraard had ik die geur eerder geroken, ik had hem steevast opgesnoven als ik bij Roos langsging. Nu leek het alsof hij sterker was – zo'n gemene, doordringende kattenpislucht. Of verbeeldde ik het mij maar? Moest het grit in de bakken alweer verschoond worden? Nog een geluk dat die kattenbakken op het overdekte balkon konden staan. Stel je voor dat ze in de keuken stonden, of in de slaap- of badkamer!

Was dat mijn bestemming, zo'n kattenvrouwtje worden? Een hekel aan katten had ik beslist niet. Toch was het nooit bij me opgekomen zelf een kat te nemen. Van die onmiskenbare geur was ik, waar ik hem ook geroken had, altijd licht onpasselijk geworden.

En nu zou ik in die lucht moeten gaan wonen, o, mijn God! Nog helemaal beduusd door het onverwachte overlijden van Roos had ik me amper afgevraagd wat er op den duur met die katten diende te gebeuren. Ik had alleen maar gedacht: ik verzorg ze zolang dat nodig is.

Tijg was de eerste die me begroette. Mooie kat, fraai vlekkenpatroon. Keek steevast naar mij met de blik uit het gedicht van Baudelaire.

*Je vois avec étonnement*
*le feu de ses prunelles pâles*
*Clairs fanaux, vivantes opales*
*Qui me contemplent fixement.*

Ober zag ik pas toen ik de woonkamer in liep. Gitzwart, met een driehoekig wit befje onder zijn kin. Lellebel was uiteraard nergens te bekennen. Die hield zich altijd schuil onder een bed of op een kast. Die zag je zelden.

'Ik kom bij jullie wonen,' zei ik tegen Tijg en Ober, 'ik kan hier zo in trekken, m'n eigen armzalige boeltje kan ik op de stoeprand zetten voor de kraakwagen. Maar... al die klokken... waarom had Roos zoveel klokken? Vinden jullie het goed als ik er daar een paar van wegdoe?'

Boven de deur van de woonkamer hing een ouderwetse koekoeksklok. Pal naast het grote buitenraam verrees zo'n staande Friese staartklok die oorverdovend tikte. Wat spijtig dat die de dieven blijkbaar ontgaan was die zich in het ontvreemden daarvan gespecialiseerd hadden. Verkopen? Ondenkbaar. Maar al die digitale klokjes dan, met hun roodfluorescerende cijfers, mocht ik die ook niet wegdoen? In de woonkamer glinsterden zowel in de boekenkast als onder op de display van het televisietoestel van die opdringerige, vuurrode cijfers. In de keuken gloeiden op de magnetron blauwe cijfers. Ik liep naar de slaapkamer. Er stond een wekradio met rode cijfers en een ultramoderne wekker met rode cijfers. Er stond ook een ouderwets wekkertje dat akelig driftig tikte. Ik pakte het op, liep ermee naar de badkamer en zette het op het tableau van de wastafel, waar het verbeten doortikte. Ik keek in het kleine zijkamertje waar Roos altijd haar logees onderbracht. Leek op het eerste gezicht klokvrij. Ik liep weer terug naar haar slaapkamer. Voorzichtig liet ik mij in de hoge leunstoel zakken die voor haar kaptafel stond. Zo'n kaptafel had ik altijd begeerd, maar zuinige Thomas was er fel op tegen geweest en in mijn huurhol had ik er geen plaats voor.

Ik leunde naar voren, drukte op een flipflopschakelaartje. Warempel, al die kleine lampjes floepten aan. Maar ik bleef het dreunende getik van de klokken horen en de kattenlucht ruiken. Boos sprong ik op. Ik sloot de slaapkamerdeur en keerde terug naar de kaptafel met zijn comfortabele leunstoel. 'Laatst zag ik een fysicus op de televisie die zei dat tijd niet bestaat,' zei ik tegen Tijg, die mij achterna was gelopen en zich op het bed had neergevlijd. Ik wist niet of ik dat goedvond, maar Roos had het vrijwel zeker getolereerd. 'Die malloot zei dat ik in de voetstappen van Roos moet treden,' mompelde ik tegen Tijg, 'ik moet haar playbacken, ik moet in haar huid kruipen, ik moet haar kleren aan, ik moet een vleugje van haar parfum... goed idee, dan ruik ik prettig, dan zal het misschien lukken om al dat stomme getik en jullie ellendige pislucht te accepteren. En het feit dat jij hier doodgemoedereerd op haar bed ligt.'

Ik keek naar de grote kleurenfoto van Roos die naast de kaptafel hing. Had Roos daar een foto van haarzelf gehangen zodat ze, als ze zich opmaakte, kon zien hoe het moest? Of was ze zo ijdel geweest? Ik keek naar mezelf in de verlichte spiegel. Ik keek naar alle peperdure make-upspulletjes die daar zo ordelijk en verleidelijk uitgestald lagen. Ze had vaak Dolly Parton geciteerd: '*There is no such thing as natural beauty*,' en tegen me gezegd: 'Bezuinig nooit op make-up. Neem altijd het allerduurste. Alleen het allerbeste is goed genoeg voor je tere huidje.' Hoe had ik van mijn armzalige vertalershonoraria ooit die akelig dure smeerseltjes kunnen bekostigen? Nu was het mij gegeven om een en ander uit te proberen, en met een vreemd, licht hart, zeker wetend dat Roos dat geapprouveerd zou hebben, begon ik mij, terwijl nog in mijn oren gonsde wat de notaris had gezegd, voorzichtig met haar kostbaarheden op te maken. Eerst was ik mij er nog niet goed van bewust wat ik eigenlijk deed, maar terwijl ik vorderde, groeide het besef dat ik haar probeerde op te roepen. Het proces was al in gang gezet toen ik bij de crematie haar Vertigo-pakje had gedragen. Daarmee had ik die verzengende mismoedigheid op afstand kunnen houden. Zitten aan haar kaptafel werkte nog beter. Kon ik haar oproepen, in haar huid kruipen, dan was ze niet definitief dood, hoogstens voorlopig, dan kon ze weer tot leven komen.

'Ik zou m'n haar moeten laten knippen zoals het bij Roos zat,' zei ik tegen Tijg, 'dat zou best kunnen, mijn haar is immers langer, d'r kan flink wat af, het kan eruit, haar coupe... misschien nog een kleurspoelinkje en dan...'

Ik bedacht dat ik nu vast mijn haar kon opsteken en een van haar zwierige baretten kon opzetten om dichter in de richting te komen.

Nadat ik me, ondertussen naar haar foto turend om inspiratie op te doen, had opgemaakt en mijn haar had opgestoken en een witte baret had opgezet, pakte ik een lichtblauw Augustat-zomerpakje uit haar klerenkast. Het paste, maar net als het Vertigo-pakje zou het mooier vallen als ik een paar kilo kwijt was. 'D'r zit niks anders op dan te lijnen,' zei ik tegen Tijg, en hij miauwde aanmoedigend.

Ik stond voor de spiegel, keek naar mezelf, zag dat het goed was, mits ik mij haar kaarsrechte houding eigen maakte. En het zou beter worden als ik mij haar coupe liet aanmeten.

Lang stond ik daar in de spiegel naar die schim van Roos te kijken, mezelf alsmaar afvragend: waarom doe ik dit? Doe ik dit in opdracht van de notaris of in opdracht van mezelf? Het kon plicht zijn of dwang of verstandsverbijstering. Ik herinnerde me dat ik ooit had gelezen dat rouwende mannen soms de kleren van hun overleden vrouw aantrokken. Misschien was het zoiets. Ik wist het niet.

Ik probeerde of ik kon kijken zoals zij. Zo'n beetje spottend, en vrolijk, en vaak ook wat laatdunkend. Wat heidens moeilijk! Bij mij ontbraken die zware, halfgeloken ogen. Wacht, als ik nu eens valse wimpers opplakte uit haar rijke voorraad? Toen ik dat na enig zwoegen voor elkaar had gekregen, bleek ik zowaar een stapje dichterbij te zijn gekomen.

Als ik haar coupe maar had, dan zou het stellig makkelijker zijn haar gelaatsuitdrukkingen te imiteren. Spottend kijken, dat kon ik wel, maar het paste niet bij me. Ik wierp mijn handen omhoog zoals zij dat altijd had gedaan als ze zich laatdunkend uit had gelaten over gemeenschappelijke kennissen. Dat was niet slecht, nu nog haar priemende vinger, ook zo'n karakteristiek gebaar. Dat lukte vrij goed, maar dadelijk besefte ik dat ze daarbij altijd haar handen met haar extravagante heksennagels ver had uitgestoken.

Ik staarde een poosje naar mijn handen. Moest ik mij, als het kennelijk zelfs notarieel vereist was dat ik in haar huid kroop, ook tooien met platvloerse nagels? Zolang ik Roos had gekend, minstens al twintig jaar, had ze met lange, gelakte nagels rondgelopen. Een enkele keer had ik haar gevraagd: 'Waarom toch, die nagels?' en dan had ze geantwoord: 'Omdat ik het mooi vind,' en dan had ik gezegd: 'Mooi? Is het niet een tikje ordinair?' en dan had zij geantwoord: 'Wat ordinair of vulgair is moet je niet mijden, ook dat heeft een plaats in het leven. Als je 't door de voordeur wegdoet, marcheert 't pontificaal door de achterdeur binnen.' Nu ze dood was, voelde ik mij er schuldig over dat ik mij soms kritisch over haar extravagante nagels had uitgelaten, en er vaak misprijzend naar had gekeken.

Bij wijze van boetedoening trok ik een laatje van de kaptafel open. Nog meer make-upspulletjes. Ik trok een tweede laatje open: een aangebroken doosje waarin minstens de helft over was van de honderd kunstnagels model Curve Oval die er, blijkens het opschrift, in hadden gezeten. Plus acrylpoeder en een flesje bijbehorende vloeistof.

'Vooruit,' mompelde ik, 'ik kan het licht proberen, ze zijn er zo weer af. Beproef alle dingen, behoud alleen het goede, om met Paulus te spreken. Alle dingen? Geen drugs, geen incest, geen bungeejumpen, geen sadomasochisme.'

Eén ding heb ik geleerd in dit leven: lees eerst de gebruiksaanwijzing. Toch wierp ik maar een half oog op het uitvouwblaadje dat in het doosje zat, toch las ik slechts dat je, voor je de nagels opplakte, eerst het oppervlak van je eigen nagel met een vijltje moest bewerken. Dankzij het feit dat die zich kon hechten aan het vijlselpoeder op je nagel hield de lijm dan beter.

Wat een geduldwerkje bleek het te zijn, kunstnagels aanbrengen. Een enkele keer had ik het Roos zien doen. Kunstnagel vastzetten op de top van je eigen nagel. Met stinkende acryl stukje tussen nagelriem en onderkant kunstnagel opvullen. Hoewel ik dus beter had moeten weten, begon ik dadelijk met een typische beginnersfout. Eerst moet je de nagels van je rechterhand opplakken. Begin je, zoals je van nature geneigd bent, andersom, dan zit je met een linkerhand met hinderlijk in de weg zittende lange nagels wanneer je vervolgens je rechterhand attaqueert.

Enfin, na veel fröbelwerk had ik het voor elkaar. Twee handen toegerust met, wat zeg ik, gewapend met lange, ovale, puntige, enigszins gekromde nagels. Tamelijk vulgair, reuze vervreemdend, griezelig fascinerend. Zoveel was zeker: mijn vlezige handen leken minder plomp.

'Nu nog beschilderen,' hoorde ik mezelf bijna verlekkerd zeggen, 'waar is de lak?'

Het flesje stond voor mijn neus op de kaptafel, dus zag ik het aanvankelijk over het hoofd. Het was een kleur om op te schieten: paarsachtig rood, met een blauwe gloed erdoorheen. Maar ja, dat was de kleur die ze de laatste weken had gedragen. Er was geen keus.

En alsof ik niets had geleerd, begon ik weer met de nagels van mijn linkerhand. 'Alleen ezels stoten zich nooit twee keer aan dezelfde steen,' brieste ik toen ik mijn linkerduimnagel had bewerkt.

Toen ik eindelijk klaar was en de nagels had laten drogen, en eerst het wegwerpgebaar met mijn handen maakte en vervolgens die priemende vingers uitstak, smaakte ik de voldoening dat ik een flinke stap dichterbij was gekomen. Voorzien van Curve Oval keek ik vanzelf anders, Roos-achtiger, was ik verder verwijderd geraakt van mijn eigen inschikkelijke, ietwat dociele aard, had ik aan engelachtigheid ingeboet. Tegelijkertijd voelde ik dat ik er hard aan toe was een potje te janken. Maar ja, ging ik grienen, dan spoelde ik mijn, nee háár make-up weg. Ik voelde hoe het prikte in mijn ooghoeken, merkte hoe de tranen popelden van verlangen om eruit te stromen. Ik hief mijn handen, kromde mijn vingers, klauwde met Curve Oval in mijn palmen en vermande me.

Toen hoorde ik de voordeur. Kwam er iemand binnen? Maar wie dan in vredesnaam? Ik liep naar de woonkamer, voelde hoe mijn hart tekeerging als van een bang konijn, omklemde het paneel van de woonkamerdeur en trok die voorzichtig naar mij toe. De insluiper was inmiddels gevorderd tot de hal. Het eerste wat hij van mij ontwaarde waren mijn Curve Oval-vingers die de deur omklemden. Er klonk een geluid alsof het gejammer van een bosuil gesmoord werd. Ik smeet de deur open. In de halfduistere hal stond Bas Mentink. Hij zag mij natuurlijk ook. Nog altijd had ik die mooie witte baret op en het lichtblauwe Augustat-pakje aan. Hij keek naar me zoals Saul eertijds te Ensor naar Samuel moet hebben gekeken. 'En hij neeg zijn aangezicht ter aarde en hij boog zich,' zegt het Woord des Heren. Ook Bas neeg zijn aangezicht ter aarde, ook hij boog zich, maar hij richtte zich niet op, hij boog steeds dieper en smakte toen neer op het vinyl van de hal.

'Ben ik flauwgevallen?' vroeg hij nadat hij was bijgekomen.

'Niet echt,' zei ik, 'je bent hooguit vijf seconden buiten bewustzijn geweest.'

'Als ik hurk en na een poosje weer opsta, ga ik soms ook onderuit. Het schijnt niet ongevaarlijk te zijn. In een mum van tijd sterven miljoenen hersencellen af.'

Hij kwam overeind, keek me aan en zei: 'Ik dacht dat je Roos was, ik zag haar nagels, dus... godallejezus, ik ben me kapotgeschrokken.'

'Allicht,' zei ik, 'maar wie komt er dan ook onaangekondigd haar flat binnenvallen?'

'Jij zit hier toch ook?'

'Ik zorg voor haar poezen.'

'Daar kwam ik ook voor. Op het lab dacht ik zonet: mijn God, haar poezen...'

'Heb je een sleutel?'

'Ja.'

'Wie hebben er nog meer een sleutel?'

'Weet ik niet.'

'D'r zal niet veel anders opzitten dan dat ik het slot laat veranderen,' zei ik.

'Waarom zou je?'

'Het is geen prettig idee dat iedereen hier zomaar kan binnenstappen.'

'Kom, kom, iedereen... ik denk niet dat er zoveel anderen zijn die... zeg, waarom heb je je uitgedost alsof je Roos bent?'

'Moet van de notaris. Staat in het testament. Ik moet in haar voetsporen treden. Vanwege de katten. Zodat alles zoveel mogelijk hetzelfde blijft, en Tijg en Ober en Lellebel denken dat Roos hier nog rondscharrelt.'

Hij keek naar me alsof hij dacht: die heeft de ziekte van Kreutzfeld-Jacob onder de leden.

'Roos heeft in haar testament laten vastleggen dat de katten hier moeten blijven en dat ik ze moet verzorgen.'

'En doe je dat?'

'Dat zie je toch? Ik ben al begonnen.'

'Ja, haar poezen... dat waren haar kinderen, maar toch, ik... dus je trekt hier in? Kan dat zomaar?'

'Volgens haar notaris wel.'

'Ik sta perplex. Als ik dat aan Marjolein vertel...'

'Waarom zou je dat aan Marjolein vertellen? Die hoeft dat toch niet te weten? Die haat me al genoeg.'

'Als ik 't haar niet vertel, komt ze er op een andere manier wel achter.'

'Wat zou dat?'

Weer kwam die onbedaarlijke behoefte opzetten om een potje te janken. Het liefst had ik, ook al was ik niet erg op hem gesteld, mij tegen Bas aan laten vallen om op zijn schouder uit te huilen. Hij stond me maar aan te kijken en ik zei: 'Kom verder, dan maak ik een kopje thee.'

'Nee, ik ga terug naar het lab, ik kwam alleen maar kijken of de poezen nog niet van honger en dorst waren omgekomen.'

Hij stapte vanuit de hal de zonnige galerij op. Ik sloot de deur achter hem, plaatste het uiteinde van een ketting in een houdertje. Ik liep terug naar de woonkamer, ging bij het raam zitten, keek naar het uitspansel, zong zachtjes: 'Het wijde hemelrond, vertelt met blijde mond, Gods eer en heerlijkheid.' Wat zijn traag voorbijdrijvende witte wolken toch opbeurend. En ze blijven maar voorbijkomen, en je weet dat ze drijven na je dood, na een kernoorlog, na het uitsterven van de mensheid. Goed, ze drijven misschien niet tot in alle eeuwigheid, maar vast nog miljoenen, zo niet miljarden jaren. Zoals me dat toch troostte.

Voorzichtig wrikte ik aan Curve Oval. De nagels zaten muurvast. Ik liep naar de slaapkamer, haalde de gebruiksaanwijzing. Daarin werd niet gerept over verwijdering. Ik wrikte nog eens. Het leek of ze met mijn echte nagels vergroeid waren. Hoe moest ik ze er in godsnaam ooit weer af krijgen? Was ik gedoemd ze te laten zitten? Zoveel was zeker, met die nagels had ik haar zo vakkundig weten op te roepen dat Bas bij de aanblik ervan onderuit was gegaan. Iets van haar aanwezigheid op deze schamele aarde had ik zelfs na haar dood weten te bestendigen, en dat schonk een duistere, wrange voldoening.

# 4

Ik kon er niet toe komen al in de flat van Roos te overnachten. Eerst maar een ander slot op de deur, dan zou ik verderzien. Ik belde een slotenmaker. 'Nee mevrouw, zo snel, dat lukt niet, we moeten het over het weekend heen tillen. Maandag zijn we dicht. Dinsdagmorgen, 22 augustus zou kunnen, elf uur.'

Op dinsdagmorgen fietste ik, onderweg van mijn huurhol naar haar appartement, langs zo'n winkeltje waar ze vrouwen de hele dag door bij een mini-tl-buisje van kunstnagels voorzien. Ik stapte er binnen. Een nagelstyliste vijlde onafgebroken. Zou dat gezond zijn, dacht ik, om de hele dag met gebogen hoofd te zitten vijlen? Van die smeertroep waarmee ze die krengen maken en vastkitten krijg je onherroepelijk een flinke dosis in je longblaasjes.

De styliste keek even op. Ik vroeg: 'Hebt u misschien iets waarmee ik m'n kunstnagels er weer af krijg?'

'Zelf opgeplakt zeker?' vroeg ze snibbig.

'Ja,' zei ik schuldbewust.

'Laat dat dan ook professioneel doen,' zei ze.

Ze wierp een blik op mijn nagels.

'Waarmee hebt u ze vastgezet?'

'Met *extra strong* van de Etos.'

'Daar zit cyanoacrylaat in, helaas, dan zitten ze muurvast. Kan ik u niet helpen.'

'Is er echt...'

'Je kunt ze eventueel oplossen in aceton, maar ik waarschuw u: dat wordt een vieze smeerboel.'

'Moet ik hier dan voor altijd mee blijven lopen? Moet ik ermee begraven worden?'

Ze greep mijn rechterhand, tikte met haar eigen kunstnagel op mijn nagel en zei met veel autoriteit: 'Dit gebogen model zit veel vaster dan een recht model omdat ze beter over de eigen nagel heen vallen, die krijg je er zelfs niet af met lijmoplosser, wij hadden het ooit maar hebben het niet meer, het regende klachten.'

'Zet je voor de lol kunstnagels op. Blijken ze er niet meer af te kunnen!'

'Ja, had u maar hier moeten komen. Dit soort huisvlijt... Maar waarom zou u ze eraf halen? U bent niet direct bedeeld met slanke vingers. Die nagels halen uw handen beeldig op.'

'Kan best, maar 't is verrekt lastig. Je kunt je knoopjes niet meer dichtdoen, je kunt niks zomaar even oppakken. En op de wc... '

'Ja, je gat afvegen, da's knap lastig met lange nagels,' zei de styliste. Ze glimlachte waarachtig.

'Hoelang loopt u er al mee?'

'Sinds vorige week.'

'Goeiedag, dat stelt toch geen moer voor, heus, even volhouden, 't went, en wat je niet meer kunt met je vingertoppen kun je met je knokkels, pinnen bijvoorbeeld. Over een poosje weet u niet beter en wilt u nooit meer anders.'

'Zal wel, maar...'

'Mens, zeur toch niet, je kunt ze altijd afknippen als je eigen nagel weer wat gegroeid is.'

'Dat kan dan lang gaan duren, mijn nagels groeien zo idioot langzaam.'

Toen ik weer naar buiten stapte begon het geruisloos te miezeren. Het was zo'n kil, geniepig regentje waarvan je optimistisch denkt: daar word ik niet nat van. Maar ik werd wel nat, en fietste huiverend naar de flat van Roos, denkend: wat een onzin, natuurlijk kunnen die nagels eraf, ze heeft me doodgewoon beduveld, die vijlende treiterkop. In het appartement bleek de verwarming, ofschoon de hondsdagen amper voorbij waren, zachtjes te gloeien. Hoe eng comfortabel. Niets is zo verslavend als comfort, maar niemand weet dat omdat het vandaag de dag vanzelfsprekend is.

Weer drentelde ik heen en weer van de woonkamer naar de slaapkamer. Weer werd ik bijna dol van die tikkende klokjes en klokken en van al die roodgloeiende, hatelijke, doodstille cijfers. Bij een van die digitale klokjes trok ik de stekker eruit. Terstond doofden die brutale cijfers.

'Goed zo,' mompelde ik, maar toen ik voorzichtig verderschreed over de geluiddempende vloerbedekking, drong zich de gedachte op dat ik deze brute ingreep op de heersende orde ongedaan moest maken. Wie gaf mij het recht Roos over het graf heen te kritiseren? Kon je dat overigens zeggen: over het graf heen, als iemand gecremeerd was? Nu goed, wat deed dat ertoe; zoveel was zeker: nooit had ik wanneer ik bij Roos over de vloer kwam het lef gehad te zeggen: 'Moet je er echt zo walgelijk veel klokken en klokjes op na houden?' Nu ze dood was, durfde ik. Bah, wat was ik een lafaard.

De slotenmaker belde aan. Hij schroefde de cilinder uit het slot, zette er een nieuwe cilinder in, gaf mij de sleutels en ik betaalde. Aldus werd het appartement wat meer eigen, en het leek, toen ik naar de woonkamer drentelde, alsof zelfs de kattenlucht wat draaglijker was geworden.

De telefoon begon te zoemen. Wat moest ik doen? Opnemen? Ik aarzelde, maar dat dwingende geluid bleef maar doorgaan. Voorzichtig legde ik mijn hand op het witte designtoestel. Vliegensvlug tilde ik de hoorn op, dadelijk legde ik hem weer neer. Terstond verstomde godlof dat compulsieve geluid. Om goed te maken dat ik de telefoon niet echt had opgenomen, liep ik naar het digitale klokje waarbij ik de stekker eruit had getrokken. Ik deed de stekker weer in het stopcontact. Woedend knipperende nullen verschenen op de display. Plus nijdige stipjes tussen de nullen. Hoe aan dat breidelloze geknipper een einde te maken? Boven op het klokje bevonden zich zwarte knopjes, met daaronder Engelse termen: *snooze*, *hour*, *min*, *time*, *alarm*, plus een on/off-knop. Eer ik een van die knopjes met mijn knokkels had kunnen indrukken ging weer de telefoon. Op de display van de nummerverklikker verscheen het woord *Secret.* Ik nam de hoorn op, zei wantrouwig: 'Hallo?'

'Met Freek. Roos thuis?' blafte kortaf een mannenstem.

'Roos thuis?' echode ik verbaasd.

'Ja, is Roos thuis,' gromde de man zo mogelijk nog korzeliger, 'op haar werk neemt ze de telefoon niet op.'

'Roos is dood,' zei ik.

'Vertel een ander sprookjes.'

'Echt waar, Roos is dood.'

Ik hoorde de man zwaar ademen. Eer hij weer iets kon uitbrengen, zei ik: 'Ze is vorige week maandag gecremeerd.'

'U moet eens goed luisteren. Mij kunt u niet bedonderen, heus niet. Als Roos dood was, hadden wij dat allang geweten... hadden we op z'n minst ergens een overlijdensadvertentie gezien.'

'Ik denk niet dat er een advertentie geplaatst is. Wij hebben het niet gedaan, en ze had geen familie. Ik denk niet dat er iemand op het idee gekomen is om een advertentie te zetten.'

'Mevrouw, ik geloof u niet. Een week of wat geleden heb ik Roos nog gezien. Toen was ze springlevend en kerngezond. En nu wilt u me wijsmaken dat ze dood is.'

'Ze is overleden aan de gevolgen van een zonnesteek.'

'Een zonnesteek? Dood aan een zonnesteek? Maak het nou. Daar geloof ik al z'n leven geen barst van. Als ze echt dood is, zit daar een goor luchtje aan. Een zonnesteek, kom nou toch!'

'Ze is twee weken geleden op woensdag toen het zulk prachtig weer was 's middags op het strand onwel geworden, in coma geraakt, en 's avonds laat in het Diaconessenhuis overleden.'

'Woensdag twee weken terug prachtig weer? Ziet u nou wel dat u liegt dat u barst! M'n maat en ik moesten die woensdag 's middags voor een klein akkefietje naar de Veluwe. We hebben onderweg zelfs geen bewijsje van zonlicht gezien, geen spat hemelvuur, 't was toen net zulk kloteweer als vandaag.'

'Op het strand van Katwijk was het prachtig weer.'

'O ja? Was u daar dan ook?'

'Nee.'

'Dan zou ik d'r nog maar eens achteraan trekken of d'r toen boven Katwijk een kier zat waar de zon doorheen scheen. Een zonnesteek! Roos dood aan een zonnesteek. Jezus, mensen, als u dat echt gelooft bent u bijster onnozel.'

'Maar wat zou het dan zijn geweest?'

'Weet ik veel. Ik ben d'r niet bij geweest.'

'Heus, de dokter...'

'De dokter? Wat voor dokter? Zo'n jong broekie zeker? Vers van de collegebanken. Heeft nog geen fluit ervaring. Kijkt niet verder dan z'n neus lang is. Weet 't niet. Zet dus maar op goed geluk op z'n lijkschouwingsformulier: zonnesteek. Godallemachtig, Roos dood, ik kan 't nog niet geloven, we zouden vanavond... we hadden vanavond... wat moeten we zonder haar beginnen... zonnesteek. Maak 't nou! Als d'r een bleek zonnetje aan de hemel hing, lag ze al op haar dakterras te bruinen. Als d'r iemand gehard was tegen de zon, dan zij wel. Weet je wat ze de laatste keer dat ik haar gezien heb zo'n beetje lacherig tegen me smoesde. Ze zei: "Freek," zei ze, "ik geloof dat iemand me dood wil." Ik zei toen tegen haar: "Ach, meid, d'r zijn d'r hier alleen al op de Hogewoerd minstens twee die me op een steiger dolgraag een duwtje zouden geven, maar ik leef nog steeds."'

'Waar kende u Roos van?' vroeg ik.

'Gaat u geen donder aan. Ik denk niet dat Roos 't prettig zou vinden als ik u dat zou vertellen. Roos en ik en nog een paar toffe jongens zaten in een leuk clubje... meer wil ik er niet over kwijt. Roos dood, 't is niet waar, 't kan niet waar zijn.'

Ik hoorde zijn raspende ademhaling. Toen zei hij: 'Bent u misschien die... ze had 't over iemand, die moest... daaraan zou ze als ze onverhoopt doodging haar poezen toevertrouwen. Bent u dat?'

'Ja, dat ben ik.'

'Dan spijt 't me dat ik me heb laten gaan, maar Roos... Roos... nee, dood, dat kan toch niet. Als 't waar is zullen we haar vreselijk missen. Tabee.'

En hij hing op. Ik zat nog een poosje met die witte hoorn in mijn handen. Met mijn vrije hand wreef ik over mijn oor om de naklank van die korzelige, onbuigzame stem kwijt te raken. Waarom had Roos zich ooit met zo'n mispunt geëncanailleerd?

Nog steeds knipperden op het klokje onvermoeibaar de nullen en stipjes. Ik drukte op hour, drukte op time, maar het knipperen ging door. Ik drukte nogmaals op hour, nogmaals op time, denkend: wat onnozel dat je zinloos gebleken handelingen domweg herhaalt. Ik haalde de stekker uit het stopcontact. Het leek alsof, nu was gebleken dat Roos zich blijkbaar had ingelaten met zo'n bouwvakker, het minder misplaatst was om een van haar digitale klokjes uit te schakelen.

Buiten stak de wind plotseling op. Dunne populieren bewogen wild heen en weer. Vanuit een lichtblauwe wolk schoot een gevorkte bliksemflits omlaag. Pal daarop weerklonk het geluid van een donderslag. Toen kletterde de regen zo overvloedig tegen de ruiten dat het leek alsof engelen bluswater loosden. Tijg sprong op de vensterbank en tikte met z'n linkervoorpootje tegen het raam alsof hij zeggen wilde: kan 't wat minder? Ik ging bij hem staan en staarde naar de onstuimige lucht, staarde naar het ingewikkelde stelsel van aluminium buizen aan de overkant van de straat op een industrieterrein. Het leek of dat buizenstelsel door Escher was ontworpen. Ze slingerden zich om elkaar heen, verloren zich in elkaar, doken achter kranen onverwacht weer op.

Het was een zonnesteek, heus, wat zou het anders geweest kunnen zijn?

Als de zon op die middag nu eens amper had geschenen? Als de lijkschouwing oppervlakkig en onzorgvuldig was geweest? 'Ik geloof dat iemand me dood wil,' had ze lacherig tegen die akelige Freek gezegd. Daar moest een conclusie aan verbonden worden. Maar welke? Dat iemand haar had willen vermoorden, sterker, op die woensdagmiddag zo geraffineerd had vermoord dat het leek alsof ze aan een zonnesteek was overleden, dat was belachelijk. Ten eerste gebeurde het vaak genoeg dat je dacht: ik wou dat ik ongestraft een moord kon plegen, dan zou ik... maar het kwam er nooit van. Ze zeiden wel: als blikken doden konden, maar zou je al die ongure types die je op straat tegen het lijf liep echt durven doden als je dat met je ogen kon doen? Bovendien dacht je soms ook: die zou mij maar wat graag koudmaken. Marjolein bijvoorbeeld wilde mij vast dood hebben. En ik haar misschien ook wel.

Kijkend naar de neergutsende regen, die gratis het grote woonkamerraam een stevige beurt gaf, voelde ik mij weer het kleine meisje dat achter de ramen van het ouderlijk huis 's zomers op de vrije woensdagmiddag zielsgelukkig naar de ruisende regen had staan kijken en naar de gorgelende goten had staan luisteren.

# 5

'Woensdag twee weken geleden? Ik kan 't me met geen mogelijkheid herinneren. Was het toen zonnig? Kan haast niet. Het is zo'n kutzomer. Ik kan de tent net zo goed dichtsmijten. Ik loop hier nu nog met twee man, de rest heb ik al naar huis moeten sturen.'

'Misschien kunt u aan de omzet zien of...'

'Omzet? Mevrouwtje, ik heb helemaal geen omzet, moet je zien hoe alles erbij staat. De regen sijpelt buiten de godganse dag van m'n tafeltjes af, 't is net of ze staan te simmen.'

'Herinnert u zich ook niet meer dat er twee weken geleden eind van de middag een ambulance het strand op reed?'

'Dame, dat gebeurt zowat elke dag, als ik daar op moet gaan lopen letten... christenenzielen, 't kan zijn... nou u 't zegt, d'r was geloof ik een juffertje buiten bewustzijn geraakt, half in de middag... eind van de middag... ja, dat klopt wel.'

'Herinnert u zich dan misschien nog of het toen zonnig was?'

'Het enige wat ik me herinner is die pestsirene. Maar 't staat me bij dat we veertien daag' terug één middagje redelijk gedraaid hebben, dus dat zal dan die bewuste dag geweest zijn. Ik zie ook nog voor me... zo'n hoop volk *out of the blue* eromheen toen dat juffertje op de brancard werd gehesen... dus 't mot toen aardig vol geweest zijn op de *beach*. Tja vol, je begrijpt soms niet waar al die gasten opeens vandaan komen. Maar goed, laten we het erop houden dat 't die middag warempel aardig weer was. Beter dan wat ons momenteel geflikt wordt, dit is zwaar kut.'

'Hebt u enig idee wie ontdekte dat die vrouw buiten bewustzijn was?'

'Nee, geen flauw idee.'

'Ze had bij u een ligstoel gehuurd?'

'Dat mot haast wel. Waar anders? Misschien weet Flip meer.

Die gaat momenteel over de ligstoelen.'

De uitbater van strandpaviljoen Het Zeemanspaard liep naar twee klapdeurtjes van het soort dat je altijd in de nepsaloons van westerns ziet, duwde ze open en schreeuwde: 'Flip!'

Een broodmagere, wasbleke jongeman met vrijwel spierwit haar dook op uit de catacomben. Hij knipperde onophoudelijk met zijn oogleden. Hij gluurde naar mijn nagels.

Ze moeten er zo gauw mogelijk af, dacht ik, maar hoe?

'Herinner jij je nog iets van dat juffertje veertien daag' terug?'

Flip keek alsof hij wilde zeggen: welk juffertje?

'Die met die ambulance werd afgevoerd,' verduidelijkte de uitbater.

Flip schudde demonstratief zijn hoofd.

'Was 't toen redelijk weer?'

Flip knikte.

'Wie heeft dat juffertje gevonden? Jij?'

Flip schudde zijn witte hoofd weer, mompelde iets onverstaanbaars en wilde weglopen.

'Ellendig scharminkel, blijf hier, deze dame is veertien daag' terug haar beste vriendin kwijtgeraakt en wil graag weten wat hier allemaal gepasseerd is. Waar of niet, dame?'

'Ja,' zei ik.

'Goed, dan vraag ik 't een tikkeltje anders: weet jij wie haar vriendin gevonden heeft?'

Flip richtte zich op, wees kordaat in de richting van de bebouwing.

'Zo, 't lijkt er waarachtig op dat we toch nog een stukkie verder komen. Dus ze is gevonden door iemand uit Kattek.'

Flip hield twee vingers omhoog.

'Ze is gevonden door twee lui uit Kattek! Welke lui, Flip, welke lui? Zou 't je kunnen gerieven om in goed Hollands een prevelementje te doen?'

Flip zweeg.

'Weet je 't nog wel?'

Flip knikte.

'Stukje bij beetje komen we verder. Nou is 't alleen nog de kunst om de namen van die twee lui los te peuteren. Dan moet

Flip wel z'n bek opentrekken, maar als d'r nou iets was waar Flip niet van houdt, dan is het wel praten. Ach, wat heeft die Flip toch vreselijk pech gehad, wat was Flip toch graag doofstom geboren. En zo hebben we allemaal wat; nou jôh, kom op, geef die namen.'

Flip staarde naar zee, wees naar het rijtje vlaggenmasten waaraan doorweekte vaatdoeken hingen, wees vervolgens naar zijn verkreukelde broek.

'Zo, zo, gaan we weer op *Hints*, 't is toch niet te geloven. Maar goed, 't is wel duidelijk, daar gaat niks vanaf, uw vriendin is door 't echtpaar Mastenbroek gevonden. Ik had 't zelf kunnen bedenken. Eén zuchtje zon en ze liggen, dik gemarineerd in de zonnebrandolie, op hun luchtbedden te bakken, zij vooral. Als u een eindje terugloopt langs de boulevard, komt u bij een wit kerkje, 't kan niet missen. Daar slaat u af en dan loopt u tegen 't flatgebouw aan waar de Mastenbroeks wonen. Vraag me geen nummer, dat weet ik niet, kijk beneden in de hal maar op de naambordjes, 't kan haast niet missen.'

Met een bezwaard hart liep ik terug over de boulevard. Ik had geen idee wat ik er uitvoerde. Was ik met een onderzoek bezig? Waarnaar? Ik wil alleen maar zeker weten dat je echt een zonnesteek hebt gehad, dat er niet iets anders aan de hand was, zei ik in gedachten tegen Roos.

In de hal van het flatgebouw vond ik een naambordje dat in gouden schreefloze lettertjes de naam Mastenbroek vermeldde. Behoedzaam drukte ik op een wit belknopje. Vrijwel dadelijk daarop vroeg een mannenstem door de intercom: 'Wie is daar?' en ik zei mijn naam en voegde eraan toe: 'Ik wil u iets vragen, mag ik even boven komen?' Ik kreeg geen antwoord, maar de binnendeur sprong open. Een lift voerde mij naar de vijfde verdieping. Over een winderige galerij liep ik naar de voordeur van de Mastenbroeks. Die stond wijd open, maar er was niemand te zien. Langzaam liep ik een halletje in. Vanuit de woonkamer stapte een gebronsde man mijn richting uit. Hij rook naar verschaalde bakolie en zure haring.

'Kom binnen,' zei hij schichtig, 'dan doe ik de voordeur dicht, 't kan hier soms gemeen trekken, vooral als alles tegen mekaar openstaat. Dan knallen de deuren om je oren.'

Toen hij de voordeur achter mij had gesloten en de kamer betrad, zei hij beteuterd: 'M'n vrouw is even boodschappen doen, ze zal zo wel terug zijn.'

Hij wees naar de zee, zei op een toon alsof hij zich moest verontschuldigen: 'Wat een uitzicht, hè? Verveelt nooit, is altijd weer anders. Elk moment heb je kleurverschil, grijs, blauw, wit, noem maar op. 't Is soms ook groen.'

'Die zeewind schijnt anders funest te zijn voor al het verf- en houtwerk,' zei ik. Het is eigenaardig dat ik, als ik me niet op m'n gemak voel, doorgaans reuze ontactisch uit de hoek kom.

De man kromp in elkaar, keek me ontsteld aan en siste: 'Welnee, niks van waar, misschien als je pal aan zee woont, maar hier niet, je hebt hoogstens wat extra onderhoud aan je kozijnen, maar dat is 't ons rijk waard. Wilt u iets gebruiken? Koffie, thee, fris, of een sherry'tje – zegt u 't maar.'

'Ach nee, ik ben zo weer weg, ik wou u alleen maar vragen... u schijnt twee weken geleden als eerste gezien... gemerkt... ontdekt te hebben dat er iets aan de hand was met mijn vriendin Roos.'

In de ogen van de man flikkerde iets. Toen zei hij op een eigenaardig bedremmelde manier: 'Van wie hebt u dat gehoord?'

'Van Flip.'

'Van Flip? Ik ken geen Flip.'

'Ik ken Flip ook niet. Hij werkt bij paviljoen Het Zeemansgraf... hè get, ik bedoel Het Zeemanspaard. Hij gaat over de ligstoelen.'

'O, is dat Flip? Die bleekscheet.'

Wat moest ik daarop zeggen? Ik knikte laf, dacht: getverdemme, ik krijg de *creeps* van deze bedremmelde griezel, waar blijft zijn vrouw?

Hij zei: 'We hebben er de hele middag vlak naast liggen stoven. Wat heet... Uit de wind ging 't wel, al was 't nou niet bepaald bloedwarm. Ze lag stil te zonnen. Ze had een verrekt mooie zonnebril op en een verrekt mooie witte bikini aan. Die stak bloedmooi af tegen haar bruine huid. Ik heb... ikke... toen m'n vrouw onder zeil was heb ik d'r nog eventjes op de video gezet... ik zou 't u kunnen laten zien, maar... maar...'

Hij drentelde besluiteloos door de kamer.

'Was 't een hele goeie vriendin van u?'

'Ja, ze riep altijd dat 't leek alsof we zusjes waren.'

'Zusjes? Ik heb u anders nog nooit gezien. Ze lag d'r altijd moederziel alleen. Had u dan nooit zin om met haar mee te gaan naar 't strand?'

'Naar 't strand,' zei ik verbaasd, 'ik naar 't strand?'

'Waarom niet?'

'Kwallen, enge beesten waar je op trapt, zand tussen je tenen, en... en... ik word niet bruin, ik verbrand.'

'O, zodoende.' Hij keek me aan alsof hij me niet geloofde.

'Als m'n vrouw onder zeil was, zette ik d'r altijd stiekem op de video, ik heb nogal wat kleine stukkies van d'r. Vorige week heb ik d'r ook op staan. En die ambulance die heb ik erg mooi, daar weet m'n vrouw ook van, al was ze toen zelf al naar huis, ik bedoel, dat was zo'n spektakel, dat hoefde niet stiekem... dat zou m'n vrouw haast gek gevonden hebben... als ik toen m'n cameraatje in z'n etui had laten zitten. Dus dat zou ik u nu wel even kunnen laten zien, maar ja, aan de andere kant... komt m'n vrouw zo meteen thuis, zit ik hier met een wildvreemde dame een band af te spelen, slaat ze meteen op tilt... dus dat gaat niet, 't spijt me, maar dat gaat niet. Ik kan twee dingen doen... hebt u een video?'

'Nee,' zei ik.

'Pech gehad, ja, dan weet ik 't ook niet.'

'Roos had een videorecorder,' zei ik, 'daarop zouden we...' en toen dacht ik: getver, deze weirdo in de flat van Roos, dat nooit, dus hield ik verder mijn mond.

'Kijk eens aan,' zei de man, 'als we daar dan eens afspreken, neem ik de band mee waar ik haar op heb gezet, kunnen we 'm in alle rust bekijken.'

'Ik weet niet of dat nodig is. Vertel me wat er twee weken geleden precies gebeurd is. Ze heeft dus de hele middag liggen zonnen?'

'Ja, tot ze zo heftig begon te ademen.'

'Is er in die tijd nog iemand langs geweest? Heeft ze met iemand gepraat? Is ze zelf nog weg geweest om iets te halen? Iets om te drinken of een ijsje?'

'Niet dat ik weet, ze heeft de hele middag doodstil op haar badhanddoek gelegen. Ik denk dat ze al die tijd heeft liggen slapen... soezen eerder. Halverwege de middag begon ze zo... ja, hoe moet ik dat noemen... snurken? Zo'n soort geluid, het leek of ze geen lucht meer kon krijgen, of ze wanhopig lucht opslorpte... ik heb dat d'r ijselijk mooi opstaan, met dat geluid erbij, u zou 't echt eens moeten zien. En ook hoe eigenaardig, hoe verkrampt ze er toen bij lag, ja, dat staat er knap op, ik kon 't van dichtbij nemen, want m'n vrouw was al afgenokt om de piepers op te zetten.'

'Pleuntje,' riep een stem.

'O Jezus, daar zal je haar hebben, daar is ze al, godsamme...'

Hij beende met grote passen naar de woonkamerdeur, rende door het halletje van de flat, trok de voordeur open en riep: 'We hebben bezoek.'

'Bezoek?'

'Ja, een vriendin van Roos. Ze kwam hier... ze wil graag weten wat er twee weken geleden gebeurd is.'

'Wat valt daarvan te weten? Ze lag te zonnen, begon zwaar te ademen, is in een ambulance getild, en was toen foetsie, da's alles.'

'Ik dacht: misschien kan ik even die video laten zien, wat vind je, schat?'

'Video laten zien? Waar is dat in hemelsnaam goed voor?'

De vrouw stapte de woonkamer in. Ze was hoogblond, maar haar haarwortels waren donker. Ze droeg haar haar in een paardenstaart, die tussen klep en bevestiging van een vuurrood honkbalpetje te voorschijn piepte. Ze had een roestbruine bermuda aan waarover een lang wit T-shirt viel. Haar nagels waren langer, maar minder krom dan de mijne. Ze waren geverfd met een donkerrode lak die afbladderde. Zo vulgair als dat eruitzag. Op slag leken mijn eigen handen godlof wat minder ordinair.

Ze zette haar zonnebril af, deed een soort uitval naar me met haar nagels, vermande zich en zei honingzoet: 'Zo, dus u bent een goeie vriendin van Roos. Waarom heb ik u dan nooit samen met Roos op 't strand gezien? Houdt u niet van de zee?'

'Ik hou niet van zonnebaden,' zei ik.

'O ja, m'n man diep in z'n hart ook niet, waar Pleun? Ach, dat Roosje...'

'Ach, dat Roosje,' echode haar man.

'We moeten gaan,' zei de vrouw, 'we zouden om halfvijf bij de Zwarthoedjes zijn.'

'Da's waar ook,' zei de man gedwee.

'Ik ga,' zei ik.

De man begeleidde me naar de voordeur en liep met me de galerij op. Hij fluisterde: 'Als u die video wilt zien... morgenochtend is m'n vrouw naar Quasar.'

'Quasar...?'

'Ja, een of ander soort heilgymnastiek. Voor haar figuur. Is ze altijd een uur of twee de hort op. Maar ik kan ook naar u toekomen. Wat u maar wilt. Per slot van rekening is 't toch het allerlaatste wat er van uw vriendin, van Roos, te zien is. En anders... ik hoor 't wel, ik sta in 't telefoonboek, u kunt me voor negenen altijd bellen, dan ligt m'n vrouw er nog in.'

Op de terugweg moest ik op de fiets een stukje over de boulevard. Rechts lag de zee stil te glanzen. Zelfs de brandingsgolven hielden zich koest. Toen ik in scheiding lag en doodongelukkig was, had ik mij door Roos een enkele keer laten overhalen om mee te gaan naar het strand. Zelfs tegen Roos had ik nooit durven zeggen waarom ik dat later niet meer wilde. Bij Mensje van Keulen had ik gelezen: 'Ik herinner me de eerste ogenblikken met mijn zoon en die ene sterke associatie: de zee.' Die opmerking had me toen zo'n ongelofelijke steek van jaloezie gegeven. Waarom zij wel, en ik niet? Waarom was mij dat nooit toebedeeld geweest: de eerste ogenblikken met mijn zoon? Misschien zou ik dan ook die ene sterke associatie hebben gehad. O, wat zou ik dat zielsgraag weten. Mij was ontzegd gebleven wat zoveel andere vrouwen vaak zelfs herhaaldelijk mochten meemaken.

Was het kinderachtig dat ik om die reden maar liever uit de buurt van de duinen en de branding en het strand en de krijsende meeuwen bleef?

# 6

De dag daarop werd ik gestraft omdat ik het nog steeds niet aandurfde in het appartement van Roos te overnachten. Was er 's morgens aangebeld, dan zou ik eerst op het minischerm in haar hal gekeken hebben wie er beneden belet vroeg. Had ik Pleun Mastenbroek ontwaard, ik zou domweg niet hebben opengedaan.

Nu zag hij mij al van ver aankomen toen ik op mijn fiets de Grimburchstraat in reed. Ik zag hem ook, maar realiseerde me eerst niet dat hij het was. Aan de overkant van de straat hipte hij als een zieke mus op en neer op het trottoir. Vervolgens omklemde hij met beide handen de spijlen van het hek dat het industrieterrein met de Escher-buizen van het Grimburchtrottoir afschermt.

Toen ik naderde en hem herkende, liet hij de spijlen los en probeerde hij of hij innemend kon glimlachen. Dat kon hij niet, maar zijn bavianengrijns had toch iets vertederends.

'Ja,' zei hij, 'daar bent u, ik zag u al toen u mij nog niet zag. Ik dacht vanmorgen: ik waag het erop. Waar u woont weet ik natuurlijk niet, maar waar uw vriendin woonde, dat heb ik lang geleden al eens uitgevogeld. En ik dacht zo bij mijzelf: u gaat daar op enig moment vast en zeker nog eventjes heen. En ja hoor, daar bent u dan eindelijk. Mooi zo, ik heb m'n banden bij me... al met al heb ik aardig wat van d'r... tja, je hebt een hobby... je neemt 't een en ander op, je monteert naar beste weten, je knutselt net zo lang tot je zowat een echte film hebt. Het is toch mooi meegenomen om wat omhanden te hebben als je in de WAO zit.'

Was het mijn lot om op een zonnige, maar winderige zomerdag met een wildvreemde gluiperd in het appartement van een overleden vriendin videobanden te bekijken?

'Ik wou aan de slag,' zei ik zo kordaat mogelijk, 'ik moet haar appartement opruimen, de poezen eten geven, boodschappen doen... wat zou u ervan denken als u mij de band...'

'De *banden*,' zei hij, ''t zijn er een stuk of vier.'

'...als u de banden hier zolang bij me zou achterlaten. Ik zal er zuinig op zijn. Dan kan ik ze op m'n gemak vanavond bekijken. 't Is nu ook geen weer om voor de televisie te gaan zitten. Veel te zonnig.'

'De luxaflex kan toch dicht?'

'Ja, maar... nee, ik zou... ik wil liever...'

'Kunt u wel overweg met haar videorecorder?'

'Waarom zou ik dat niet kunnen?'

'Ja, niet voor 't een of ander, maar die recorders... heus, 't is geen schande. Ze zijn tegenwoordig vaak razend ingewikkeld, in Katwijk hebben we videocurussen voor bejaarden omdat 't... met al die knoppen op de afstandsbediening en, vergeet niet, op 't apparaat zelf, soms bij mekaar meer dan honderd knoppen... ik bedoel, ik ben d'r goed in thuis, ik heb 't mij eigen gemaakt, ik zou u wegwijs kunnen maken.'

'Band erin, je drukt op *play* en...'

'Ja, zo ging 't vroeger, maar vandaag de dag, heus, 't kon weleens knap lastig zijn.'

'Als het me niet lukt ze af te spelen, kan ik altijd nog een beroep op u doen.'

'Dat gegarandeerd, dat spreekt vanzelf, maar...'

'Geef die banden maar,' zei ik zo gedecideerd mogelijk, 'ik probeer eerst of ik ermee uit de voeten kan. Lukt 't niet, dan laat ik het u weten.'

'Mij best,' zei Pleun Mastenbroek verongelijkt, 'wat u wilt. 'k Moet trouwens toch weer snel terug. Eer Corinne d'r weer is, moet ik thuis zijn. Als we nou eens bij een vers bakkie koffie... als ik nou alleen maar eens eventjes die bewuste band van vorige week d'r voor u inleg, smeer ik 'm daarna meteen weer, moet ook wel. Ik heb 'm gisterenavond nog afgedraaid. Erg de moeite waard.'

'Vooruit,' hoorde ik mezelf zeggen. Dat ik toch niet kordater kan optreden. Nooit zou Roos zoiets overkomen zijn. Die zou resoluut hebben gezegd: 'Beste knul, geef mij die band maar,' en hij zou haar die band terstond hebben overhandigd.

Zo schonk ik even later in de keuken van Roos warm water in zo'n fraai Deens doordrukapparaat waarmee je koffie kunt zetten, terwijl de creep in haar woonkamer luidruchtig in de weer was met haar luxaflex en haar videorecorder.

Toen ik met het doordrukapparaat de kamer in stapte, had hij zich al met de afstandsbediening op de luisterrijke driezitsbank geïnstalleerd. Hij zei: 'U lijkt op uw vriendin.'

'Dat hebben d'r meer gezegd.'

Hij drukte op een knop. De televisie ging aan. Hij drukte weer. De recorder liep. Toen verscheen het Katwijkse strand in beeld. Neerhangende vlaggen, vervolgens de badstoelen waarop zwarte zeepaardjes waren afgebeeld. Steels kwam Roos in beeld.

'Zeg nou zelf,' zei de man, 'u hebt 't zelfde postuur, had u net zo'n kapsel dan zou u met wat goeie wil wel voor haar kunnen doorgaan.'

'Ik ben lang zo bruin niet.'

'Is makkelijk te verhelpen. Zonnebank.'

'Ik word niet bruin, ik verbrand.'

'Een kwestie van hele goeie zonnebrandolie.'

Aandachtig tuurde ik naar de monotone beelden. De creep werkte zijn koffie met idioot kleine teugjes naar binnen. Ik bad dat hij zou opstappen als zijn kopje leeg was.

'Vind je het saai?' vroeg hij.

Saai? Ik zag Roos liggen op haar bandhanddoek. Ze droeg haar idioot dure Ray-Ban-zonnebril. Waar was die bril? Als ik die opzette, zou ik meer op haar lijken. Zou ik dan zo'n griezel als deze Pleun Mastenbroek gemakkelijker van mij af kunnen schudden? Zoals ik daar, op dat moment, naar verlangde!

Er gebeurde niets. Roos lag daar. Het leek nagenoeg windstil. Af en toe dreef een minuscuul wolkje voor de zon langs.

'Gaat dat nog lang zo door?' vroeg ik.

'Nee,' zei Mastenbroek, 'ik heb maar een minuut of tien opgenomen, 't ging mij d'r alleen maar om dat ik d'r weer een stukkie Roos bij zou hebben... ik heb zoveel van die stukkies... ik moet het achter mekaar zetten, krijg je een film over een vrouw die jaar in, jaar uit op 't zelfde plekkie zonnebaadt.'

'Wist ze feitelijk dat u haar opnam?'

Mastenbroek deed net of hij mijn vraag niet hoorde. Ik haalde adem om hem te herhalen, maar hij was me voor.

'Al die jaren, je zou zien dat ze amper verandert, amper ouder wordt...'

Koppig zei ik: 'Wist ze dat u...?'

Op dat moment gleed er een schaduw over Roos heen. Weer een wolkje?

'Zag u dat?' vroeg ik.

'Wat?'

'Die schaduw.'

'Schaduw?'

'Spoel eens een klein stukje terug.'

Gehoorzaam spoelde Pleun een stukje terug. Opnieuw verscheen Roos in beeld en ik zei: 'O jee, wat een eind terug zijn we nu weer.'

'Zal ik een stukkie vooruitspoelen?'

'Nee, doe maar niet, laten we maar even kijken.'

Aandachtig tuurde ik naar het stille, vrijwel statische beeld, ondertussen denkend: wat een rare man om jaar in, jaar uit stiekem een zonnebadende vrouw op te nemen, wat griezelig, wat moet je daar achter zoeken? Of was het onschuldig? En moest je het zien als bizar hobbyisme?

Toen riep ik: 'Daar is het weer. Wat is dat?'

'Ik denk dat er iemand vlak langs haar liep. Daar ziet 't naar uit. 't Is denk ik de schaduw van een voorbijkomende badgast. Wacht, ik weet nu waar 't staat, ik spoel weer even terug, draaien we 't beeldje voor beeldje af, kunnen we zien...'

We bestudeerden het nogmaals, en het leek mij inderdaad het meest waarschijnlijk dat de schaduw van een voorbijlopende badgast even over haar heen was gestreken.

'Maar waarom zien we dan niet vaker zulke schaduwen?'

'Waarom zouden we die vaker moeten zien?'

'Liep er maar één keer een badgast langs? Het was toch vrij druk op het strand?'

'D'r is vast wel vaker iemand langsgelopen, maar daar zie je niks van omdat ze... ik bedoel, deze snuiter moet zowat over haar heen gestapt zijn.'

'Dan moet u die snuiter toch gezien hebben?'
'Kan ik me niks van herinneren.'
'Maar u hield de camera vast... u...'
'Welnee, de camera had ik onder handdoeken in een badstoel verstopt. De lens piepte tussen de plooien uit. Niemand had d'r mee nodig dat ik... ik bedoel...'
Toen streek de schaduw nogmaals over Roos, maar nu in de tegenovergestelde richting.
'Daar heb je 'm weer,' zei ik.
'Ja, warempel,' zei Mastenbroek.
Vrijwel dadelijk daarna viel het beeld weg. Na wat vurige strepen, en toen dat eigenaardige geflikker, als hevige sneeuwval in Siberië, kwam het strand weer in beeld. Het was later op de middag. De schaduwen vielen langer.
Roos was nu van dichterbij opgenomen. Ze lag doodstil op haar badhanddoek. Er klonk een eigenaardig raspend, akelig geluid.
'Hoor je dat,' zei Mastenbroek opgewonden, 'dat is 't...'t is net of ze geen asem meer krijgen kan, of ze de lucht probeert op te slurpen.'
'Doet niemand dan iets?' vroeg ik vertwijfeld.
'Wat had je moeten doen? Ik had de strandwacht al gewaarschuwd, zover ik weet was d'r al een ambulance gebeld, hoor maar, daar komt hij al.'
Het nasale, omineuze signaal van de ambulance overstemde de raspende ademhaling van Roos. Pardoes reed hij het beeld in. Twee witte broeders stapten vliegensvlug uit, een van hen opende de achterdeur van de ambulance, trok er een brancard uit, de ander had zich al over Roos heen gebogen. Samen tilden ze haar op de brancard, ze schoven haar naar binnen, de deuren werden dichtgesmeten. Vrijwel dadelijk daarna reed de wit-rode auto het beeld uit. Het was verbijsterend om in haar huiskamer te aanschouwen hoe snel alles zijn beslag had gekregen.
'Kijk,' zei Mastenbroek, 'toen heb ik wat uitgezoomd.'
'Wat een boel mensen.'
'Zeg dat wel.'
Ik tuurde aandachtig naar al die nieuwsgierige badgasten. Misschien waren er bekenden bij. Het viel mij zwaar om dat vast te

stellen. Vrijwel iedereen droeg een zonnebril, vrijwel iedereen droeg zo'n mal honkbalpetje met zo'n idioot grote klep. Vrijwel iedereen was nagenoeg bloot. Al die glimmende, fraaigebruinde lichamen – het was alsof ze uitwisselbaar waren, alsof ze gekloond waren uit gebronsde voorouders.

Ik begreep niet wat al die mensen ter plekke deden. Ze bleven dralen nadat Roos was afgevoerd. Het leek alsof het spraakmakende gebeuren nog komen moest, alsof daar wachtenden stonden die de tijd kortten met beuzelpraatjes totdat de kruisiging zou plaatsvinden. Het scherpe zonlicht schermde hen af, hield hen anoniem. Desondanks leek het alsof een van die badgasten, een tengere vrouw, mij bekend voorkwam. Ze stapte uit beeld.

'Spoel eens een klein stukje terug.'

Pleun gehoorzaamde. Weer kwam de ambulance het beeld in rijden en werd Roos bliksemsnel van haar ligstoel verwijderd, weer verschenen al die zonnebrillen en honkbalpetjes en blote bruine ruggen in beeld. Weer verscheen de tengere vrouw. Ze was een van de weinigen die al haar kleren aanhad. Ze droeg een grote zonnebril en een strooien hoed.

'Terug en dan beeldje voor beeldje graag,' zei ik.

'Tot uw orders.'

'Die tengere verschijning,' zei ik, terwijl ik naar het beeld toe liep, 'komt me bekend voor. Maar wie is het?'

'Ik zou 't niet weten, ik ken die bezemsteel niet.'

'Zou 't soms het albasten meisje zijn?' mompelde ik.

'Wat zei je?'

'O, ik vroeg me af of 't hetzelfde meisje is dat ik ook bij de crematie heb gezien. Zou je nog één keer willen terugspoelen?'

Godsamme, dacht ik, ik tutoyeer hem, en hij tutoyeert mij ook, godsamme.

Weer kwam de tengere verschijning in beeld. Was zij het? Moeilijk te zeggen. Het condolerende, albasten meisje was roodharig, had stellig een melkblanke huid en kon zich derhalve niet veroorloven lang in het zonlicht te verkeren. Had ze daarom al haar kleren aan en zo'n bespottelijk grote strooien hoed op? Droeg ze daarom een zonnebril met de allure van een masker?

'Ze zou 't kunnen zijn.'

'Waarom stelt u... stel je zoveel belang in al die dingen?'

'Da's nu eenmaal m'n aard,' zei ik luchtig.

Pleun probeerde z'n bavianengrijns nog maar eens uit. Hoe merkwaardig vertederend! Zelfs zo'n creep bleek iets te hebben waarvoor je viel.

'Ik moet gaan,' zei hij, 'anders ben ik te laat thuis en zwaait... ik zal de andere banden hier laten, kunt u... kun je ze op uw gemak bekijken, 't is heel eenvoudig, u drukt play in...'

'Dat zei ik toch al?'

'Ja, maar dit is nog een vrij oud apparaat, die nieuwe...'

En hij ging goddank. In de hal van het appartement zei hij: 'Mooie flat. Zou ik wel in willen wonen.'

Toen hij weg was, stapte ik naar haar slaapkamer. Daar stond, wist ik, de plastic zak die de begrafisondernemer mij had overhandigd. 'Hebben ze mij in het ziekenhuis gegeven,' had hij zakelijk meegedeeld, 'zullen haar strandspullen in zitten.'

Dat bleek te kloppen. Vanonder haar witte bikini diepte ik de Ray-Ban-zonnebril op. Ik zette hem op, liep naar de spiegel. Wat ik had vermoed, bleek juist: met die bril kwam ik dichterbij. Graag had ik een potje gejankt. Het was zo vreemd: diende die moedeloosheid zich aan omdat ze dood was, dan benam ook dadelijk dat eigenaardige, haast dwangmatige verlangen om mij volledig met haar te identificeren mij bijna de adem. Van dat verlangen werd ik dan belachelijk huilerig, maar toch hield dat de verschroeiende mismoedigheid op afstand. Ik schoof haar klerenkast open, pakte er een witte zomerbroek en een wit truitje uit waarin gouddraad geweven was.

Toen ik haar broek aantrok dacht ik aan onze dominee. Herhaaldelijk had hij vroeger in zijn preken gezegd: 'Zusters, taal toch niet naar het kleed van de man, een pantalon doet de Heere zo'n zeer.' Wat was ik hem daar dankbaar voor! Dankzij die opmerking trok ik steevast met heidens plezier een broek aan.

Even later stond ik in haar witte sandaaltjes, met haar broek en truitje aan en haar zonnebril op voor de spiegel. Nu haar haar nog, dacht ik, en ik hoorde mezelf zuchten en wilde weer janken, en vermande mezelf door mijn vuisten te ballen zodat haar ovale paarsroodblauwe nagels in beeld kwamen. Die ga ik nog een keer lakken, dacht ik, het is bittere ellende om ermee rond te lopen, je kunt geen enkel knoopje nog fatsoenlijk dichtkrijgen, je kunt je gat niet meer afvegen, je kunt je niet meer behoorlijk wassen, je kunt niks meer oppakken en je kunt niet meer typen, maar ik moet ermee leren leven, ik moet, ik moet, ik moet. Kan ik in geval van nood zo'n videocreep de ogen uitkrabben.

# 7

Die nacht kroop ik met een zwaar hart voor het eerst onder haar donzen dekbed. Toen ik 's morgens verbaasd ontwaakte, neuriede ik regels uit het begin van het psalmboekje: 'Ik lag en sliep gerust, van 's Heren trouw bewust, tot ik verfrist ontwaakte, want God was aan mijn zij, Hij ondersteunde mij in 't leed dat mij genaakte.' Dat ik in een vreemd bed zo goed geslapen had. Kwam dat doordat het in Grimburchstaete zoveel rustiger was dan in mijn huurhol? Daar hoorde je de ganse nacht het zwaarmoedige geslurp van de verwarming, en telkens maar weer het gegorgel van weglopend water als iemand boven of onder of naast mij het toilet had doorgespoeld.

Het speet me geducht dat ik geen auto had. Het liefst had ik dadelijk het weinige wat mij dierbaar was vanuit mijn hol bij de Burggravenlaan naar de Grimburchstraat gesleept. Drie maanden opzegtermijn gold voor mijn huurflat. Misschien zou het mij echter net zo vergaan als mijn ex-buurvrouw. 'Ik ging m'n huur opzeggen bij de gemeente. Zegt zo'n ambtenaar tegen me: "Verhuist u over drie maanden of wou u direct al weg?" "Kan dat dan?" vraag ik. "Ja, dat kan, want we hebben een flink stapeltje asielzoekers die met voorrang geholpen moeten worden, dus we zitten te springen om huurflats." "Volgende week kan ik eruit zijn," zei ik, en toen vroeg hij: "Neemt u de gordijnen en stoffering mee?" "In principe wel," zei ik. "Ach," zei hij, "u zou 't ons zo heerlijk gemakkelijk maken als u een en ander liet hangen en liggen. Daar krijgt u dan een redelijke vergoeding voor, en dan kan zo'n asielzoeker d'r meteen in trekken. Anders moet zo'n gezin op kosten van de gemeente nieuw ingespannen worden. Voor ons is dit een veel goedkopere oplossing." Dus toen heb m'n ouwe vloerbedekking laten liggen en de vitrage laten hangen en ook verder zoveel mogelijk ouwe troep, rieten stoelen, een tafel, een bed, de hele mikmak... nog een hele zooi huisraad achtergelaten. Was ik meteen van al die rotzooi af, en daar kreeg ik nog een aardig zakcentje voor.'

Ook ik zou al mijn huisraad achter kunnen laten. Het was mij blijkbaar vergund opnieuw te mogen beginnen. In een andere omgeving kon en mocht ik proberen een ander mens te worden, zwieriger, eleganter, misschien zelfs charmanter en hopelijk wat assertiever.

Dankzij haar dood, dacht ik, en ik keek naar de Escher-buizen, die achter de hekspijlen vals glinsterden in de miezerregen. Toen leek het of ik haar hoorde zeggen: 'Je denkt toch niet dat je mij gelukkiger maakt door in tranen en lompen terneder te zitten? Al zo vaak heb ik gezegd: loop er wat vlotter bij. Als je voor de spiegel gaat staan, hoef je toch niet altijd te denken: ajakkes, wat zie ik er leuk uit, hoe kan ik dat zo goed mogelijk camoufleren? Kom, ik zal je fijntjes opmaken, gaan we samen winkelen, we hebben dezelfde maat, kopen we twee stel van iets beestachtig moois, zijn we tweelingzusjes... Ik had zo vreselijk graag een zusje gehad.' Als ze dat zei, leek het of ik mezelf hoorde zeggen: ik had zo vreselijk graag kinderen gehad.

Zo was het ooit begonnen, zij had zelf in gang gezet wat zich nu als een geheime bezetenheid in mij had genesteld. Nu diende ik mij met haar te identificeren, nu moest ik, notarieel bekrachtigd, in haar huid kruipen, als een weliswaar vergeefs maar desondanks verbeten protest tegen haar dood. Zachtjes zong ik de psalm: 'Ik zet mijn treden in uw spoor, opdat mijn voet niet uit zou glijden, wil mij voor struikelen bevrijden, en ga mij met uw heillicht voor.' Toepasselijk, mits ik het woord heillicht door een eigentijdse uitdrukking zou vervangen.

Terwijl ik zong keek Tijg, die in de brede vensterbank zat en z'n linkervoorpootje likte alsof z'n leven ervan afhing, verbaasd naar me op en miauwde toen klagelijk. Hield hij niet van psalmen? Ober kwam geruisloos aanlopen, bezorgd naar me opkijkend, en ik zei: 'Maar waar is Lellebel dan?' Ze bleven staan op het hoogpolige tapijt en keken zoals katten kijken kunnen: met van die spiegelende, vragende ogen – *clairs fanaux, vivantes opales* – waarin het daglicht weerkaatst. Wat zou ik graag weten wat er op zo'n moment omgaat in hun hersens.

'Ik kom bij jullie wonen,' zei ik tegen de twee poezen, en ze namen me alle twee aandachtig op. 'Het is jammer dat ik geen auto heb, anders kon ik... zou ik...' Tijg stak z'n pootje naar me uit, sprong vervolgens sierlijk op het tapijt en drentelde in de richting van Ober. Uiteraard is het ondenkbaar dat katten je iets kunnen meedelen, maar het leek net of Tijg, terwijl hij zich krijgshaftig naast Ober opstelde, tegen me zei: 'Minkukel, Roos heeft toch een auto, waarom gebruik je die dan niet?'

'Waar heeft ze die dan geparkeerd?' hoorde ik mezelf halfluid vragen.

Uiteraard kreeg ik geen antwoord, dus ik probeerde nog een vraag: 'Waar zijn haar autosleutels?'

Ook daarop bleef een antwoord uit. Die autosleutels had ik onlangs toch nog gezien? Waar? Herinner je je maar eens van voorwerpen waar je ze het laatst gezien hebt. Als je iets gedachteloos weglegt, heb je er een dag later geen flauw idee van waar je het hebt gelaten. Als je er niet nauwlettend op toeziet dat je scharen en naalden en breipennen en gereedschappen en sleutels na gebruik op dezelfde plaats teruglegt, zoek je je regelmatig een ongeluk. 'In den blinde kan ik 't vinden, als ik maar weet waar ik 't gelegd heb,' had mijn moeder altijd als een recitatief gezongen. Voor haar autosleutels had Roos wellicht een vaste plaats. Daar schoot ik niets mee op zolang ik niet wist welke. Gisteren nog had ik ze gezien, dat wist ik zeker, maar waar in godsnaam? Sowieso in het appartement.

Dus begon ik aan een vruchteloze tocht door de immense woonkamer, door de luxueuze slaapkamer, door de logeerkamer, door de Siematic-keuken, door de hal. Waar had ik die sleutels gezien?

Toen ik een keer of drie het appartement was rondgedrenteld en mij uiteindelijk, turend naar de grijze wolkenlucht, bij het grote woonkamerraam opstelde, zei ik tegen Tijg, die mij op mijn tocht had geschaduwd: 'Al zou ik die sleutels terugvinden, dan nog weet ik niet of ik zomaar van haar auto gebruik mag maken. Hoe zit het met de verzekering als ik een ongeluk krijg? Moet zo'n auto niet eerst op mijn naam worden overgeschreven? Erf ik hem feitelijk wel?'

Ik liep naar haar telefoonklapper, zocht een nummer, toetste het in, hoorde een meisjesstem zangerig lispelen: 'Met het kantoor van notaris Graafland, wat kan ik voor u doen?'

'Zou ik de notaris even kunnen spreken?'

'Die is in een reuze belangrijke vergadering, die kan momenteel beslist niet gestoord worden, eh... eh... wacht u even, hij staat hier naast me, hij hoorde uw stem, hij wil u graag even aan de lijn hebben. Hij loopt nu naar zijn kamer, ik verbind u door.'

Er klonken geheimzinnige klikgeluiden, gevolgd door: 'Nee maar, wat een g... g... feest... u wou me zeggen dat u het baantje...'

'O, hemel, daar heb ik nog amper over nagedacht, ik wou u wat vragen. Haar auto, erf ik die ook?'

'Wis en zeker.'

'Mag ik hem al gebruiken?'

'Waarom niet?'

'Stel dat ik een ongeluk krijg, de verzekering...'

'U krijgt g... g... geen ongeluk.'

'Ik heb al in geen jaren gereden.'

'Zolang de auto nog niet op uw naam staat, is het alsof u hem van haar leent.'

'Kun je iets lenen van iemand die er niet meer is?'

'G... slimme vraag. Nooit zoiets bij de hand g... nooit zoiets meegemaakt. Ik zou d'r maar rustig instappen.'

'Moet ik eerst uitvinden waar hij geparkeerd staat.'

'Staat hij niet op het binnenplein bij dat fraaie g... complex waar ze in woonde?'

'Ze had daar een eigen parkeerplaats. Vlak bij de ingang. Ik weet zeker dat hij daar niet staat. Anders zou ik hem wel gezien hebben.'

'Misschien staat hij nog zielig in Katwijk.'

Nog voor hij was uitgesproken, wist ik waar ik gisteren die autosleutels had gezien. In de plastic tas met haar bezittingen waar ik de zonnebril uit had opgediept. Dat ik toen niet meteen had gedacht: haar auto staat nog in Katwijk. Was ik dan zo'n ongelofelijke slaapkop?

'Bent u er nog?' vroeg de notaris.
'Ja,' zei ik.
'G... lukt 't allemaal? Bent u al over?'
'Nee, daar heb ik nu juist die auto voor nodig.'
'Wat denkt u: zou hij nog in Katwijk...'
'Vast en zeker.'
'Ik geloof niet dat ze daar, behalve op de boulevard, een wegsleepregeling hebben.'
'Ze had hem vast niet op de boulevard gezet, hij staat waarschijnlijk in een achterafstraatje waar je nog gratis mag parkeren. Niet omdat ze zo zuinig was maar omdat ze er niet tegen kon als ze verplicht was voor een bepaalde tijd terug te zijn omdat anders haar parkeergeld...'
'Juist ja, dan kon het nog weleens een hele klus zijn om die auto terug te vinden. U zou natuurlijk de politie kunnen bellen.'
'Kan altijd nog, ik ga eerst maar eens zoeken.'
'Veel succes dan. Alles g... alles kits met de poezen?'
'Ja, ze zijn alle drie nog kerngezond.'
'Mooi zo. 'k Weet eigenlijk niet g... g... of ik, vanwege haar testament, verplicht ben om te controleren of al die bepalingen ervan goed nag... ach, wat een onzin, hebt u de kattenhandleiding gevonden?'
'Ja, die kende ik al, die dateert van jaren terug. Voor als ze op vakantie was, en ik voor haar poezen moest zorgen. Die lag in een keukenkastje.'
'Dus daar staat precies in hoe ze wou dat u...'
'Me dunkt, het lijkt haast een vademecum. Op zaterdag moet ik wijting voor ze klaarmaken. Vers van de markt, bij Klaas Hartevelt vandaan. Mag ik niet van andere visboeren betrekken; hun wijting kan al veel te oud zijn. Whiskas mag ik ze niet geven, daar gaan ze van spugen, ze krijgen alleen die idioot dure Sheba. Op schoteltjes moet ik de hele dag door melk voor ze neerzetten en die regelmatig verversen. Ober moet af en toe een stukje papaja, daar is hij gek op, en Tijg is dol op water waarin een vleugje Pokon is opgelost, d'r zijn uitgebreide aanwijzingen voor het schoonmaken van de kattenbak...'
'Ach, u hoeft het niet naar de letter te volgen.'

'Ik vind dat ik het aan haar verplicht ben om dat strikt te doen.'

'Dat is dan verdraaid nobel.'

'Nobel? Daar heeft het niets mee te maken. Als ik mij niet houd aan... als ik marchandeer met haar aanwijzingen... ik bedoel maar dat ik zo'n kattenbak net zo vaak moet schoonmaken en van nieuw grit moet voorzien als zij deed. Zij hield niet van luchtjes, ik ook niet.'

Graafland had er niets mee te maken dat ik niet wilde marchanderen omdat ik zo nauwgezet mogelijk in haar voetsporen wilde treden. In alle opzichten, dus ook waar het haar katten betrof, hoe overdreven ik haar grenzeloze toewijding en perfectionistische zorg indertijd ook vond. Wat ik vond deed er immers niet toe. Het ging erom dat Leonie Kuyper zou opgaan in, zich zou transformeren tot Roos Berczy, of als dat te hoog gegrepen was tot een zusje van Roos Berczy. Compromissen dienden daarbij zoveel mogelijk vermeden te worden.

In de lege bus naar Katwijk zoemde door mijn hoofd: vroeg of laat krijg je van iedereen genoeg. Vroeg of laat ben je blij van iemands gezelschap verlost te zijn. Nooit kun je echter ontsnappen aan je eigen gezelschap, ook al heb je schoon genoeg van jezelf. Zelfs als je sliep, bleef je aan jezelf gekluisterd. Ik kon mij niet herinneren dat ik ooit had gedroomd dat ik een ander was. Onbetwistbaar was het een illusie te denken dat je aan jezelf zou kunnen ontsnappen door in andermans voetsporen te treden, door in de huid van een ander te kruipen. De oude iezegrim Schopenhauer had terecht geschreven: 'Wij moeten tot onze grote verbazing vaststellen dat wij al onze goede voornemens ten spijt ons gedrag niet kunnen veranderen, en dat wij van de wieg tot aan het graf hetzelfde, door onszelf gelaakte karakter moeten gehoorzamen en dat wij als het ware de rol die wij op ons hebben genomen tot het bittere einde moeten blijven spelen.' Hoe waar het ook was, in de laatste bijzin werd een ontsnappingsmogelijkheid geboden. Er was sprake van een rol die je op je had genomen. Wat lette je om van rol te verwisselen? Mij leek het, nu haar dood mij zo'n kans geboden had, een weliswaar gewaagd, maar opwindend experiment een andere rol te spelen. Wat had ik te verliezen? Hoogstens iets van mijzelf. Op mezelf was ik evenwel zo langzamerhand finaal uitgekeken. Was ik een ander, dan zou ik met een wijde boog om mezelf heen lopen.

In Katwijk meed ik de boulevard. Daar zou haar zwarte Saab niet staan, daar zou ik de zee ruiken, de zee waarvan één liter water aan het oppervlak, zoals Thomas me verteld had, gemiddeld tien miljard virussen bevatte. Maar ook in de straten en stegen achter de boulevard rook ik de zee, en mismoedig stapte ik voort. In de periode rond mijn scheiding, toen ik mij als een koalabeertje aan Roos had vastgeklampt en met haar naar Katwijk was gereden, had ik zelfs naast haar liggen zonnen op een van haar reusachtige badhanddoeken. Nog altijd schaamde ik mij ervoor dat ik mij toen in mijn vertwijfeling zo blindelings aan haar had opgedrongen. Om me te troosten had ze gezegd: 'Je krijgt mijn auto, heb je vrijheid, word je afgeleid, en kan ik een Saab kopen.' Tot hij finaal op was had ik in haar afdankertje gereden. Daarna had ik mij geen andere occasion kunnen veroorloven. Gespeten had mij dat niet. Vrijheid? Altijd in de file, en telkens maar weer op zoek naar een dure parkeerplaats, als dat vrijheid moest verbeelden.

Indertijd had ze haar auto altijd in de Varkevisserstraat geparkeerd. '*What's in a name*,' had ze gezegd, 'blijkbaar denken de vissers hier: ooit vangen wij varkens. Die Varkevisserallee is zo lang dat je altijd ergens kunt staan, en de naam is zo zot dat zelfs ik 'm niet kan vergeten. Weet ik dus altijd waar ik sta, moet ook wel.'

Dat ze nu nooit meer zo luchtig en onbekommerd en monter zo'n rede zou afsteken! Mij leek het, gelet op haar neiging tot vaste gewoontes, het meest waarschijnlijk dat ze haar Saab op de fatale woensdag in de Varkevisserstraat had geparkeerd. Vanaf het witte kerkje wist ik het weer te vinden; eerst de Duinstraat door, dan de hoek om. Niets leek er veranderd sinds ik, nu alweer zo'n vijftien jaar geleden, daar op luisterrijke zomerdagen herhaaldelijk met Roos had gekuierd. Ik liep de straat door tot aan de Schelpendam, en toen weer terug. Veel verder kon hij niet staan. Ze had op een doordeweekse dag geparkeerd, zo druk kon het toen niet geweest zijn. Aandachtig bekeek ik alle geparkeerde auto's. Geen Saab. Nogmaals liep ik langs alle geparkeerde auto's, en weer heen en weer terug, alsof ik hem oproepen kon als ik maar lang genoeg bleef lopen.

'Mevrouw, zoekt u iets?' klonk een stem achter mij. Ik wendde mij om, keek in het gezicht van een nieuwsgierige grijsaard.

'Een zwarte Saab.'

'Zwarte Saab? D'r heeft hier een tijdje terug een dag of wat een zwarte Saab gestaan.'

'Weet u het zeker?'

'Mevrouw, ik heb niks niemendal meer omhanden, ik zit maar zo'n beetje de hele dag achter 't raam te koekeloeren, en ja, dan zie je vanzelf 't een en ander passeren. Ik zag u alsmaar heen en weer lopen, ik zeg tegen m'n vrouw, Miep, zeg ik, ik ga eventjes naar buiten, d'r loopt iemand alsmaar heen en weer, misschien ken ik d'r ergens mee helpen.'

'Herinnert u zich het kenteken nog?'

'D'r zat vijfentwintig in... 'k ben toevallig in vijfentwintig geboren, dus vandaar, dat onthou je dan, maar die letters, stom, had ik 't nou maar opgeschreven, ik heb er nog aan gedacht, 't enige wat ik nog weet is dat 't twee ân twee dezelfde letters waren, maar dan omgewisseld.'

'NJ-JN-25 was het,' zei ik, 'dan zal het 'm wel geweest zijn. En als het 'm was is die hier op woensdag 9 augustus geparkeerd.'

'Zou best kunnen. Hij heeft 't weekend over daar gestaan. Op maandag heeft hij er de hele dag nog gestaan, op dinsdag was hij weg, maar ik heb 'm niet weg zien gaan. 't Ken 's avonds laat gebeurd zijn, 't ken 's nachts gebeurd zijn, 't ken bij 't krieken gebeurd zijn, je weet 't niet.'

'Dank u wel,' zei ik, 'u hebt me erg geholpen.'

Ik overwoog naar de politie van Katwijk te gaan, maar daar zag ik tegenop. Eerst maar eens overleggen met Graafland. Zou de Saab gestolen zijn? In Katwijk, waar de kerken 's zondags nog volstromen?

Thuisgekomen belde ik Graafland. Ik hoopte erop dat er niemand meer zou zijn, dat ik een antwoordapparaat zou krijgen. Dan kon ik kort melden dat de Saab waarschijnlijk gestolen was, en hoefde ik geen lastige vragen te beantwoorden, met name de vraag waarom ik niet naar de Katwijkse politie was gegaan.

Ik kreeg een antwoordapparaat en sprak na de piep mijn boodschap in.

# 8

‘U wilt uw haar anders? Kan ik me levendig indenken. Waar u nu mee rondstapt, zo’n Florence Nightingale-kapsel, dat kan vandaag de dag echt niet meer.’

‘Ik wil het graag zo geknipt hebben,’ zei ik, terwijl ik de kleurenfoto van Roos voor hem neerlegde die ik van de slaapkamermuur had gehaald.

‘Dat kapsel wilt u? Weet u ’t zeker? Maar mevrouw, dat staat u niet. U hebt een... mag ik ’t zeggen? U hebt een vrij bol gezicht, u wilt er toch niet uitzien als prinses Irene?’

‘Nee, ik wil eruitzien als de vrouw op deze foto.’

‘Ja, maar deze vrouw...’

De haarkunstenaar streek voorzichtig met zijn wijsvinger over het fraaie portret van Roos. Hij zei: ‘Deze vrouw had hoge jukbeenderen, u... *d’accord*, u hebt ze misschien ook, maar uw wangen zijn voller.’

‘Dan moet ik lijnen.’

‘Het is maar de vraag of uw gezicht dan smaller wordt, heus, ik raad het u af, dat wordt niks. Goed, u hebt nog geen tienduizend rimpels zoals de prinses, maar toch... kom, ik zet u even in de computer. Zult u eens wat zien.’

Even later zat ik gefascineerd te staren naar de transformaties van mijn hoofd. Telkens verscheen ik, als de haarkunstenaar de toetsen rap had beroerd, in beeld, maar steeds met een ander kapsel.

‘Ziet u wel,’ zei hij, ‘u kunt alle kanten op, u zegt het maar. U kunt te kust en te keur... heus, alles is mogelijk, waarom zou u zich vastleggen, waarom per se dat kapsel van die foto? Ja, die prima donna oogt als een vorstin, maar het zou u... *évidemment*, ’t kan wel, maar wacht... nee, laten we eerst het bestaande repertoire afwerken.’

Dus kwam ik langs als ravenzwarte superbitch, als geblondeerd animeermeisje, en als vamp met weelderig, donkerrood haar. Als onnozel hittepetitje, als femme fatale, als een vals kreng, als een lief jarenvijftigmevrouwtje, als een strenge schooljuffrouw. Het was ongelofelijk wat ik te zien kreeg. Hoe je haar valt, krult, eruitziet bepaalt wie je bent. Wat zou Schopenhauer daarvan gezegd hebben?

Uiteraard zijn er tal van beperkingen, stellen de kwaliteit en de mogelijkheden van je haar hun grenzen. Met pruiken zou je aan die beperkingen kunnen ontsnappen. Als vrouw kun je duizend gezichten hebben. Als man ook. Ter compensatie van het feit dat hij met zijn kapsel wat minder kanten op kan, staan een man allerlei typen snorren en baarden ter beschikking.

'Kijk,' zei de haarkunstenaar, 'nu zal ik eens beproeven of ik het kapsel van uw vriendin in kan voeren...'t zal nog juist niet meevallen, wacht, misschien *tout simplement* even met de scanner...'

Zijn vingers huppelden over het toetsenbord. Was dit leptosoompje met z'n Vlaamse tongval een gewone dameskapper? Het leek eerder een computerfanaat.

Vanuit een fletsblauw schijnsel doemde het gezicht van Roos op. Waarom deed dat, terwijl het simpelweg een reproductie was van de door mij meegebrachte foto, zo allemachtig veel pijn? Daar diende het zich weer aan, die duizeling van psalm 130, die verschroeiende mismoedigheid. De afgrond opende zich, en alles leek zo verschrikkelijk vergeefs.

'Nu even haar gelaatstrekken vervagen en de uwe ervoor in de plaats steken,' zei de computerfanaat.

Ooit had ik foto's afgedrukt. Dan zag je in de ontwikkelbak een gezicht opkomen. Nu zag ik het omgekeerde, zag ik haar gezicht verdwijnen, vervagen, oplossen.

'En nu... ja, ja, het lukt... ziet u nu... awel, het valt eerlijk gezegd mee, maar echt geweldig... u zou er toch niet op uw meest voordelig, wacht, laten we...'

'Nee, nee,' zei ik, mijzelf omhoogworstelend uit diepten van ellende.

'Goed,' zei hij, 'ik had nog met de vorm van uw gezicht willen spelen, willen kijken wat u eventueel met make-up... maar 't is mij best, laat dit eerst maar eens op u inwerken.'

Ronduit adembenemend was wat ik aanschouwde. Of het mij stond, dat kapsel van Roos, deed nauwelijks ter zake. Belangrijker was dat ik met haar coupe verbijsterend veel op haar leek. Haar kapsel, dat deed het, dat zou mij doeltreffender dan haar kleren of haar extravagante nagels of haar valse wimpers of haar oorbellen of haar make-up in haar zusje veranderen. Starend naar het stille beeld, schoten mij een paar regels van Marsman te binnen: '... dat de een als zij soms naar de ander ziet, bij zichzelven denkt, maar ben ik dat niet?'

'Weet u wat,' zei de haarkunstenaar, 'ik print wat uit, coiffures die u flatteren, u neemt ze mee, bekijkt ze thuis rustig, en dan kiest u uit wat u van zoutte komt. U zult zien... ik zal u ook met de coiffure van uw vriendin uitprinten. Laat 't uw partner zien, uw kennissen, heus, ze zullen u stuk voor stuk zeggen dat u d'r met dat kapsel echt niet op uw voordeligst uitziet. Ja, ja, d'r komt vandaag de dag nogal wat voor kijken als je als vrouw je haar laat snijden. Oei, oei, wat een mogelijkheden je vandaag de dag hebt, daar had ik vroeger niet van kunnen dromen toen ik als aankomend coiffeurtje met den paleerpriem aan de slag ging.'

Toen ik weer in haar appartement was, en alle schoteltjes melk had ververst, schoot door me heen dat ze vaak had gezegd: 'Waar laat jij in vredesnaam je haar knippen? Ga eens mee naar mijn kapster in de Vogelbuurt in Den Haag. Die knipt als een aartsengel, al is ze getikt. En wat zou dat: liever getikt dan gelikt.' Altijd had ik dat tactisch afgehouden. Stom dus, want wat lag er nu meer voor de hand dan dat ik mij daarheen zou begeven en zou zeggen: 'Knip mij als Roos.' Hoe eigenaardig dat ik nu haast dwangmatig wilde doen wat ik tijdens haar leven had afgewimpeld. Misschien school daar een geheime logica in.

In haar telefoonklapper zocht ik net zo lang tot ik een adres vond in de Tureluurlaan in Den Haag. Ik toetste de cijfers in, kreeg vrijwel dadelijk verbinding. 'Haarsalon Marquise,' klonk het monter. Nadat ik had uitgelegd wie ik was en wat ik wilde, zei de vrouw aan de andere kant van de lijn: 'Nee maar, een vriendin van Roos! Ik verheugde me er zo op om naar haar crematie te gaan, maar ik had die dag 's morgens al mijn ribben gekneusd, dat kan je hebben, zo'n dag dat alles tegenzit, vanmorgen stuiterde ik zomaar pardoes de trap af, ik heb al m'n klanten voor vandaag afgezegd, en nu zit ik te knarsen en te kniezen, want ik heb m'n stuitje vreselijk bezeerd, dus ik moet alsmaar blijven staan en kan dus best knippen, maar ja, ik kan moeilijk al m'n klanten weer gaan bellen, dus komt u maar, en dan heb ik alle tijd voor u, kunnen we uitgebreid over Roos babbelen. Dat ze nou toch dood is, ik kan 't niet uitstaan, hoe laat mag ik u verwachten?'

'Ik denk dat ik er een uur, anderhalf uur over doe om bij u te komen. Waar is de Tureluurlaan?'

'Vlak bij de Bosjes van Poot, als ik m'n hand uit 't raam steek kan ik de bladeren afrissen, als u op de Sportlaan bent zowat dadelijk al afslaan in de richting van de zee. Direct na de sportvelden. Dan de Kwakstraat in, de Draaihalsstraat door, de Snorstraat uit, 't is zo makkelijk, en dan links, en weer links... u ziet 't vanzelf.'

Het was vrijwel windstil. De zon straalde aan een strakblauwe septemberhemel toen ik langs polders met schuchter rimpelende slootjes op de parallelweg van de A 44 fietste. Bij Den Deyl moest ik de weg oversteken en mijn weg vervolgen over een doodstil tweebaansfietspad aan de zeezijde van de A 44. Daarover raasden onafgebroken, strak in het gelid, met griezelig weinig tussenruimte, auto's en vrachtwagens en bussen, terwijl ik het brede tweebaansfietspad voor mijzelf had.

Er werd geclaxonneerd. Ik keek opzij. Een zwarte Saab raasde langs. Had die getoeterd? Maar waarom? Ik tuurde naar het nummerbord. Was dat het nummer waar ik vorige week in Katwijk alsmaar naar had uitgekeken? Leed ik nu ook al aan zinsbegoocheling?

Langs het ANWB-kantoor fietste ik Den Haag binnen. Wat verderop, in Madurodam, slenterden honderden peuters in het goudkleurige zonlicht tussen de Euromast en de Nieuwe Kerk en het Paleis op de Dam. Door de eigenaardige perspectivische vertekening die van de kinderen reuzen maakte, leek het alsof een geweldige klauw mij bij mijn nekvel optilde en weer neersmakte om mij andermaal duidelijk in te prenten dat ik ernaast had gegrepen.

Haastig zette ik haar zonnebril op. Het hielp nauwelijks, ik trapte als een bezetene, schoot een fietspad op, wist niet eens zeker of ik goed reed en kwam terecht in amfitheaters van weelderig groen en dacht: zou ik hulp nodig hebben? Maar een psychiater zou mij niets kunnen vertellen wat ik zelf niet allang wist. Dat ik hopeloos in de knoei zit omdat ik meemaak dat mijn vriendinnen de een na de ander grootmoeder worden. Dat ik daarom nu met een krankzinnige manoeuvre bezig ben. Toen dacht ik aan wat Roos zei wanneer ze merkte dat de aanblik van zo'n ouderwetse kinderwagen – die je goddank nog maar zelden zag – mij overstuur maakte. 'Stel je niet aan, bedenk dat er SS20-raketten op ons gericht staan met meervoudige kernkoppen. Wie nu nog baart, is ontoerekeningsvatbaar.'

Ik bereikte de Vogelwijk, reed door de Poelsnipstraat, de Haakbekstraat, de Steenloperstraat, kwam terecht op het Snorplein, was kennelijk in de buurt. Ik fietste maar door, er was niemand op straat, gul scheen de septemberzon.

Snorstraat, wat had ze ook weer gezegd, moest ik die uit rijden? Er stapte warempel een medemens uit een woonhuis. 'Mevrouw, weet u de Tureluurlaan?' 'Jazeker, hier door, pleintje om, dan bent u er.'

Even later stopte ik voor het laatste woonhuis in de Tureluurlaan. In de tuin prijkte een groot bord op ranke palen: Haarsalon Marquise. Aan een van de palen ketende ik mijn fiets vast, en belde toen aan. Vanuit het huis klonk een angstaanjagende blaf, de voordeur ging geruisloos open en daarachter keek een reusachtige, spierwitte viervoeter zo dreigend naar mij op dat ik een moment dacht: een ijsbeer.

Het roofdier snoof, en roffelde vervolgens met zijn staart tegen een goudgelakte trapleuning. Blijkbaar kwispelde hij, was ik welkom. Vrouwmoedig stapte ik langs hem heen en besteeg de trap met zijn blinkende leuningen.

'Is daar iemand?' riep ik.

Links en rechts op een lange overloop stonden deuren open. Aan het einde van de overloop zag ik op een kaptafel in een kamer met een spiegelwand een pruik op een piepschuimkop staan. Daar liep ik heen, en ontwaarde toen het spiegelbeeld van een vrouw die ik gek genoeg zelf niet zag.

‘Goedemiddag,’ zei ik.

‘O, neem me niet kwalijk,’ zei het spiegelbeeld, en ze stapte uit beeld en verrees pal achter mij.

‘Ga zitten,’ zei ze, ‘gisteren... ik had gisteren toch zulke malle klanten, twee snollen uit de Geleenstraat, die kwamen tegelijk aan, maar wilden niet samen in deze kamer zitten, dus de een heb ik in de woonkamer gesmakt, alle deuren dicht, o, wat je hier soms meemaakt, ze wijzen altijd op je voorhoofd als ze willen zeggen: die is geschift, maar ze zouden beter wat hoger kunnen wijzen...’t haar, daarin schuilt de zotheid. Dus u wilt precies zo’n kapsel als Roos... ja, ja, ik zie ’t al... haar nagels hebt u al, grootverpakking uit de Wagenstraat, het adres heeft ze van mij, heb ik haar heen gestuurd. U wilt haar playbacken, wat enig, zou ik ook dolgraag willen, maar ja, ik heb haar postuur niet, wacht, ik ga eerst even iets voor u maken, wat mag ik u aanbieden, koffie, thee?’

‘Een kopje thee graag.’

‘Adoeh, Roos zomaar dood, ik hoorde ’t van mijn zoon.’

‘Van uw zoon,’ vroeg ik verbaasd, ‘hoe wist uw zoon dat ze overleden was?’

‘M’n zoon weet altijd alles, m’n oudste dan, ik heb er twee, de één is psychotisch, de ander is neurotisch en ze zijn allebei chaotisch... o, kinderen, familie, het is echt het allerergste... m’n oudste... drugs... draaideurcrimineel.’

‘Draaideurcrimineel?’

‘Ja, ken je dat niet? Hup de gevangenis in, hup er weer uit. En toch, al is hij neurotisch en nogal vuurgevaarlijk, qua inborst is hij reuze lief, Roos was dol op hem, en hij ook op haar, al was ze twintig jaar ouder... toen ze hier voor ’t eerst kwam speelde hij nog met z’n dinky toys op de overloop. Later ging ’t wel anders, ja, ja, ik hield me erbuiten, ik dacht altijd: misschien kan ze hem op het rechte pad houden, maar ’t was eerder andersom, hij heeft haar hier vlakbij, in de Bloemenbuurt, bij zo’n reuze chique club geïntroduceerd. Enfin, ze is er niet meer, wat wou ik ook weer gaan doen, o ja, een kopje thee. Moet er iets bij?’

‘Nee, nee,’ zei ik, ‘ik lijn, ik moet magerder worden, anders kan ik...’

‘Lijnen? Helpt niks hoor. Wat je verliest, komt dubbel terug.’

'Toch ben ik al een paar kilo kwijt,' zei ik trots.

'O ja, wat laat je dan staan?'

'Zover ik weet niks. Sinds Roos dood is, ben ik alsmaar in beweging. Verhuizen, dozen sjouwen, daarmee fietsen, een hele week lang, alles moest er voor 1 september uit, ik denk dat 't daardoor komt.'

'Geloof ik niks van, bewegen... ze smoezen zoveel. Dat helpt niks is mijn ervaring. Ben je soms minder gaan eten sinds ze dood is?'

'Nee, waarom zou ik?'

'Waarom zou je niet? Je hebt toch verdriet? Wie treurt heeft geen trek. Of treur je niet? Ik wel hoor, ik kan 't niet uitstaan dat ze dood is. O jee, je thee, wat ben ik toch een hopeloos geval.'

Ze liep de spiegelkamer uit. At ik minder? Voorzover ik wist niet. Hoogstens anders, omdat ik als ik wijting voor de poezen kocht, meestal voor mezelf een poontje of zeebaarsje meenam. Werd je mager als je meer vis consumeerde? Had je geen trek als je treurde? Kon best, maar de laatste maanden had ik, als weer een vriendin apetrots opbelde dat ze grootmoeder was geworden, steeds grote zakken chips uit de supermarkt gerukt. Doodellendig voor de buis hangend had ik die dan opgepeuzeld. 'En daar komt niets meer van, omdat je met die pestnagels die chips niet meer uit zo'n zak kunt krijgen,' mompelde ik, waarop ik vervolgens stomverbaasd Curve Oval bestudeerde. Viel ik af omdat ik met die klauwen amper chips kon oppakken? En ook pinda's liet staan? Was 't een goeie tip voor elke vrouw die wilde lijnen? Plak nagels op, liefst lang en krom, dan kun je geen chips en borrelnootjes en pinda's meer te lijf. En toen dacht ik: van het eten maak ik ook minder werk omdat het zo verdomd lastig werken is met Curve Oval; ik kook minder lekker, eet daardoor minder.

De kapster kwam terug met een kopje thee, snoerde me vervolgens in een soort dwangbuis zodat ik geen slok nemen kon, en knipte mij even traag als behendig met een soort nagelschaartje.

'Ik kan niet praten als ik knip,' zei ze, 'en jij mag best praten, hoor, maar luisteren kan ik ook niet als ik bezig ben, dus kunnen we maar 't beste allebei stommetje spelen tot ik klaar ben. Ik gaf haar ook altijd een spoelinkje na afloop, vanwege haar grijze haren hier en daar, zal ik dat bij jou ook doen? 't Hoeft eigenlijk niet, ik zie nog nergens grijs... Toch zou 't niet zo gek zijn, heb je meteen ook haar haarkleur...'

In de spiegel voltrok zich een wonder. Langzaam doemde het kapsel van Roos op. Toch duurde het zowat even lang als een symfonie van Bruckner eer de haartransformatie voltooid was. Daar zittend, en alsmaar naar mezelf kijkend en luisterend naar het wonderlijke gesnap van een vrouw die als ze knipte niet praten, maar blijkbaar wel onvermoeibaar kletsen kon, kwam er een doffe loomheid over me. Ik hoorde amper wat de kapster allemaal uitkraamde.

Ik kwam pas weer bij zinnen toen ze, na voltooiing van haar werkzaamheden, inclusief de spoeling, tevreden zei: 'Het komt aardig in de buurt. Goed dat m'n zoon er niet is. Zoals die op Roos viel... die zou nu ook op u neersmakken. Stakkertje, je krijgt nu alle stalkers van Roos achter je aan, pas maar op... waren er bar veel. Ik heb altijd gedacht dat ze op een goeie dag nog eens gestranguleerd zou worden... daar vond ik haar een type voor, om gestranguleerd te worden...'

Ze kneep in mijn nek en zei liefkozend: 'Lekker woord, gestranguleerd, ik las 't laatst nog in de krant, ik zag 't dadelijk voor me. Enge man, knappe vent, zwarte lakleren handschoenen aan, klemt z'n vingers om je nek en daar ga je... in etappes, want 't schijnt nogal vermoeiend te zijn om iemand te stranguleren. Af en toe moet de wurger pauzeren om op krachten te komen en komt 't slachtoffer weer bij... nu ben jij de eerstvolgende kandidaat op de lijst, maar wat zou 't, je moet toch ergens aan dood. Ben je weg, heb je nooit meer last van je familie, denk je eens in, wat verrukkelijk.'

Ze omvatte met beide handen mijn nek alsof ze me wou smoren. 'Kom eens uit de stoel, laat me eens goed kijken, loop eens over de gang.'

Ik liep over de gang. Ze zei: 'Je moet veel rechterop lopen, Roos liep altijd kaarsrecht.'

'Dat zegt iedereen,' zei ik.

'Eerlijk gezegd heb ik dat nooit vertrouwd, heb ik altijd gedacht: die heeft aanleg voor een hoge rug, die draagt onder haar kleren een strak korset. Daar zou je tussen haar spulletjes naar moeten zoeken. Ze had vast een of ander soort smeedwerk. Op maat gemaakt. Met biljoenen baleinen. Ik bedoel: zo griezelig rechtop... 't Was vast nep. Net als haar nagels en haar wimpers.'

# 9

Uitgeput stapte ik tegen een uur of zes haar appartement binnen. '*Never eat when tired*,' had de grondlegger van de macrobiotiek ooit gezegd. Waarschijnlijk het enig verstandige advies uit zijn mond. Al voor ik dat vernam, had ik mij daaraan gehouden. Ook dit keer zou ik dat doen, want ik was zo moe dat ik bijna flauwviel van de sterke poezenlucht. Ruikt een mens beter als hij moe is? Het kon ook zijn dat ik ongesteld moest worden, daaraan voorafgaand rook ik ook altijd beter.

De poezen streken liefkozend langs mijn benen toen ik in de keuken eerst maar eens thee zette. Zelfs Lellebel liet zich even zien met haar bespikkelde wit-zwarte pootjes die eruitzagen alsof ze netkousen droeg. Zodra ik haar probeerde te strelen, schoot ze echter schichtig weg.

De zon scheen akelig uitbundig naar binnen via het grote woonkamerraam. Ik worstelde een poosje met de luxaflex. Vervolgens worstelde ik met de videorecorder. Waarom had ik niet meegekeken toen Mastenbroek het apparaat bediende? Waarom bleef ik maar blindelings met mijn knokkels op al die knoppen van de afstandsbediening drukken? De enige remedie was: de handleiding. Maar ja, geen idee waar Roos haar handleidingen bewaarde.

Dus ging ik die knoppen verbeten te lijf, en warempel, de eerste band van Mastenbroek liep. In een venstertje buitelden blauwe cijfertjes. Nu nog beeld op de buis. Ik zapte van voetbalwedstrijd naar praatprogramma naar quiz. Was er dan nooit iets anders?

Van bovenaf streek een sluier over het scherm, die ook dadelijk weer werd opgehaald. Roos kwam in beeld. Vredig lag ze te zonnen. Er was verder alleen zand en scherp zonlicht, dat alles omgeven door diepzwarte schaduwen. Zwak klonk het geluid van de branding. Of was 't het geruis van de band? Tien minuten lang tuurde ik naar haar gebruinde lichaam. Ze bewoog nauwelijks, sloeg alleen halverwege de voorstelling loom een vlieg weg. Haar zilvergelakte nagels glinsterden daarbij schel in het zonlicht.

Na die tien minuten volgden weer tien minuten Roos op een badhanddoek groter dan een tentzeil. Was dat een jaar later? Ze leek niet veranderd, droeg alleen een iets gewaagdere bikini, en haar nagels waren langer en dieprood.

Hoe raadselachtig en verontrustend dat zo'n bedremmelde man jaar in, jaar uit zo'n tien minuten had opgenomen van een vrouw die zich liet koesteren door de zon. Zou hij ook over banden beschikken met andere bruinende bikinidraagsters? Maar misschien was het niet raadselachtiger, verontrustender dan mijn doldwaze verlangen om in haar huid te kruipen. Schopenhauer had in zijn boekje *Die Kunst, glücklich zu sein* gezegd: 'Imitatie van andermans eigenschappen en eigenaardigheden onteert iemand veel meer dan het dragen van andermans kleren.'

Zij was ermee begonnen, zij had het geïnitieerd, zij had me telkens meegesleept naar dure winkels waar ze dan het liefst tweemaal hetzelfde pakje kocht. O, die tochten op koopzondagen langs die superzaken! Kwam je daar binnen, dan stapte zo'n verkoopster dadelijk op Roos af, zei: 'Dames, wat kan ik voor u doen?' Ondanks het meervoud had zo'n opgepoetst wezen uitsluitend haar aangekeken. Overal waar ze kwam werd ze behandeld als een grootvorstin. En dat liet ze zich aanleunen alsof ze een onlangs opgedoken tsarevna was, nee, de tsarina zelf. Wilde zo'n verkoopster haar iets aansmeren, dan wimpelde ze dat zo beslist af dat zo'n vrouw haast leek te krimpen. O, wat had ik dat vermogen je zo superieur te gedragen benijd. Zo boezemde je niet alleen ontzag en respect in, het deed er ook niets toe of medemensen je aardig vonden. Je draaide het om: al wie je ontmoette wou door jou, door de tsarina zelf, aardig gevonden worden.

Een doodgewone laborante. Niettemin: superieur. Zo zijn: altijd onder alle omstandigheden de meerdere, de beheerser. Tegen Roos zou dat loeder nooit hebben durven zeggen: 'Mooi pakje heb je aan, jammer alleen dat ze het niet in jouw maat hadden.' Eén vernietigende blik en zo'n zinnetje was op de lippen van dat mispunt bestorven. Iemand als Roos werd nooit gekrenkt, vernederd, bespot. Het was een illusie te denken dat je je als *lookalike* die soevereine onaantastbaarheid kon toe-eigenen, maar het viel te proberen.

Ondertussen bleven die stille beelden voorbijglijden op het scherm. We waren al toe aan het derde jaar. 'Haar bikini's worden steeds flitsender en haar nagels worden steeds langer en de kleuren gedurfder,' mompelde ik, 'maar dat is dan ook het enige verschil.'

Had ook deze maanzieke Mastenbroek zich haar superioriteit willen toe-eigenen? Of golden hier andere drijfveren? Was hier uitsluitend lust in het geding? Maar dan nam je toch niet, jaar in, jaar uit tien minuten op van de vrouw die je begeerde. Zoveel was zeker: hij was gekker dan ik, en omdat hij gekker was, verschafte hij mij een vrijbrief om in haar huid te kruipen. Zoveel hoofden, zoveel waanzinaria's. Hoorde je niet elke dag over de bizarste uitwassen? Vanuit de menselijke psyche borrelden onophoudelijk verbazingwekkende, krankzinnige wensen en verlangens omhoog, waarvan overigens goddank slechts een verwaarloosbaar percentage in daden werd omgezet. Over de abjectste, vaak helaas criminele daden, las je op de voorpagina's, maar een man die jaar in, jaar uit stiekem z'n vernuftig met badhanddoeken gecamoufleerde videocamera liet lopen, dat haalde de krant nooit. Zelf vond hij het doodgewoon. Anders had hij toch niet zo grif zijn banden uitgeleend? Tenzij hij daar een bedoeling mee had.

Ik huiverde even en zette de recorder uit. De ergste vermoeidheid was weggeëbd. Ik had nog wat zadelpijn, maar dat hoefde geen belemmering te zijn voor een voorzichtige zoektocht naar het vooralsnog hypothetische, op maat gemaakte korset met de biljoenen baleinen. Dat ik daar zelf niet aan had gedacht en zo'n kapster mij op het idee had moeten brengen.

Achter in haar hangkast vond ik een stuk of vier ogenschijnlijk vrij soepele, maar van stugge baleinen voorziene body's. Of waren het op maat gemaakte korsetten? Toen ik mezelf uitkleedde en mij vervolgens in zo'n dwangbuisbody opsloot, moest ik een gevoel van gêne overwinnen. In het begin had ik daar last van gehad als ik haar kleren aantrok. Inmiddels was dat weg, maar nu kwam het vrij krachtig terug. Zou zij ook van zoiets last gehad hebben? Vast niet. Dan hoefde ik er toch ook geen last van te hebben?

Spoedig bleek dat zo'n geheimzinnige kruising tussen body en korset mijn figuur doeltreffend corrigeerde. Kaarsrecht liep ik door haar slaapkamer. Als ik verslapte, voelde ik hoe de baleinen venijnig in mijn rug prikten. Prettig kon je het bepaald niet noemen, maar het effect was groots: dankzij het martelwerktuig had ik ook haar houding te pakken.

Ik haalde weer de fraaie foto van de muur, die ik eerder al had meegenomen naar de Vlaamse haarkunstenaar. Ze was ijdel geweest, anders hing je niet zo'n oogverblindende foto van jezelf op. Of speelde mijn eigen christelijk-gereformeerde achtergrond mij parten?

Ik liet haar foto tegen de spiegel aan leunen en ging achter haar kaptafel zitten. Steeds turend naar die foto, begon ik mijzelf zo goed mogelijk op te maken als de tsarina. Andermaal bleek het razend moeilijk. Vaak moest ik een beroep doen op die handige wattenstaafjes om fouten te corrigeren.

Toch kwam, vooral dankzij het feit dat mijn haar zo kundig in haar fraaie coupe was geknipt, een lookalike te voorschijn die ermee door kon. Ik zag dat ik, nu mijn oren niet langer bedekt waren, eraan moest geloven. Ik zou haar oogverblindende oorclips moeten gaan dragen. Minstens een dozijn van die krengen lag uitgestald op een richel aan de zijkant van de kaptafelspiegel. Van kindsbeen af had ik een afkeer gehad van dat soort glamourachtige accessoires, zij helaas niet.

Toen ik zo'n glinsterend wagenwiel oppakte en vastklipte aan mijn oor, viel het er terstond weer af. Nogal logisch, dacht ik, het is loodzwaar. Hoe zou zij die clips bevestigd hebben? Tussen de clips stond een plastic flesje Collal. Ik staarde ernaar. Voorzichtig deed ik een druppeltje lijm op de binnenkant van de clip. Toen bevestigde ik hem. Hij bleef zitten. 'Zo dus,' gromde ik, en ik bevestigde ook de andere clip met een druppel lijm. Weer iets geleerd, weer een geheim ontsluierd.

Amper had ik die twee clips aan mijn oren vastgeklonken of de voordeurbel zoemde zijn drietonige wijsje. Hevige schrik daverde door mijn lichaam. Stomme angsthaas, schold ik mezelf uit, wat een belachelijke reactie. Wilde ik ooit dat odium van slaafsheid van mij afschudden, dan moest ik dadelijk een begin maken en zonder enige angstvalligheid naar de deur lopen en die openen. Ik sloop naar het halletje. Op het minibeeldscherm was niets te zien. Deze beller was al boven, stond al voor de deur. Ik loerde door het kijkgaatje dat op ooghoogte in de voordeur was aangebracht. Ik verwachtte dat ik de bavianengrijns zou zien, maar ik zag een soort handelsreiziger. Ik opende de deur.

'Goedenavond, toch thuis, gelukkig, ik dacht dat u weg was, want ik heb uw Saab al een tijdje niet gezien, ik woon vijf penthuisjes verderop, we treffen elkaar weleens in de lift, Wijnmeulen is de naam, mijn poes is ervandoor, zit hij soms bij u op het dakterras?'

'Niet dat ik weet,' zei ik.

'Mag ik even kijken?'

'Gaat uw gang,' zei ik.

Leefden de yuppies in Grimburchstaete zo langs elkaar heen dat deze man niet wist dat Roos was overleden?

Met kleine, aanstellerige pasjes schuifelde de man de hal en de kamer door naar de deur die ik zelf nog altijd niet had geopend. Op het dakterras had ik mij nog niet gewaagd.

'Mooie zomeravond,' zei de man, 'echt zo'n avond om buiten te buffelen en in het zonnetje te stoven en je vrouwtje te knuffelen, maar ja, zo'n poes... die neemt het er dan van.'

Hij ontgrendelde de deur, stapte het dakterras op, riep: 'Poekie, Poekie,' kwam weer terug en zei: 'Hier zit hij niet, ik zal het eens bij de andere buren proberen.' Weg was hij alweer, mij achterlatend met een gevoel van triomf, waarachter echter die ellendige jankerigheid opdoemde.

Ik deed een getailleerd rood leren jasje van Roos aan, greep mijn tas en stapte toen ook de galerij op. In de lift was ik de enige passagier. In de Grimburchstraat scheen onbarmhartig het lage avondzonlicht in mijn ogen. Uit mijn tas haalde ik haar zonnebril, zette die op en liep toen de Grimburchstraat uit, en stak een brede verkeersweg over. In de Digros – gelukkig altijd tot acht uur 's avonds open – haalde ik wat druiven en een stukje jonge kaas. Om mee te dineren.

Toen ik een minuut of tien later terug was in haar appartement

– of moest ik voortaan zeggen: haar penthuisje? Wat een dwaas, die buurman – ging de telefoon. Ik schrok nauwelijks, nam vrij rustig op en zei hallo.

'Met Freek. Rij ik zonet over de Willem de Zwijgerlaan, zie ik daar bij het voetgangerslicht potverpiel Roos lopen. Ik kon niet stoppen, ik kon niks doen, maar hoe zit dat nou? Hebt u me maar wat wijsgemaakt? Als het Roos niet was, leek ze d'r toch verrekt veel op. Ik kan me haast niet voorstellen dat u me hebt voorgelogen. Wat zou u daar nou mee opschieten? Je liegt toch niet dat iemand dood is die het niet is? Maar wie stekkerde daar dan? Wie?'

Ik wou iets zeggen, maar hij gromde: 'Het was haar rooie leren jasje, daar sta ik voor in, goed, ik zag haar in een flits, misschien was ze 't niet... misschien was het een hersenschim, ik weet nog dat ik toen ik jong was en de hormonen als zilvervisjes door m'n lijf schoten 's avonds laat in het donker met m'n dronken kop zelfs een verkeersbord weleens heb aangezien voor een lekkere meid... maar dit... 't is om stapelgek van te worden. Zie ik haar uit een ooghoek weer lopen, weer zo kordaat lopen, zo mooi rechtop. God, wat klote dat ik daar onmogelijk kon stoppen. Roos dood aan een zonnesteek? En ie geleuft 't? Roos dood, maar ik zie haar voortstappen... *I smell a rat*, *I smell two rats*... ik moet hier hoe dan ook het mijne van weten, begin volgende week ga ik eerst maar eens op het stadhuis navragen of ze echt dood is, daar zullen ze dat potverpiel wel weten, dat ga ik eerst maar eens uitplussen.'

Zonder op antwoord te wachten smeet hij de hoorn erop.

# 10

Ruim een week later werd er aan het einde van de zondagmiddag aangebeld. Ditmaal schrok ik niet. In de week daarvoor had ik een norse meteropnemer aan de deur gehad, twee alleraardigste mormonen en een heerschap dat collecteerde voor de Nierstichting. Rustig liep ik naar de voordeur. Ook deze beller was blijkbaar beneden meegeglipt met een bewoner. Door het verklikkersoogje zag ik een tengere man staan. Losjes opende ik de voordeur. De tengere man keek me aan, en trok wit weg terwijl zijn pupillen groot werden. Hij wilde iets zeggen, maar kon amper een woord uitbrengen, bleef hangen in onbegrijpelijke lettergrepen.

Hij stond daar, staarde me aan en ik staarde terug. Toen schudde de man als een hond die zijn natte vacht uitschudt, schiftig zijn hoofd. Hij stak een verweerde knuist uit.

'Ik ben Freek,' zei hij, 'Freek Volbeda.'

'Freek?' stamelde ik stomverbaasd.

'Ja, ik ben Freek.'

'Ik had me u anders voorgesteld,' zei ik. Hoorde die vlakke, barse telefoonstem bij deze tengere verschijning? Nu ik hem zag klonk die stem, onmiskenbaar de telefoonstem, lichter, minder sinister.

'Ik sta perplex,' zei Freek.

Toen stapte hij onververvaard langs mij heen de hal in. Hij duwde me zelfs opzij. Hij gromde: 'We moeten praten,' en beende naar de woonkamer. Wat restte mij anders dan de voordeur te sluiten? Langs Roos zou hij niet zo achteloos heen gestapt zijn, ik was er nog lang niet.

'Zo,' zei Freek toen ook ik de grote woonkamer binnenstapte, 'één raadsel is alvast opgelost. Dus u heb ik laatst op de Willem de Zwijgerlaan zien stekkeren. Waarom zei u dat dan niet, toen ik u belde?'

‘Kreeg ik de kans niet voor,’ zei ik.

‘Bent u soms dat zusje waar ze ’t altijd over had.’

‘Ze noemde me altijd mijn zusje,’ zei ik, ‘maar ik ben...’

Hij viel me in de rede. ‘Kan ook moeilijk anders. Wat me vreselijk dwarszit – ik zeg ’t maar recht voor z’n raap – is dat Roos *out of the blue* dood is gegaan. Out of the blue. Kerngezond was ze nog het weekend daarvoor, daar kan ik voor in staan, ze was toen... we hebben het toen nog vreselijk leuk met haar gehad... drie dagen later gaat ze dood, is ze zomaar dood, morsdood, hoe kan dat?’

‘Zonnesteek,’ zei ik.

‘Maak ’t nou, iemand die kerngezond is gaat niet dood aan een zonnesteek. Als d’r maar een bewijsje van zon was, lag ze dik in de olie op haar badhanddoek aan ’t strand. Nooit met klachten of problemen of wat dan ook. En dan zou ze, terwijl er die dag toch geen sprake van was dat de mussen dood van ’t dak tuimelden... nou ja, d’r zijn zo goed als geen mussen meer las ik laatst in de krant, maar goed. Dus dat de kraaien van ’t dak tuimelden van de hitte... rare uitdrukking eigenlijk. Alsof die rotbeesten niet vliegen kunnen, enfin, waar had ik ’t over, o ja, ’s morgens was ’t nog zwaarbewolkt... ik ken ’t weten, we sloegen de eerste paal, dan kijk je tig keertjes omhoog... zou ze in een vloek en een zucht aan een zonnesteek... ik geloof d’r geen barst van, helemaal niks, noppes, niemendal.’

‘Ze is in het Diaconessenhuis gestorven. Daar hebben ze...’

‘Daar ben ik van de week nog geweest, nadat ik eerst al op ’t stadhuis... Daar heb ik via via met veel moeite en pijn zo’n ventje, zo’n schrielhannes te spreken gekregen, zo’n jonkie in een witte jas die de lijkschouwing had gedaan. Ja, meneer, heus, het was een zonnesteek, geen twijfel over mogelijk.’

Hij keek me aan alsof hij ook mij met een zonnesteek wilde doden.

‘Als u ’t goedvindt, ga ik d’r even bij zitten.’

‘Ga uw gang.’

‘Mooi.’ En hij plofte neer op de driezitsbank. Hij kneep zijn ogen stijf dicht, opende ze weer en keek me aan met zo’n blik die van onderen komt.

‘Zo’n schrielhannes... ja meneer, heus, ze is... we hebben... ze had een donorcodicil, dus we hebben haar grondig onderzocht, zegt ie ook nog. Toen wist ik genoeg, de aasgieren hebben d'r meteen opgemaakt en alles eruit opgedolven wat ze gebruiken konden, d'r nieren, d'r hart en weet ik veel wat allemaal nog meer. Ze hebben d'r hoornvlies eraf gepulkt... wat kon 't hun schelen waar ze aan dood was gegaan, ze waren veel te blij dat ze d'r weer een hadden waar ze alles uit konden grissen, dat heeft vooropgestaan, de doodsoorzaak, wat deed dat er in vredesnaam toe?'

'Dat zegt u, maar stel dat ze vergiftigd was... dat zoek je toch eerst uit voor je iemands nieren...'

'U zegt het: vergiftigd. Dus u hebt daar ook aan gedacht, of u denkt er nu in ieder geval aan.'

'Zoiets is allicht door mijn hoofd geschoten,' zei ik, 'ik snap er ook weinig van dat ze een zonnesteek kan hebben opgelopen, ze was behoorlijk gehard.'

'Dat mag je wel zeggen.'

'Maar ja, toch... ik kreeg van de begrafenisondernemer te horen dat hij het eerder had meegemaakt en hij zei dat het echt niet zo uitzonderlijk is, dat hij vaak genoeg van artsen had gehoord...'

'Artsen, die kerels, 't zijn zulke sukkels. Niet dat ik geen sukkel ben, hou me ten goede... Obertje, jochie, ben je daar, hoe heb je 't nou, is 't bazinnetje dood?'

Ober sprong bij Freek op schoot, vlijde zich neer, begon te spinnen. Freek streek met zijn knuisten over het witte befje.

'M'n vader... ze maken 'm open, ze naaien 'm weer dicht. Tegen mij zegt zo'n witjas: hij heeft pancreaskopcarcinoom, heeft hoogstens nog een halfjaar te gaan, dus wij leggen allemaal alvast de vlag in de Biotex zodat we hem brandschoon kunnen uitsteken als hij de pijp uit gaat, en wij flink zullen erven van die misselijke schriep... ja, ja, da's nou al vijftien jaar geleden en moet je m'n vader zien, nog altijd springlevend, nog precies hetzelfde stuk sekreet, en wij maar denken dat we z'n kapitaaltje... nee, witjassen.'

Hij streelde Ober. Die spinde als een Singer-naaimachine.

Tijg kwam aanlopen, sprong op de bank, kroop dicht tegen Freek aan.

'Haal je d'r één aan, heb je ze in een mum van tijd alle drie in 't vizier,' zei Freek.

'Volgens mij bent u de enige die dat voor elkaar krijgt,' zei ik.
'Dus u zorgt momenteel voor ze, u hebt alles geërfd.'

'Daar lijkt het op,' zei ik, 'maar het is nog lang niet allemaal uitgezocht...'

'Nee, allicht niet, zo'n notaris... die moet er ook een snee brood aan overhouden, kan dat ook niet maar zo even in een achternamiddag... nou ja, hij zou 't vast en zeker kunnen, maar ja, schrijf dan maar eens een gepeperde rekening.'

'Roos heeft het nooit over u gehad, nooit, ik wist niet van uw bestaan af.'

'Da's echt zo vreemd niet. Wij... ons clubje... daar heeft ze allicht nooit met anderen over gepraat, en ik heb geen pest zin om u uit te leggen waarom dat zo is. Ze gaf altijd hoog over u op, en dan zeiden wij: breng dat fantastische zusje dan eens mee, en dan zei ze: "Nee, die is zo puur en onschuldig en onbedorven en onbezoedeld, nee, geen sprake van," dus daarom zal ze 't ook wel nooit over ons clubje hebben gehad, ze wou u niet bedoezelen... wat zeg ik, bezoedelen.'

'Ik heb haar altijd enorm bewonderd,' zei ik, 'ze had zo'n flair, zo'n durf, zo'n...'

'Wat je zegt! Eén zonder hazenvet aan haar schoenen... een geweldige meid, het is dood- en dood- en doodzonde dat ze dood is. Maar zonnesteek, dat kun je zelfs haar katten niet wijsmaken.'

'Ik heb een video van die laatste middag,' zei ik, 'kunt u zelf zien dat ze vredig ligt te zonnebaden, dat er niets verdachts gebeurt totdat ze door een ambulance wordt afgevoerd.'

'Een video? Van die laatste middag? Wie heeft die gemaakt?'

'Een man uit Katwijk. Zette haar altijd op de video.'

'Zette haar altijd op de band? Een of andere lamlul uit Katwijk? Hoe dat zo?'

'Hij nam haar altijd op.'

'Wist ze daarvan?'

'Ik denk het niet. Hij heeft me een paar banden gegeven. Steeds heeft hij door de jaren heen zo'n tien minuten opgenomen...'

'Godallejezus, heb je een naam van die kwibus, van die bikinispotter, van die cameragluurder?'

'Pleun Mastenbroek.'

'Zegt me niks. Maar goed... hebben we stante pede een verdachte, een kerel die een paar jaar lang Roos stiekem op de band zet, sjongejonge, wat er toch allemaal passeert op deze aardkloot. Zou ik die band van de laatste middag eens even mogen zien?'

'Als het me lukt om het allemaal goed in te schakelen.'

'O, laat mij maar doen, fluitje van een cent, ik heb 't zelfde onding als zij, ik kon d'r een paar inkopen voor wat grijpstuivers, heb ik er zelf een van gehouden, haar er eentje van gegeven... nou ja, gegeven...'

Even later keken we naar de witte bikini en de stille rug van Roos. We zagen die schaduw twee keer over haar heen strijken, we aanschouwden hoe ze bliksemsnel in de ambulance werd afgevoerd.

'Godallejezus,' zei Freek hees toen hij de band stopzette. Hij zuchtte diep, streelde verwoed over de rug van Ober, die dat manmoedig onderging, zei toen: 'Sorry.'

Hij legde Ober op de bank, en zwalkte met grote passen naar de keuken. Ik hoorde de kraan lopen, hoorde hem drinken. Grote teugen. Hij kwam terug, ging weer zitten, nam Ober weer op schoot.

'Roos... zo'n toffe meid, zo'n wereldwijf, raak ik me daar toch aangedaan nou ik d'r weer zie... God, Roos... hoe is 't mogelijk, welke ellendeling heeft dit op z'n geweten?'

'Waarom bent u er zo vast van overtuigd dat... denkt u... denk je... zullen we maar je zeggen, ik heet Leonie.'

'Freek, zoals je weet, ja, laten we niet meer uwehoeren.'

'Waarom denk je toch steeds dat ze ver...'

'Je kan 't niet eens over je lippen krijgen,' zei hij, 'dat begrijp ik best, maar je hebt gelijk: ik denk... wat zeg ik... ik weet zéker dat ze vermoord is, geen twijfel mogelijk.'

'Maar die video dan? Er gebeurt niets.'

'Ja, kom nou, da's maar een upstukkie van die middag. D'r kan van alles gepasseerd zijn voor of na wat we voorbij hebben zien komen. Tussen die eerste tien minuten en de komst van de ambulance zit een flink gat. Toen kan het gebeurd zijn.'

'Maar wat kan er dan gebeurd zijn?'

'Ja, als ik dat wist, maar ja, dat is m'n vak niet, ik zit in de bouw, ik ben aannemer. Wat doe jij zoal?'

'Ik vertaal en ben SOS-lerares.'

'SOS-lerares? Wat is dat voor gekkigheid?'

'Ik heb een onderwijsbevoegdheid Frans. Als er ergens in de regio een leraar of lerares Frans langere tijd uitvalt, bellen ze mij en val ik een paar maanden in.'

'Willen ze je op die scholen niet als vaste kracht?'

'Willen ze wel, maar vind ik vreselijk zwaar. Voor de klas... het is vreselijk slopend. Als SOS-lerares sta je soms twee, drie maanden voor de klas en dan weer een hele tijd niet.'

'En hoe vul je dan die hele tijd?'

'Met vertalen.'

'Wat moet ik me daarbij voorstellen?'

'Van een uitgever krijg je een boek toegestuurd, in mijn geval altijd een boek in het Frans, en daar moet je dan een Nederlandse versie van maken.'

'Moet je zo'n boek dan ook lezen?' vroeg hij met diep afgrijzen.

'Dat gebeurt en passant,' zei ik spottend, 'maar laatst vertaalde ik Michel Onfray. Die citeert Schopenhauer. Moest ik op zoek naar dat citaat *Die Welt als Wille und Vorstellung* van Schopenhauer doorlezen, zestienhonderd pagina's! Je kunt zo'n citaat uiteraard niet uit het Frans vertalen, je moet het rechtstreeks uit het Duits vertalen.'

'Christenenzielen, wat een ramp. Een boek lezen van zestienhonderd bladzijden! Da's zowat 't ergste wat ik me kan voorstellen. Dan zal dat vertalen wel vorstelijk beloond worden.'

'Nee, dat valt tegen. 't is ongelofelijk veel werk voor ongelofelijk weinig geld. Maar als je een goed boek onder handen hebt, geeft het reuze veel voldoening. Het is dan een taak, en ik heb gemerkt dat je maar op één manier echt gelukkig wordt: door je met zo groot mogelijke toewijding te kwijten van een zware taak. En bij zo'n vertaling komt altijd van alles om de hoek kijken, je moet ervoor naar de Openbare Bibliotheek om van alles en nog wat op te zoeken, al kun je tegenwoordig haast alles vinden op internet, je moet allerlei mensen raadplegen, zo'n vertaling brengt je overal, leert je een boel, vult je bestaan. Maar ja, soms valt er niks te vertalen en dan doe ik af en toe vrijwilligerswerk.'

'Dat betaalt ook niet. Nou ja, we hebben d'r op kantoor ook één... die mag je dan tweeënveertig piek in de week geven. Met een maximum van veertienhonderd per jaar, daar kun je nog geen woestijnmuis van houden. Waar leef je dan verder van? Uitkering?'

'Ik kan van het vertalen en lesgeven net zo'n beetje rondkomen. Alimentatie heb ik nooit willen accepteren.'

'Allejezus, dus je bent gescheiden. Ik heb twee exen die ik betalen moet, twee van die griepelingen... allebei met koters... twaalf jaar zit je d'r aan vast, ze trekken je 't vel over de oren, al je geld gaat d'r heen. Je houdt net genoeg over om een zakkie patat te kopen... patat zonder dan, want patat met kan d'r niet eens meer vanaf. Alimentatie, wat een bofkont ben jij, je zit aan de goeie kant... en nou nog een erfenisje erbij... je bloedeigen zuster dood... vrouwen, ongelofelijk is het.'

'Zuster? Voor er misverstanden...'

Maar hij raasde door: 'Emancipatie... ze hebben 't over emancipatie. Wat is de praktijk? Dat ze je jarenlang finaal uitkleden, terwijl ze zelf op hun luie kont zitten.'

'Ze was enig kind,' zei ik, maar ja, 't bleek een echte kerel, hij luisterde domweg niet.

'Wist je dat je zou erven?'

'Dat wist ik niet. Ze had me alleen maar gevraagd of ik, als er iets met haar zou gebeuren, voor haar poezen wou zorgen.'

'Je kunt me nog meer wijsmaken, dus jij... zo, nou dan ben jij toch doodgewoon *prime suspect* numero één, jij had er alle belang bij dat ze zou doodgaan.'

'Hou toch op,' zei ik, 'prime suspect, je kijkt te veel naar die Amerikaanse politieseries.'

'Wat moet je nou anders doen als je 's avonds in je uppie thuis zit te kniezen? Je kunt toch niet elke avond naar de kroeg?'

'Daarom denkt u... denk je... in die series blijken mensen die een natuurlijke dood zijn gestorven later vaak toch vermoord te zijn.'

'Nee,' zei hij, 'nee, dat is 't niet, ik zal je zeggen wat 't wel is. Met ons clubje hadden we een machtig leuk weekend voor ze de woensdag daarop aan die zonnesteek... sodemieter toch op: zonnesteek... enfin, zaterdagavond zijn we met z'n allen uit eten gegaan, we hebben 'm toen nogal flink geraakt, ik heb d'r thuis gebracht want ze was veel te dronken om nog te kunnen rijden. Eerlijk gezegd zat ik zelf ook aardig teut achter 't stuur... ik ben hier nog met haar naar binnen gegaan, ik heb d'r zelfs in bed gelegd, mag je gerust weten... en toen ze onder de pootlappen lag en ik nog eventjes op de rand van haar bed zat, zei ze: "D'r is iemand die me dood wil hebben."

"Iemand die jou dood wil hebben?" vroeg ik.

"Ja," zei ze, "je zal 't niet geloven, maar ik ben... er is... beloof me dat je 't er niet bij laat zitten als ik pardoes doodga."

"Beloofd," zei ik, "maar wie wil je dan dood hebben?"

Maar toen was ze al vertrokken, toen sliep ze al, en ben ik naar buiten geslopen. Ik heb d'r maandag meteen gebeld, ik heb d'r gevraagd: wie wil je dan dood hebben? Toen begon ze te ginnegappen, toen zei ze dat ze stomdronken was geweest en in haar bed maar wat had liggen lallen. Zou natuurlijk kunnen, maar als je d'r had gezien toen ze het tegen me zei dat... dat klonk nou niet als stomme dronkemanspraat, niks niet, daar zat beslist wat achter.'

Hij slikte. 'Is er hier in huis niks te drinken? Een hartversterkinkje zou me goeddoen.'

'Ik zal eens kijken.'

Toen ik terugkwam met een fles jonge jenever, zei hij: 'Wat een ouderwetse meid was het! Had nog jonge jenever in huis! Waar vind je dat vandaag de dag nog? Tegenwoordig is 't allemaal whisky en wodka en drankjes uit Zuid-Amerika met een eng beest erin... jonge jenever, die Roos... beloof me, zegt ze, dat je 't er niet bij laat zitten als ik pardoes doodga. Wat gebeurt er? Out of the blue gaat ze dood. Zou jij, als iemand dat tegen je had gezegd, ook al was ie nog zo dronken, dan niet denken dat er iets aan de hand is als ze smoezen over een zonnesteek? Maar ja, hoe komen we d'r nou in vredesnaam achter wie haar om zeep heeft geholpen en waarom? Zeg mij dat nou eens. Zo op 't oog heb alleen jij er baat bij dat ze d'r niet meer is, jij blijft...'

'Kom nou toch,' zei ik.

'Zullen we samen ergens een hapje gaan eten of had je al andere plannen?'

'Een hapje eten?' vroeg ik verbaasd.

'Ja, waarom niet? Op zondag gingen Roos en ik vaak een hapje eten. We kunnen naar De Avonden gaan, daar kwam ze graag.'

'Waar is dat?'

'In de Choorlammersteeg. Ze hebben d'r een klein, overzichtelijk kaartje. Weinig keus, makkelijk kiezen.'

## 11

'Ik heb hier met Roos heel wat keertjes gezeten,' zei Freek.

'Ik eet nooit buitenshuis,' zei ik, 'voor een fractie van de kosten maak je het thuis net zo lekker en minder vet.'

'Als je daar tijd voor hebt,' zei Freek, 'maar ik heb die tijd niet. Als ik thuiskom van m'n werk heb ik geen zin meer om de keuken in te duiken. Dus eet ik vaak buiten de deur. Of ik haal wat, dat doe ik ook vaak, je kunt tegenwoordig overal terecht, Chinees, Thais, Indonesisch, Italiaans, Grieks, Turks, noem maar op.'

'Zelf koken is veel gezonder. In restaurants maken ze alles lekker door overvloedig gebruik van de heilige drie-eenheid boter, eieren en room. En hier en daar doen ze een snuifje suiker bij. Mensen vallen wat smaak betreft nou eenmaal primair op zoet en vet. Dus waar smul je van? Cholesterol.'

'Cholesterol? Ben je net zo'n angsthaas als Roos? Zat ook altijd in de rats over die cholesterol, over haar gezondheid... had ze dat soms van jou?... en moet je nou zien, ze heeft d'r altijd scherp op gelet wat ze binnenkreeg en hielp dat? Nee, want de een of andere gore rotzak heeft haar om zeep geholpen.'

'Zou 't echt?'

'Zeker weten,' zei hij grimmig.

'Maar iedereen hield van haar, ze had geen vijanden, echt, ik kan het niet geloven.'

'Ook vrienden plegen moorden,' zei hij.

'Ze is...'

'We hebben hier te maken met een verrekt sluwe moordenaar.'

'Wat een onzin.'

We kregen kreeftensoep opgediend, waarin duidelijk een flinke scheut room was gegoten.

'Eet smakelijk,' zei Freek.

'Insgelijks.'

'Ik houd het erop,' zei Freek met een mond vol cholesterolsoep, 'dat ze vergiftigd is.'

'Vergiftigd? Hoe kom je daar nou bij?'

'Ja, ze is vergeven. Ze werkte op zo'n lab. Ze vertelde d'r soms over. Wat daar allemaal omging! Drugs, poeders, pillen, zalfjes, tranquillizers, sedatieven. Gewiekste medicamenten waar een gewone sterveling geen weet van heeft. Listige tabletjes met een of ander slimmigheidje ingebouwd waardoor er telkens een druppeltje uit lekt zodat je niet alles tegelijk in je donder krijgt maar zogezegd op afbetaling, 't heeft nog een naam ook, maar al drink je m'n wijn op, ik zou niet weten hoe dat ook weer heet.'

'Een *time-release*-mechanisme,' zei ik, 'maar druppeltjes uit een tablet... hoe stel je je dat voor?'

'Nou ja, 't is maar bij wijze van spreken, weet ik veel allemaal wat, jij weet er blijkbaar meer van. Wat ik maar zeggen wil: als ze daar zulke goocheme pillen kunnen draaien, kan de een of andere bijdehante krokodillenkop ook best een soortement tabletje of pilletje uitvogelen dat pas na een paar uur gaat werken. Hij heeft het 's morgens stiekem in haar koffie gedaan en eind van de middag: bingo.'

Hij zei dat zo parmantig dat ik in de lach schoot.

'Wat valt hier nou te lachen?' snauwde hij.

'Ja, sorry... 't klonk zo grappig.'

'Ze is dood,' zei hij diep verontwaardigd.

'Weet ik,' zei ik, 'ik schaam me, echt, ik... maar...'

'Ik houd 't op zo'n gis pilletje, heus, let maar op, d'r lopen daar op dat lab zulke uitgekookte gladjanussen rond, zulke lepe slimmeriken.'

'Daarnet zei je anders van artsen dat het allemaal sukkels zijn.'

'Ja, maar dit zijn geen gewone witjassen in verveloze spreekkamers, dit is heel ander tuig, dit zijn uitgeslapen linkmiegels die d'r op uit zijn je krankzinnig veel poen uit de zak te kloppen voor pilletjes die je alleen met een vergrootglas en een pincet uit de doordrukstrips kunt peuteren, en waarvan de helft tussen je vingers doorglipt en meteen in de vloerbedekking zoek is, zo verrekte klein zijn ze. Ze doen er je hele verdere leven over om je beter te maken, zodat je moet blijven slikken en dokken tot ze je afleggen.'

Ik kon het niet helpen, ik schoot weer in de lach.

'Ik snap bij God niet wat er de hele tijd te lachen valt,' zei hij gramstorig, 'ik probeer je wat uit te leggen en...'

'Ja, sorry, maar je bent zo raar tegenstrijdig, artsen zie je als prutsers en deze mensen, die meestal ook medicijnen gestudeerd hebben, zie je als een soort supertovenaars die pientere pillen produceren.'

'Meid, zeik toch niet, wat ik wil zeggen is: ze hebben daar de knowhow om pillen te maken. Tien tegen één heeft de een of andere aterling...'

'Wie dan? Ik ken daar iedereen omdat Thomas, omdat mijn ex daar werkte... wie zou haar daar nou... nee, uitgesloten, ze werd daar door iedereen op handen gedragen. Ze was verreweg de beste analiste. Al die farmacologen en medici waren er tuk op om met haar te werken. Ze wisten allemaal: doe je met haar onderzoek dan rolt er geheid een publicatie uit waarmee je opzien baart. Zowel de hoogleraar die nu met emeritaat is als zijn opvolger heeft zijn benoeming grotendeels te danken aan zijn voortreffelijke samenwerking met Roos. Zo'n lab... als je eens wist hoe het daar toegaat... goed beschouwd is het godgeklaagd. De academici gaan met de eer strijken, maar het echte werk, het precisiewerk wordt gedaan door de analisten en laboranten. Die draaien op voor al dat stomvervelende routinewerk dat zo deftig als wetenschappelijk onderzoek wordt aangeduid.'

'Zo gaat het overal,' zei Freek, 'achter elke minister gaat de een of andere hoge piet schuil die 't echte werk doet. Mot ook wel, kan de kop van zo'n minister rollen als er stront aan de knikker is, terwijl piet hoog en droog blijft zitten.'

'Ik geloof dat het in de modewereld ook zo is,' zei ik. 'Heb je een steengoede ontwerper dan zit er in z'n atelier een coupeur of coupeuse met briljante ideeën.'

'Wat dacht je van mijn stek? Je hebt architecten, maar wij bouwen.'

'Dat is toch anders.'

'O ja? Dacht je dat wij slaafs uitvoerden wat zo'n architect achter z'n tekentafel heeft uitgedokterd?'

'Je zult toch niet al te veel kunnen afwijken van de bouwtekening, denk ik.'

'Denk je dat heus? Meestal moet je d'r flink aan bijschaven, en hier en daar een extra steunbalk plaatsen. Anders zou de hele teringzooi al instorten bij 't pannenbier.'

'Hoe dan ook, ik geloof er geen bal van dat Roos, als ze al vermoord is, door iemand van het lab...'

'Wie anders?'

'Weet ik veel. Een van de leden van dat geheimzinnige clubje van jullie.'

'Mens... mens...'

Diep verontwaardigd zat hij me aan te staren over zijn lege soepkom heen.

'Kijk niet zo kwaad,' zei ik.

'Nou ja, maar... ach laat ook maar, godallejezus, zo komen we potverpiel geen stap verder. We moeten d'r iemand bij halen.'

'Iemand erbij halen?'

'Ja, iemand die dit soort zaken vaker bij de hand heeft gehad, we kunnen niet op ons eigen houtje gaan aanmodderen, we moeten... ik zou d'r voor zijn...'

'Politie? Wou je naar de politie gaan?'

'Smerissen? Juten? Nee, geen sprake van, die zullen je zien aankomen. Die zitten tot hun nekharen in de stront, die komen om in de klussen, die zijn allemaal volledig overwerkt en die worden murw gebeukt door krankzinnige regels en voorschriften die de hele tijd door uit Den Haag op ze af komen. En wat zou je de prinsemarij moeten zeggen? D'r is geen lijk meer waar je nog sectie op kan plegen. Als ze vergiftigd is, en die rotzooi in d'r nieren is gaan zitten, want daar zwemt 't toch meest heen, geloof ik, heb je misschien nog een klein kansje dat je 't aantoont bij iemand die na een geslaagde transplantatie nou weer prinsheerlijk rondstapt... moet je nagaan... nee, dat zal toch wel niet, ik heb daar nog nooit van gehoord. Dus, nee, sectie dat gaat niet meer. Nog zoiets trouwens. Waarom moest ze zo nodig gecremeerd worden? Was dat haar eigen beslissing of heeft de moordenaar dat voor elkaar weten te krijgen? Zodat alle sporen uitgewist zijn. Herinner je je nog? Laatst, zo'n piskijker in Engeland, heeft geloof ik zowat alle weduwen in zijn praktijk, al met al een stuk of honderd, met gif omgebracht, gaf de nabestaanden altijd de raad: laat je moeder cremeren.'

'Roos was volgens mij lid van zo'n crematievereniging.'

'Weet je 't zeker? Dat kan ik laten nagaan. Ik zit in een ontbijt-Rotaryclub, elke woensdagmorgen zitten we om halfacht in Verboden Toegang, een van...'

'Verboden Toegang?'

'Ja, kan ik d'r wat aan doen dat die snerttent zo heet,' zei hij korzelig, 'kan ik 't helpen... wat zei ik ook weer, o ja, een van onze mensen is gespecialiseerd in 't onderzoek van dit soort zaken.'

'Een detective?'

'Zo wil hij niet genoemd wezen, en hij belieft niet te zeggen hoe je 'm dan noemen mot, kan me niet schelen ook, maar die zou... die wou ik in de arm nemen.'

'Kun je doen,' zei ik.

'Ja, dat doe ik, ik heb zelf echt geen tijd en geen knowhow... nee, dit soort klussen, die moet je uitbesteden.'

Ik wou uitvallen, maar op dat moment vroeg het meisje dat ons bediende bedeesd: 'Heeft het gesmaakt,' terwijl ze de soepkommen discreet van tafel haalde.

'Als vanouds,' zei Freek.

Van mijn wrevel, die trouwens ook alweer wegebde, liet ik door het oponthoud niets merken. Freek zei: 'Laat ons niet te lang wachten op 't hoofdgerecht.'

'Het komt er zo aan,' zei het meisje.

'Goed zo.'

Langs ons tafeltje streek een gestalte. Een mannenstem zei hoog boven mijn hoofd: 'God Roos, jij hier... ik dacht... hoe kan dat nou, ik heb gehoord dat je aan een zonnesteek...'

Ik keek op. Een man die een sterke aftershavelucht verspreidde, keek me aan alsof hij mij over water zag banjeren.

'Het spijt me erg,' zei ik, 'ik ken u niet.'

'Je zit ernaast, makker,' zei Freek, 'dit is Roos niet.'

'Nee, nou hoor ik 't ook, maar... maar...'

De man stapte weg tussen de tafeltjes in de slechtverlichte

ruimte. Tweemaal nog keek hij om eer hij door binnendeur en buitendeur in de Choorlammersteeg verdween. En zelfs in die steeg gluurde hij nog even door een van de raampjes van het kleine, knusse restaurant naar ons tafeltje.

'Die vent schrok zich zeven kleuren in zijn onderbroek,' zei Freek laconiek, 'ik had de hele tijd al aardig zicht op hem, 't leek me toch geen gozer die gauw van z'n stuk raakt.' Hij nam een flinke slok wijn en voegde eraan toe: 'Hij zat de hele tijd met z'n rug naar je toe, dus hij kreeg je zonet pas voor 't eerst in 't oog... nou ja, 't is hier tamelijk donker. Vandaar dat hij dacht dat hij Roos zag... maar waarom hij zich nou wild schrok, dat zou ik graag weten. Wie was het? Kende jij die snuiter?'

'Nee,' zei ik.

'Stel dat je iemand vermoord hebt. Je zit in een restaurant, staat op, gaat weg en ziet onverwacht de persoon zitten die je naar de andere wereld hebt geholpen. Hoe zou je reageren?'

'Je zou je doodschrikken.'

'Precies. Die knaap schrok zich morsdood. Straks toch eens even vragen wie dat was. Als hij hier vaker komt, zullen ze dat vast weten, al zal hij nou misschien nooit meer komen. Als hij met plastic heeft betaald, is ook bekend wie 't was, straks... waarom straks, waarom niet meteen?'

Freek stond op, liep naar het bedeesde meisje, praatte even met haar, en kwam terug. Hij schudde zijn hoofd.

'Ze kennen hem niet. En hij heeft contant betaald. Kijk, daar heb je nou wat ik daarnet al zei... je hebt zelf niet de middelen en niet de knowhow om zoiets uit te zoeken, we moeten iemand in de arm nemen... ik zal eens met Peter smoezen.'

Hij ging weer zitten, glimlachte grimmig.

'Ergens bof je dat je zoveel op haar lijkt, 't is haast een DNA-test. Wie zich doodschrikt, zetten we meteen in de toptien van verdachten. Is 't al eerder gebeurd dat iemand zich de pleuris schrok?'

'Nee,' zei ik, 'nee... eh, ja, Bas, ja, die schrok behoorlijk, die ging zelfs even onderuit.'

'Bas? Wie is Bas?'

'Bas is de hoogleraar-directeur van het lab. Maar die heeft...

nee, geen sprake van, hij raakte erg aangedaan toen hij bij de crematie een toespraak hield.'

'Goede toneelspeler, die Bas, 'k zou hem toch maar in de gaten houden. Sjongejonge, ging onderuit zei je.'

'Ja, maar hij kwam haar flat binnen, wist niet dat ik er ook was, zag eerst alleen mijn hand, maar ja, met haar nagels...'

'Wat had hij na haar dood in haar flat te zoeken?'

'Hij maakte zich bezorgd over de poezen.'

'Hoe kwam hij binnen?'

'Hij had een sleutel.'

'Waarom had hij een sleutel?'

'Zal hij ooit eens van haar gekregen hebben, ze werkten vrijwel elke dag nauw samen.'

'Waarom was hij zo intiem met haar dat hij een sleutel had? Ik heb geen sleutel. Ben ik soms minder dan die Bas? Of had hij die sleutel een ogenblikje uit haar tas geratst en tussen de bedrijven door laten namaken? Zie je wel, weer iets waar we Peter achteraan kunnen sturen.'

Hij vouwde zijn handen alsof hij wilde bidden, zei: 'Ergens is 't ook bloedlink.'

'Link, wat is link?'

'Dat je zoveel op Roos lijkt. Onze man zou kunnen denken: hé, Roos leeft nog, effetjes overdoen, karwei afmaken.'

Het meisje serveerde geruisloos het hoofdgerecht.

'Ja, mooi zo, wat een appetijtelijk hazenruggetje,' zei Freek, 'en wat heb jij? Grietfilet met minipaddestoeltjes? Mot je daar op leven? Vis als dis... ik snap niet dat mensen vis eten... vis rijmt op mis.'

Hij keek me guitig aan, fronste toen z'n wenkbrauwen.

'Trek 't je niet aan, geintje, vis is best vreten als je d'r een mooi sausje overheen giet. Maar paddestoeltjes, hu...'

'Zou je denken dat ik risico loop?'

'O, is dat het? Je zag er opeens zo pips uit. Ben je bang dat jij...? Ten eerste ben je gewaarschuwd, en ten tweede weet onze man ongetwijfeld dat Roos er niet meer is. Zo poepiesnugger zal hij, reken maar, wel wezen, dus... nee, 't was maar een loze gedachte. Als iemand al zou kunnen denken: daar is Roos, zou je stem je direct verraden. Jammer en zonde. Had je haar stem, dan zou je overal waar 't schemert, voor haar door kunnen gaan. 't Zou toch een fantastische DNA-test zijn. Denk je dat je haar stem kunt imiteren?'

'Ober,' zei ik, 'Obertje, jongetje, kom eens, kom eens bij het vrouwtje.'

'Godallejezus, hoe krijg je 't voor elkaar?'

'Weet ik ook niet. Kan ik ook alleen maar als ik nadoe hoe ze Ober altijd riep.'

'Alleen Ober? Tijg niet?'

'Tijg, mannetje van me, kleine dondersteen, wil je wijting?'

'Zie je wel, dus Tijg ook. En Lellebel?'

'Lellebel, Lellebel, waar ben je, waar zit je?'

'Nou ja, maar als je dit kunt, moet je toch makkelijk...'

'Ja, maar dit soort dingen heb ik haar honderden keren horen zeggen, dus die kan ik makkelijk nadoen, iets anders zou me moeilijker vallen.'

'Weet je 't zeker? Ze kon zo heel gebiedend zeggen...'

'Geef m'n tas eens aan.'

'Ja, precies, zie je dat je 't kunt, dat je 't in je hebt, je moet flink oefenen. Een stem, daarmee zit je toch pal op de kern, da's de mens zelf... al zou je geen zak kunnen zien, maar je hoorde iemands stem, wist je nog: daar heb je leipe Jopie... ik bedoel: aan de telefoon volstaat de stem, de rest is bijzaak. Dus zul je flink moeten oefenen voor de DNA-test... nou ja, maar, ik heb een bandje, daar staat d'r stem op. Een verjaardag, niks bijzonders, beetje loos geleuter van iedereen door elkaar heen... wil ik graag houden... zal ik overzetten op een ander bandje, kun je oefenen...'t is toch net zoiets als 't leren van een vreemde taal, dan moet je ook je bek een flinke zet geven, moet je ook de uitspraak onder de knie krijgen. Wat me er trouwens aan doet denken dat ik dolgraag die banden van die Mastenbroek zou willen kopiëren. Kan ik haar altijd weer zien. En hebben we meteen ook bewijsmateriaal.'

'Ach kom, bewijsmateriaal.'

'Je weet nooit.'

'Ik wil die banden liefst zo gauw mogelijk aan Mastenbroek teruggeven. Zolang ik ze heb, heeft hij een smoes om ze te komen halen. Liefst zou ik ze morgen op de post doen.'

'Niks op tegen. Als we uitgegeten zijn, halen we ze even op, rijden we naar mijn huis, zet ik ze over... da's echt zo gebeurd, krijg je ze straks weer mee.'

We kregen koffie met zakjes creamer erbij. Ik pakte een zakje op, zei tegen Freek: 'Heb jij ooit gehoord dat die creamer zo brandbaar is?'

'Creamer brandbaar? Nee, weet ik niks van.'

'De notaris van Roos liet het me zien, hij maakte zo'n zakje open, gooide de inhoud in de lucht en hield er zijn aansteker bij. D'r kwam toch een steekvlam te voorschijn.'

Freek scheurde onmiddellijk een zakje creamer open, gooide de inhoud met z'n rechterhand de lucht in en pakte tegelijkertijd een van de kaarsen die op tafel stond. Een reusachtige steekvlam verlichtte één ogenblik oogverblindend het interieur van De Avonden. Bij de andere tafeltjes werd verschrikt gereageerd. Het bedeesde meisje kwam aanrennen, zei: 'Wilt u dat alstublieft niet doen.'

'Ik heb 't al gedaan,' zei Freek, 'en 't hoeft niet meer over, ik weet genoeg.'

Toen wij veel later op de avond, nadat hij de banden gekopieerd had en een verzamelbandje voor mij had gemaakt, de Grimburchstraat in reden, dacht ik bang: als hij nu maar niet mee naar binnen wil om mij, net als Roos, in te stoppen.

Hij stopte voor de hoofdingang, vroeg: 'Zeg 't nog eens een keer.'

'Wat?'

'Ober, jongetje, kom eens...'

'Ober, Obertje, jongetje, kom eens bij het vrouwtje.'

'Niet te geloven,' zei hij, 'alsof ik haar weer hoor. Ober noemde ze altijd jongetje, en Tijg mannetje, terwijl Ober toch zowat twee keer zo oud is. Roos, Roosje... zomaar weg, en wij straks ook, en die hele teringzooi hier om ons heen ook, 't is niet te geloven, mag je hier een jaar of zestig, zeventig, of als je boft tachtig eventjes komen rondlummelen, en je snapt er geen reet van waarom, al heb je van die gozers die beweren dat je tot eer van God rondstapt, alsof Hij er ook maar een cent wijzer van wordt als jij in de miezerregen loopt te kleumen, nee, God daar veeg ik m'n gat aan af. Enfin, wat doet het er ook toe, als Ober en Tijg en die tas in je hersenpan zitten, zit de rest er ook in, flink oefenen maar.'

'Misschien toch riskant.'

'Welnee, was zomaar een hersenschim van me, die moordenaar. Áls er al zo iemand rondloopt... heus, die zal echt niet denken: daar heb je Roos.'

'Goed, maar misschien... nou ja, ik wil... ik kan niet geloven dat ze vermoord is en jij bent er blijkbaar toch ook niet zo zeker van als je zegt: "Áls er al zo iemand rondloopt." Nou ja, 't zou kunnen dat iemand haar verfoeide en daarna vermoordde. Zo iemand zal mij dan ook verfoeien, zeker als ik ook zo'n donkere altstem zou opzetten.'

'Tja, alles is mogelijk, maar 't lijkt me toch nogal vergezocht, weltrusten... ho, wacht, één ding nog, ze had een kluisje bij de Rabo hier in de buurt, weet je daarvan?'

'Nee.'

'Daar zit een slokje zwart geld in. Kun je er misschien beter uit halen en opmaken, eer de fiscus... opmaken is sowieso trouwens aan te raden. Straks persen ze die stronteuro door onze strot en is Hollandse poen geen reet meer waard. Misschien is 't ook een idee om daar, al zint 't jou geloof ik niet erg om iemand in de arm te nemen, m'n Rotarykennis van te betalen. Kan ze over 't graf heen zelf het onderzoek naar haar dood financieren. Zou haar aangesproken hebben, weet ik honderd procent zeker.'

Voor het slapengaan luisterde ik later op de avond nog even naar zijn bandje. Het was duidelijk opgenomen tijdens een verjaardagsfeestje. Veel gelach, veel gepraat, af en toe de mooie stem van Roos dwars door bulderende mannenstemmen heen. Ze vertelde iets over haar werk, ze vroeg om een glas wijn, het was niets bijzonders, maar het zou me kunnen helpen als ik wilde proberen haar stem te imiteren. Toen hoorde ik haar, terwijl glaswerk rinkelde, iets zeggen waarvan ik opveerde. Het was bijna onverstaanbaar en werd dadelijk overstemd door het bulderende gelach van de fuivende mannen. Had ik het goed gehoord? Ik spoelde het bandje terug. Daar kwam het weer. Glasgerinkel, en toen, zwak, haar stem: 'Ik zeek op Freek.' Zomaar een banale uitdrukking, door haar uitgekraamd toen ze al wat aangeschoten was? Daar moest ik het maar op houden. Ze zou zich toch niet met die tengere bouwvakker aan plasseks bezondigd hebben?

# 12

Zo'n kluisje, daar had ik eerlijk gezegd maar weinig mee op. Niettemin zocht ik in verloren ogenblikken naar een sleutel. Of bewaarde ze die niet thuis, moest je die eerst, bijvoorbeeld op vertoon van een pasje en een legitimatiebewijs, bij een balie in de bank afhalen? In haar appartement kon ik nergens een sleutel vinden. Missschien zocht ik niet grondig genoeg. Maar mijn oppervlakkige queeste leverde onverwacht winst op. Toen ik nogal driftig een bureaulade opende, en mijn rechterduim daarbij bleef haken, hoorde ik een raar knarsgeluid en stortte m'n kunstnagel op het hoogpolig tapijt. M'n eigen nagel kwam er griezelig groenachtig wit en vaaldof onder vandaan. Zomaar een kunstnagel los, wat een opsteker!

Voorzichtig voelde ik aan de andere kunstnagels. Van pink en wijsvinger van de linkerhand kon ik de klauwen ook loswrikken. Was de lijm bros geworden? Misschien had de groei van mijn eigen nagels ze losser gemaakt.

Zoveel is zeker: na een even geduldige als langdurige worsteling, waar ook aceton en gloeiend heet sodawater aan te pas kwamen, mocht ik ten slotte mijn eigen nagels weer aanschouwen. Weliswaar geschonden, maar dat zou hopelijk bijtrekken.

Als ik mij met haar wilde identificeren kon ik er moeilijk onderuit mij ooit weer met die krengen te tooien, maar na het etentje in de Choorlammersteeg had die geheime bezetenheid om mijzelf te herscheppen naar haar beeld en gelijkenis een danige knauw gekregen. Freek was erin geslaagd mij met die bouwvakkersterm 'bloedlink' bang te maken. Niet erg bang, maar bang genoeg om de sprankelende, tintelende opwinding waarmee dat streven naar transformatie gepaard was gegaan, te fnuiken. Spijtig genoeg overigens, want dat soort opwinding voerde je rechtstreeks terug naar je kindertijd, naar al die grote verwachtingen die voorafgingen aan de eerste tocht naar de grote school, je verjaardagen, snoepreisjes, logeren bij een vriendinnetje, vijf december.

Dat je dat toch kwijtraakte in de loop van je leven, dat vermogen reikhalzend uit te zien naar au fond weinig opzienbarende gebeurtenissen die evenwel kolossale schaduwen vooruitwierpen. Misschien als je een kind kreeg, of een kleinkind... nee, in godsnaam, daar niet aan denken. Troosten kon ik mijzelf met het wapenfeit dat ik een nasmaak daarvan had mogen ervaren, al had het woord 'bloedlink' er een domper op gezet.

Desondanks: wat verrukkelijk dat mijn vingertoppen bevrijd waren! En zo essentieel waren die kunstnagels niet, minder essentieel in elk geval dan haar kapsel. Maar het gevoel bleef dat ik mij geen concessies kon veroorloven. Ik had het op mij genomen in haar voetsporen te treden, hoe link dat dan misschien ook was. Verzaak je een aan jezelf opgelegde taak, dan wordt het leven grauwer.

Maar ja, ik kon toch niet met zulke klauwen naar de notaris? Met hem had ik een heuse afspraak, we waren, hoe opmerkelijk, zelfs een tijd overeengekomen. In het gouden septemberzonlicht fietste ik naar de Galigaangracht.

Het eerste wat hij zei toen hij mij zag was: 'En? Hebt er al over nagedacht of u hier parttime wilt komen werken?'

'Ik heb daar de benodigde kwalificaties niet voor,' zei ik.

'Hoeft niet, vraag ik niet naar, u lijkt me g... g... gesc... geschikt, ach, kijkt u me nog eens aan, zegt u nog eens fris van de lever dat ik stotter.'

'U stottert vreselijk, u blijft hangen in elk woord dat met een g begint.'

'Precies! Net andersom als bij de paus. Die kan onze h niet zeggen, daar maakt hij een g van. Toen hij hier indertijd ronddartelde had hij het steeds over de geilige maagd. Ja, het gaat weer, geweldig, o, komt u hier toch alstublieft werken, desnoods een uurtje per dag, u bent goud waard, ik druk u aan mijn hart... enfin, ik dring niet aan, u zult zelf mettertijd merken dat een klein baantje niet gek voor u is. Kunt u het hypotheekje van bekostigen dat misschien nodig zal blijken. Als u zo vriendelijk bent nog weer het een en ander te tekenen, kunnen we onze schouders er eens flink onder zetten, kunnen we deze nogal gecompliceerde erfenisboel en boedel afwikkelen, ja, niet van vandaag op morgen, maar toch binnen afzienbare tijd. Gaat 't goed met de poezen? Leven ze nog?'

'Ze zijn alle drie kerngezond.'

'Misschien zou een bezoekje aan een dierenarts... Om ze te laten *screenen*. Het kan zijn dat ik daar vanuit de spirit van het testament zachtjes op moet aandringen.'

'Dan doe ik dat,' zei ik, 'kleine moeite. Ik ben hoogstens een paar uur kwijt om ze alle drie te vangen en in zo'n rieten kooitje op te sluiten. En dan nemen we smartelijk miauwend een taxi naar de dierenarts, waar we in een mudvolle spreekkamer tussen blaffende honden overstuur raken. En als we dan terug zijn, zitten we drie dagen onder een bed te bibberen.'

'Ja, taxi... wat u zegt, 't is toch niet te geloven, van haar Saab geen spoor. Ik sta in verbinding met de Katwijkse politie, maar eerlijk gezegd heb ik alle hoop al opgegeven, enfin, u zit er niet mee geloof ik, en het scheelt flink in de successierechten, zo'n dure auto foetsie. Tenminste, als we de fiscus ervan kunnen overtuigen dat de auto daadwerkelijk gestolen is. Ook weer zoiets wat ik nog nooit bij de hand heb gehad. Dan weet je niet precies wat je te wachten staat.'

'Ten eerste was haar auto niet zo duur, het was een occasion, en ten tweede... we hebben toch aangifte gedaan? De politie heeft zo'n formulier gestuurd. Dat kunnen we toch bij de fiscus overleggen?'

'Ja, maar de fiscus is niet achterlijk, weet ook wel dat erven, om de succesierechten te drukken, een dure auto uit de boedel vaak verdonkeremanen en dan aangifte doen van diefstal. Zo hou je hem buiten de boedel. Als alles afgewikkeld is, haal je 'm weer uit het dubbeldakskippenhok waarin je hem had verborgen. Ik bedoel, zo'n Saab, als ze de merknaam zien, slaan ze al op tilt.'

'Het was een occasion.'

'Weet u 't zeker?'

'Heeft ze me, meen ik, gezegd.'

'Volgens mij had ze hem nieuw gekocht.'

'Waarvan? Ze was analiste. Hoogstens drieduizend gulden schoon in de maand.'

'Wat u zegt! Ziedaar het raadsel. Had ze misschien geërfd? Ze was ge... bemiddeld, ze kwam hier als gr... help, 't is weer mis, kijkt u me streng aan, zeg dat ik stotter.'

'U hakkelt,' zei ik, terwijl ik dacht: of hij is geschift, of dit is een ingewikkelde versiertruc.

'Gepen grossieren in groene graten... ja, godlof, 't gaat weer, ze kwam hier als grande dame. Ze woonde in een luxueus appartement. Goed, dat had ze gekocht toen die nog voor een grijpstuiver weggingen en je de luxaflex erbij cadeau kreeg, maar de hypotheek had ze ook al afgelost. Ze had een lief duitje gespaard, had flink wat aandelen, kwam hier in de winter aanzetten in een nerts van minstens vijftien mille, ze reed in een Saab. Toch verdiende ze een bescheiden salaris... Rijksuniversiteit, da's allesbehalve een vetpot... van wat ze daar ving kon ze net haar poezen bedruipen. Dus... dus...'

'Ja, wat dus? Zo goed kende ik haar nou ook weer niet. Misschien hebben haar ouders haar wat nagelaten, ze was enig kind, ze hoefde niet te delen.'

'Kan zijn, moet nog te achterhalen zijn, maar ach, waarom? Toch, lig je in bed, gonst en gist het maar boven in m'n grijze cellen. Zo bemiddeld en dan... zonnesteek... ach, ja, het kan wis en zeker dat het iemand reuze goed uitkwam dat ze een zonnesteek opliep, 't kan best zijn dat iemand de zon een opkontje heeft gegeven.'

'Waarom in vredesnaam?'

'Weet ik niet. Moet u mij ook niet vragen. Ik ben maar een eenvoudige dorpsnotaris. Net begonnen, groen als gras. Maatschappen, overdrachten, nalatenschappen, noem maar op.'

'Die aandelen... mag ik die al verkopen?'

'Wou u haar aandelen verkopen? Waarom?'

'Ik vind dat zo eng, aandelen, van de ene dag op de andere zijn ze plotseling waardeloos. Ik vind het ook... nee, bah, met geld geld verdienen, jasses, 't is onfatsoenlijk, 't is immoreel, aandelen ontstelen zei mijn vader altijd.'

'*Big business* is het,' zei hij, 'het zou stom zijn om nu te verkopen, ze stijgen als heliumbalonnen.'

'Daarom,' zei ik, 'het is mallotige windhandel; wat hoog stijgt, kan diep dalen.'

'Zodra alles is afgehandeld, kunt u ze verkopen.'

'Dat duurt misschien nog jaren.'

'Nee, nee, dat duurt hooguit een jaartje, en misschien kunt u nu al verkopen, ach, waarom niet, de erven kunnen... kijk, dat komt er nou van als je pas begint, dan heb je zoiets nog niet eerder bij de hand gehad... je weet nog niet alles... ik ga erachteraan, als u ze per se wilt verkopen... de mensen staan in de rij, u bent ze zo kwijt.'

'Wat zou ik daar blij om zijn, weg ermee.'

'En dan neemt u vervolgens een klein baantje. Komt u hier werken.'

'Waarom bent u er toch zo tuk op dat ik hier kom werken?'

'U verlost me van mijn kwaal, geiten grazen groene grasjes.'

Ik schoot in de lach.

'Lacht u maar,' zei hij, 'lacht u me maar uit. Mag, geeft niet, 'k ben al getrouwd, anders viel ik voor u op de knieën, voor altijd met u samen, nooit meer stotteren.'

'Dacht u nu echt dat ik bij u zou willen komen werken als u zo raar... als u zo mal ver...'

'Zegt u 't maar, maak uw zin maar af.'

'Zegt ú het maar, er zit geen g in dat woord.'

'Nee, mevrouw, dat is het niet, ik heb geen oogje op u, kijk nou toch, zit dus toch een g in, ik heb geen oogje op u, maar u... heus, u hebt iets bijzonders, iets wat weinigen gegeven is, en daarom zou ik u graag af en toe op het kantoor hebben.'

'Wat heb ik dan?'

'U hebt het vermogen om de mensen op hun gemak te stellen, u bent als een moeder voor hen, en daarbij hebt u zo'n representatief voorkomen, en wat ook belangrijk is, ik heb de stukken gezien dus ik weet wanneer u geboren bent, u bent al flink wat ouder, al oogt u nog als een bakvis. Ik heb al zoveel meegemaakt met die piepjonge meisjes... dat jonge grut, het is zo verbazend veeleisend, vanaf de windselen zijn ze verwend.'

'Ik heb drie poezen te verzorgen. Da's een dagtaak. Zeker als ik ze af en toe naar de dierenarts moet slepen om ze te laten screenen.'

'U hebt heus wel een minuscuul gaatje voor een klein baantje.

Toch ook niet goed, de hele dag thuis met poezen, u moet eruit... hier zou u tien tegen één op uw plaats zijn...'

'...als ik hier aankom in haar bontjas.'

'Ach, die zal ook u zo goed staan.'

'Ik vind niet dat je zo'n jas kunt dragen.'

'U kunt hem moeilijk weggooien. En als u hem verkoopt, verschuift het dilemma, zadelt u een ander op met het probleem. Neem een voorbeeld aan uw erflater. Die zat er niet mee.'

'Die zat er wel degelijk mee, die was nota bene lid van de Stichting Bont voor dieren.'

'Wordt u daar toch ook lid van?'

'Hypocriete manier om je geweten te sussen.'

'Zo doen we allemaal, zo doet ook onze regering. Al die ontwikkelingshulp!'

'Nog even terug naar dat baantje,' zei ik, 'een gewetensvraag: zou u er Roos voor gevraagd hebben?'

'Die had al een baan.'

'Nu ja, als ze die niet had gehad.'

'Het zou niet direct bij me opkomen, ik moet iemand hebben die de mensen op hun gemak kan stellen, die als een moeder voor hen is, zo iemand was ze misschien niet, en dan daarbij... ze zag er fabuleus uit... dure pakjes, zwaar opgemaakt, monumentale oorbellen, griezelig lange nagels.'

Toen ik in het gouden zonlicht terugfietste, ging steeds door me heen: fout dus. Had toch pontificaal als haar lookalike moeten gaan. Dan was ik misschien van het gezeur af geweest. Wat moest ik met zo'n armzalig baantje? Waarom wilde die man mij in vredesnaam zo graag hebben? Was hij verliefd? Zei zelf van niet, die malloot met z'n sierknevel en z'n oogje waar toch een g in zat. En zeg nou zelf, dat kon toch niet, hij was een jaar of vijfendertig, ik was al ruim tien jaar ouder. Zou het een gerontofiel zijn? Op zijn bureau stond nota bene een foto van een prachtige vrouw met drie schattige kindertjes.

Ik fietste daar maar in die gulle nazomerzon en telkens voelde ik hoe mijn ogen vochtig werden. 'U bent als een moeder voor hen,' had hij gezegd.

Weer thuis keek Tijg, die op de vensterbank doezelde, verbaasd op als ik onverhoeds begon te giechelen. Wat een koddig kereltje. Zelfs toen ik, om het vage gevoel van beklemming te bezweren dat de notaris met zijn opmerkingen over haar raadselachtige gefortuneerdheid had opgeroepen, gegeneerd haar girobescheiden van de laatste maanden doornam, schoot ik telkens in de lach. Niets werd ik overigens wijzer van die giroafschriften. Nooit had ze rood gestaan, dat was het enige wat mij opviel als iets bijzonders. Dat kwam misschien omdat ik zelf regelmatig rood stond. 'Ze kon domweg goed met geld omgaan,' zei ik tegen Tijg, 'in feite was ze zuinig, en daarom kon ze zich af en toe een uitspatting veroorloven.'

Tijg keek me aan alsof hij me niet wou geloven.

'Heus waar Tijgje,' zei ik, 'ze was niet gefortuneerd, dat weet jij best. Die Saab was een occasion, en ook die bloedmooie nerts had ze tweedehands op de kop getikt, en die dure kleren... hoogstens één à twee pakjes per jaar, dus waar praten we nou over? Andere vrouwen laten voor honderd gulden hun nagels doen bij Art Nail, maar zij plakte ze zelf op. Nee hoor, hij is zot, die rare galigaankwibus.'

# 13

‘Ruim een maand geleden stond ze hier nog,’ zei juffrouw Goudsblom, ‘toen was ze springlevend.’

Ze zat met bungelende benen op het houten tafelblad dat zich meterslang uitstrekte achter de hoge, ronde ramen van het Farmacologisch Laboratorium. Aan weerszijden van haar zaten, hingen of stonden de studenten, de twee klusjesmannen van de werkplaats, de drie stafleden en de dierenverzorger. Iets verderop stonden de secretaresse en de enig overgebleven analiste.

Was het toeval dat ik precies op het ultieme, meest verheven moment van de dag – de aanvang der koffiepauze! – daar verscheen om, zoals Bas in een briefje had verzocht, ‘de spullen van Roos die hier nog liggen door te kijken om te zien of er nog wat van bewaard moet blijven’?

Toeval bestaat niet, niettemin keek ik ervan op dat ik onbewust juist dat tijdstip had uitgekozen om daar binnen te lopen.

‘Ook een mok koffie?’ vroeg de verweerde koffiejuffrouw die zelfs Wehnagel nog had meegemaakt als student.

‘Graag,’ zei ik, ‘als u tenminste nog, net als vroeger, koffie verkeerd hebt, want de koffie hier is altijd zo gruwelijk sterk.’

‘Natuurlijk heb ik koffie verkeerd. Joop van de werkplaats wil ook altijd een beker melk met een bewijsje koffie erin.’

Toen Thomas er nog werkte had het mij, wanneer ik in de koffiepauze langskwam, verwonderd dat iedereen haast demonstratief met de rug naar de buitenwereld gekeerd grote mokken gloeiend hete, belachelijk sterke koffie met minuscule teugjes slurpte. Zelden keken ze naar het sierlijke binnenplein waar het laboratorium in carrévorm omheen gebouwd was. Exact midden op het gazon, waarvan het gras door de klusjesmannen griezelig kort werd gehouden, prijkte een majestueuze zonnewijzer. Op de sokkel daarvan waren in gouden lettertjes de namen gebeiteld van de hoogleraren farmacologie sinds de stichting van het laboratorium in de vroege negentiende eeuw. Op het gras waren witte merktekens aangebracht. Dankzij de zonnewijzer kon je, mits bewolking ontbrak, op het gazon zien hoe laat het was.

Ik ging tegenover hen staan. Ik wou die prachtige zonnewijzer zien. Hij herinnerde mij aan de zomerse zondagen van mijn jeugd. Het wonderlijke kereltje dat wekelijks voorging in het christelijk-gereformeerde stulpje waar wij elke zondag twee keer 'verblijd en godvruchtig naar opgingen' zoals psalm 122 zegt, preekte vaak over koning Hizkia. Dat was, zo heb ik achteraf beseft, zijn grote voorbeeld. Van Jezus repte hij zelden; Hizkia was zijn Zaligmaker. Steevast raakte hij aangedaan als hij preekte over 2 Koningen 20 of 2 Kronieken 32 of Jesaja 38.

Ik kon me die preken haast nog woordelijk herinneren. 'Driemaal, geliefde gemeente, vertelt ons de Heilige Geest in de Schrift over het wonderteken dat de Heere der Heerscharen op Hizkia's ziekbed gewrocht heeft. In 2 Kronieken 32 wordt het summier aangeduid, daar staat: "In die dagen werd Jehizkia krank tot stervens toe, en hij bad tot den Heere; Die sprak tot hem, en Hij gaf hem een wonderteken." En wat was dat wonderteken dan waarover de Kronieken ons zo bescheidelijk informeren? Welke roemruchte heilsdaad ontvlood daar aan de hand van onze Verbondsjehova? Daarover lezen wij in 2 Koningen 20. Hizkia is ziek tot stervens toe. Jesaja komt en zegt hem: "Zo luidt het woord des Heren: Ik zal u gezond maken; aan den derden dag zult gij opgaan in het huis des Heeren." En dan zegt, broeders en zusters, Jesaja: "Neemt eenen klomp vijgen; en zij namen ze, en legden ze op de zweer, en hij werd gezond." Voor het zover is, krijgt Hizkia een teken. Als koning naar Gods hart mag hij zelf kiezen! Jesaja vraagt hem: zal de schaduw van de zonnewijzer tien graden voorwaarts gaan, of tien graden achterwaarts keeren? Waarop Hizkia zegt: "Het is de schaduw licht, tien graden nederwaarts te gaan; neen, maar dat de schaduw tien graden achterwaarts keere." En Jesaja, de profeet, riep de Here aan; en Hij deed de schaduw tien graden achterwaarts keeren in de graden, dewelke zij nederwaarts gegaan was, in de graden van Achaz' zonnewijzer.'

Waarop ons kerkgangers vervolgens duidelijk gemaakt werd dat God om die schaduw tien graden nederwaarts te doen keren, het hele heelal met al zijn miljarden sterrenstelsels in zijn raadselachtige voortgang 'tien graden' gestuit had, derhalve de tijd zelf achteruit had doen lopen. Enkel maar om één nietig mens, koning Hizkia, te laten zien: Ik, de Heere God, houd dat hele universum in de holte van mijn hand, ik kan ermee spelen zoals een peuter speelt met zandkorrels of waterdruppels.

Toen ik daar weer stond, recht tegenover juffrouw Goudsblom ('zo'n oeroude, ongetrouwde, bebrilde jongejuffrouw die je op elk laboratorium onder de stafleden aantreft,' zoals Thomas vaak meesmuilend had gezegd) die al sinds mensenheugenis onderzoek verrichtte naar farmaca die de temperatuurregulatie in de rattenstaart konden beïnvloeden, staarde ik naar de blinkende zonnewijzer. Blijkbaar was hij onlangs nog door een van de klusjesmannen gepoetst. De schaduw van het horizontale staafje viel over de wijzerplaat die precies midden in het gazon lag. Achter de zonnewijzer rees het gevorkte bijscherm op van een vervaarlijke doornappelstruik. Z'n gemene geur kwam in golven binnen door een van de openstaande ramen.

'Jammer dat die doornappel daar staat,' zei ik tegen juffrouw Goudsblom, 'nu kun je omdat de schaduw van de struik over de wijzerplaat valt 's middags niet goed meer zien hoe laat het is.'

'Ja, de Datura is een tikje uit z'n voegen gegroeid, kindje.' (Ze had me altijd kindje genoemd.)

'Ik begrijp niet,' zei ik, 'dat jullie dat mooie gazon en de wijzerplaat...'

'Het was ook niet de bedoeling dat de Datura zo zou woekeren, kindje,' zei ze, 'het is een tikkeltje uit de hand gelopen, hij groeide sneller dan zevenblad, en eerlijk gezegd vonden we hem mooi, hij bloeide zo prachtig.'

'Hij bloeit nog steeds,' zei ik.

'Ja, maar 't is niet meer wat het geweest is,' zei ze, 'je had hem van de zomer moeten zien. Pure bloemenweelde was het, en tot een uur of één was er geen probleem, waar of niet, Mijna?'

'Ja,' zei de koffiejuffrouw trots, 'we hebben buiten de mooiste klok die er is. Eén blik uit het raam en je weet precies hoe laat het is.'

'Toch alleen als de zon schijnt,' zei ik.

'O, maar de zon schijnt haast altijd,' zei Mijna.

'In Nederland?' zei ik verbaasd. 'Dagenlang kan het grijs zijn of zwaarbewolkt. Dan heb je niks aan je zonnewijzer.'

'De zon schijnt niet vaak de hele dag door,' zei Mijna, 'maar hij laat zich elke dag wel een paar keer zien. Geen zaterdag zo kwaad of de zon schijnt vroeg of laat, zei mijn vader vroeger altijd. Hij had gelijk, en het geldt niet alleen voor de zaterdag, het geldt voor alle dagen. Je hoeft toch ook niet de hele dag door te weten hoe laat het is? Je hoeft het alleen te weten als de zon schijnt.'

Zoveel logica, daar kon ik niet tegenop, dus ik veranderde het gespreksonderwerp en vroeg aan juffrouw Goudsblom: 'Is het een gewone doornappel?'

'Nee kind, het is niet Datura stramónium, maar Datura fastuosa.'

'Zaad uit India,' zei Bas trots, die naderbij was geschuifeld.

'De ongelofelijke kleur van de bloemen...' zei een laborante.

'Een soort purper,' zei juffrouw Goudsblom, 'dat je haast nooit ziet. Toen de eerste bloem uitkwam, heeft Roos er een blaadje vanaf gehaald. Ze is ermee naar Ici Paris gegaan en zei: deze kleur nagellak wil ik.'

'En? Is dat gelukt?' vroeg ik, hoewel ik op het moment dat ik het vroeg besefte waarom die paarsrode kleur met blauwe gloed erdoor in een flesje op haar kaptafel had gestaan.

'Wat ze een dag later op had, kwam dicht in de buurt,' zei de secretaresse.

'Ach ja, die verbluffende nagels van Roos, ik mis alleen die nagels al,' zei een van de klusjesmannen smachtend.

'Van mij hoefde dat niet,' zei juffrouw Goudsblom misprijzend, 'ik heb nooit begrepen dat ze met haar klauwen zo nauwkeurig kon wegen en titreren. Met zulke nagels zou ik compleet onthand zijn.'

'Ik zou er niet mee kunnen typen,' zei de secretaresse, 'maar het paste bij haar. Geen Roos zonder doornen.'

'Zal wel,' zei juffrouw Goudsblom, 'maar waarom zulke doornen? Toen ze hier kwam werken, had ze ook lange nagels, maar niet die enge hanensporen waar ze de laatste tijd mee rondliep.'

'Die kocht ze in Den Haag,' zei een analiste, 'ze zei dat die beter bleven zitten.'

'Ik vroeg me altijd af,' zei juffrouw Goudsblom, 'Roos, kindje, wie bedreigt je dat je je op een dergelijke manier moet wapenen?'

'Denk je dat ze zich bedreigd voelde?' vroeg ik.

'Waarom wil je je anders wapenen?'

'Ik geloof niet dat ze zich wapende,' zei de secretaresse, 'ze deed 't omdat ze het mooi vond.'

'Mooi,' zei juffrouw Goudsblom vol verachting, 'mooi, nee, dat was het niet, daar ging het haar volgens mij niet om. Toen ze hier pas werkte, bleef ze tussen de middag altijd over. Zat ze hier vaak alleen. D'r was toen een keer een insluiper. Die had het op onze voorraadkast gemunt. Wou daaruit farmaca snoepen. Met haar nagels is ze 'm te lijf gegaan. Later zei ze dat ze ooit gelezen had dat je iemand buiten gevecht kunt stellen door de huid boven z'n wenkbrauwen open te krabben. Het bloed stroomt dan je ogen in. Als dat gebeurt heb je nergens meer aandacht voor, ben je alleen maar hevig met jezelf bezig. Of het waar is, ik weet 't niet, maar ik kan er me iets bij voorstellen.'

'Het is waar,' zei Bas, 'en zij heeft daar toen zelfs de kranten mee gehaald. Die kerel was nergens meer toen het bloed links en rechts door z'n wenkbrauwen heen in z'n ogen sijpelde.'

'Neem nou maar van mij aan,' zei juffrouw Goudsblom, 'dat die klauwen primair als wapens...'

'Ook als ze zo krom zijn? Lang en puntig is toch veel effectiever? Die hoef je alleen maar als scheermesjes vlak boven de wenkbrauwen...' En de secretaresse haalde met uitgestoken vingers imaginaire nagels over haar eigen voorhoofd.

'Niks hoor, klauwen zijn effectiever. Kijk maar naar roofvogels, die hebben ook kromme klauwen,' zei de analiste.

'Om prooi te grijpen,' zei de secretaresse, 'niet om te krabben.'

'Volgens mij krab je makkelijker met kromme nagels. Je hoeft je handen niet recht uit te steken, je kunt iemand te lijf gaan met gekromde handen,' zei de analiste.

Juffrouw Goudsblom boog haar vingers alsof ze piano wilde gaan spelen, keek ernaar en zei: 'Ja, ik geloof dat je gelijk hebt.'

'En daarbij komt,' zei de analiste, 'dat die kromme muurvast zaten. "Dit model houdt verreweg 't best," zei Roos altijd. Je kunt immers niet hebben dat ze loslaten als je iemand te lijf gaat.'

'Het is waar dat ze er vroeger vaak over klaagde dat haar kunstnagels lossprongen, de laatste tijd hoorde je haar daar nooit meer over,' zei de secretaresse.

'Ja, maar dat komt ook omdat ze betere lijm hebben. Van dat spul met cyanoacrylaat erin, net als bij secondelijm,' zei de analiste.

'De pest voor je eigen nagels,' zei ik.

'Ja,' zei de analiste, 'maar als je van die papiertjes gebruikt, van die Klebepads, die je bij de Etos kunt krijgen, beschadig je je eigen nagels veel minder.'

'Met die papiertjes zitten je nagels niet echt goed vast,' zei de secretaresse.

'Nee, da's waar, da's voor een avondje uit, maar als je eerst zo'n kleefpapiertje op je eigen nagel doet en een druppeltje lijm op je kunstnagel gaat het fantastisch. Maar ja, je kunt het veel beter laten doen, je kunt d'r tegenwoordig overal voor terecht. Ik heb vaak genoeg tegen Roos gezegd: "Waarom ga je niet naar Art Nail," maar dan zei ze steeds: "Daar hebben ze dit gebogen model niet."'

'Ze wou wapens,' zei juffrouw Goudsblom koppig.

'Dit soort nagelpraat,' zei Bas korzelig, 'het wordt tijd om weer eens aan het werk te gaan.'

Behalve juffrouw Goudsblom, die demonstratief bleef zitten om te laten zien dat ze professor Bas nog als student had meegemaakt en hem dus niet hoefde te gehoorzamen, spoedde iedereen zich dadelijk naar zijn of haar werkplek. Bas zelf talmde nog even, en zei tegen mij: 'Zo steek je nog eens wat op, jammer alleen dat je daar als man niets aan hebt.'

'Moet je niet zeggen,' zei ik plagerig, 'je weet nu dat je moet oppassen voor vrouwen met klauwen.'

'Was mij al bekend,' snauwde hij. 'Wat die spullen van Roos betreft: Riet heeft zich daarover ontfermd, dus als je nu even met haar meeloopt naar haar kamer kun je er daar een blik op werpen. Moet je maar zien. Volgens de wet is het nu allemaal van jou.'

Riet Goudsblom wachtte tot Bas was verdwenen, liet zich toen van de practicumtafel afglijden en zei: 'Dan gaan wij ook maar.'

Ik volgde haar over een kille gang en beklom achter haar een krakende trap. Ik dacht aan wat Thomas altijd had gezegd: 'Die oeroude jongejuffrouwen lijken verzuurd en verbitterd en zijn altijd nogal snibbig. Ze hebben meestal een snor, en vaak wratten waarop wat verdwaalde haren zitten. Toch zijn ze behulpzamer dan je zou denken. Je kunt altijd een beroep op ze doen, in feite zijn het de aardigste mensen die bestaan.'

Zorgvuldig sloot ze de deur van haar kamer achter ons. Ze wees naar een zijtafel.

'Daar ligt het,' zei ze treurig, 'zo eindigt het dan.'

Terwijl ik erheen liep, vroeg ik: 'Denk je echt dat ze zich bedreigd voelde?'

'Nou en of.'

'Maar door wie dan?'

'Zou ik niet weten. Ze had altijd horden mannen achter zich aan. Bij tijd en wijle zal ze verplicht zijn geweest zich weer van sommigen te ontdoen die bij nader inzien nogal naar uitpakten. Dat wordt je dan, zoals je zelf ook zult hebben ondervonden, niet altijd in dank afgenomen.'

'Toch word je dan zelden vermoord.'

'Er hoeft er maar één tussen te zitten die niet deugt. Heus, mannen, 't is een raar spulletje, je kunt er niet voorzichtig genoeg mee zijn. Konden we ze maar allemaal in de zuurkast opbergen, waar je ze alleen uit haalde als je ze echt nodig had, net als natronloog.'

'Eén die niet deugt... akkoord, dat kan best, maar zou zo'n naarling haar dan zo sluw hebben omgebracht dat het net leek alsof ze een zonnesteek had?'

'Weet jij veel.'

'Eerder denk je dan... hier hebben jullie van alles en nog wat waarmee je een mens...'

'Hier? Wou je suggeren dat iemand van ons... hoe haal je het in je hoofd, ze werkte hier al ruim twintig jaar, ze was aan ons verknocht, wij waren aan haar verknocht... bespottelijk.'

'Sorry, ik zeg ook maar wat.'

Ik boog mij over wat op de zijtafel uitgestald lag. Ik pakte een tasje op. Er zat een spiegeltje in en een kammetje en een lippenstift. Ik legde het tasje weer neer, ik werd er zo immens bedroefd van. Achter mijn rug zei Riet Goudsblom: 'Ze voelde zich bedreigd.'

'Dat heb ik je nu al een paar keer horen zeggen,' zei ik.

'Ik zal je dit vertellen: je weet net zo goed als ik dat ze altijd monter rondstapte, ze was het zonnetje in huis, echt iemand die altijd aan de zonnige kant van de straat loopt.'

'Daarom was het zo'n feest om met haar om te gaan,' zei ik, terwijl de tranen in mijn ogen sprongen.

'Vertel mij wat,' zei Riet Goudsblom, 'maar nou dit: altijd monter dus. Maar wat gebeurt er soms: ze wordt opgebeld. Ze zegt niks, luistert alleen maar, legt de hoorn weer neer. Daarna kende je haar niet meer terug. Was ze als iemand die net van zijn dokter heeft gehoord dat hij nog een jaar te leven heeft. En als ze dan langs je liep, rook je boven haar parfum uit zo'n typisch luchtje. Angstzweet denk ik. *There you are.* Meer kan ik er ook niet over zeggen.'

'Mogen die spullen hier nog even blijven liggen?' vroeg ik.

'Dat mag,' zei ze, 'wat mij betreft, houden we een aandenken.'

'Ik heb altijd gedacht dat je net als Thomas niet veel met haar op had.'

'Dat dachten er meer. Inderdaad, ze lag me niet. Mijn moeder lag me ook niet. Die was wuft en lichtzinnig, die flirtte met elke man die op haar weg kwam; mijn vader leed er vreselijk onder, en wat heb ik mijn moeder alleen al daarom gehaat. Maar na haar dood ben ik anders over haar gaan denken. Mijn haat smolt weg toen ze stierf. Dat was zo'n opluchting. Voor Roos geldt hetzelfde, al haatte ik haar niet zoals ik mijn moeder haatte, het was eerder zo dat ik haar benijdde... Wat wil je, wat ik niet meekreeg had zij dubbel. Waar gunst ongelijk verdeeld wordt, blijkt afgunst onafwendbaar. Zo iemand als ik is niet voor enig geluk geboren. Waarom, ik weet het niet. Vroeger had ik daar meer last van dan tegenwoordig. Al dat geluk verkeert zo snel in verdriet. Ontbreekt geluk, dan bespaar je op leed. Bij winst dreigt verlies. Heb je nooit winst, dan kun je niks kwijtraken. Kom, ik ga maar weer eens aan het werk.'

Onderweg naar buiten weergalmden de hakken van mijn laarsjes onder het hoge, gewelfde gangplafond. Bas opende zijn kamerdeur.

'Heb je even?'

'Ik heb even,' zei ik.

Ik stapte binnen, hij sloot de deur achter mij. Ik liep naar het hoge raam en tuurde naar de zonnewijzer, waarover de schaduw viel van de Datura.

Bas kwam naast mij staan en wierp een schuine blik opzij op mijn laarsjes.

'Zelfde schoenmaat?'

'Ja,' zei ik.

'Je hebt je haar laten knippen.'

'Klopt.'

Hij haalde diep adem, balde een vuist.

'Marjolein zag je op zondagavond lopen in de Choorlammersteeg. Jij werd zo in beslag genomen door je gezelschap dat je haar niet zag. Ze zei dat je je van top tot teen had uitgedost als Roos. Waarom doe je dat?'

Ik antwoordde niet, haalde mijn schouders op.

'Weet je wat Marjolein zei toen ze thuiskwam?'

'Niet veel fraais ongetwijfeld.'

'Ze zei: wat een lijkenpikker.'

Zwijgen leek mij het enig passende antwoord, dus ik zweeg.

'Dat je haar spullen gebruikt, ik kan erin komen, maar dat je erbij gaat lopen alsof je Roos bent, we vinden het schandalig, Marjolein en ik.'

'Roos zei altijd dat we zusjes waren, Roos wou zelf altijd dat ik haar kleren aantrok, haar make-up gebruikte, haar...'

'Dat geeft je nog niet het recht om na haar dood... je besmeurt haar nagedachtenis, ik verbied je om er zo bij te lopen.'

'Krachtens welke bevoegdheid?'

'Ik verbied het je.'

'Ik herhaal: krachtens welke bevoegdheid?'

'Wij waren heel goed met Roos, Marjolein en ik, ze heeft vaak op onze vier broekenmannetjes gepast, we zijn eindeloos bij elkaar over de vloer geweest. Ik kan niet begrijpen... ik, wij... alles heeft ze jou nagelaten. Waarom?'

'Omwille van haar katten. Ze wou dat haar poezen goed verzorgd werden en konden blijven wonen waar ze altijd gewoond hadden.'

'Alsof wij... we zijn die poezen vaak genoeg nagelopen als ze op vakantie was. We begrijpen het niet.'

'Je voelt je tekortgedaan?'

'Ze had ons toch... iets... een aandenken...'

'Ik weet zeker dat ik namens haar spreek als ik je zeg: kom naar de Grimburchstraat en neem wat je hebben wilt. Ze stikte in de klokken. Wil je er daar soms een van? Die grote Friese staartklok? Kan ik jullie daar een plezier mee doen?'

Ik zag de hebzucht glinsteren in zijn ogen.

'Ik moet even langs de Digros om Sheba te halen voor de poezen. Dan ga ik naar de Grimburchstraat, over een halfuurtje ben ik er wel. Stuur over drie kwartier je klusjesmannen met het bestelbusje van het lab. 't Is een prachtige klok, een juweel, Roos schenkt hem je graag.'

'Je hebt het recht niet om namens Roos te spreken,' zei hij, 'maar ik... wij nemen je aanbod graag aan.'

'Ik zie het busje wel komen, tot kijk.'

'Tot kijk, en ik zeg je: al waardeer ik het bijzonder dat je die klok wilt afstaan, toch verbied ik je...'

Voor hij de zin kon afmaken, had ik zijn kamerdeur achter mij gesloten. Al mijn razernij kon ik kwijt in de holle gangen. Met de hoge hakken van de laarzen van Roos beukte ik op de granitovloeren. Vier broekenmannetjes, ze hadden vier broekenmannetjes, en Roos had vaak op die broekenmannetjes gepast, en ik... wat had ik? Vier in-vitrofertilisaties die zowaar alle vier gelukt waren en je hoop gaven, waarop vervolgens die hoop meedogenloos de grond in geboord werd.

# 14

Zelfs toen de klusjesmannen ruim een uur later de Friese klok, die akelig stevig met grote bouten aan de muur bevestigd bleek, vloekend hadden losgeschroefd en kreunend onder het gewicht hadden afgevoerd, liep ik nog bevend van woede rond in haar appartement. Dat er zoveel kille razernij in mij opwellen kon, wie had dat ooit voor mogelijk gehouden? 'Lijkenpikker', hoe durfde ze!

Op sommige momenten schoot echter door mij heen dat ze misschien gelijk had; misschien is het shockerend om op straat tegen iemand aan te lopen die zich van top tot teen heeft uitgedost als een overleden vriendin. Niettemin, 'ik verbied het je', dat liet ik mij niet zeggen, dat was bespottelijk.

Toen ik weer tot rust was gekomen, nestelde ik mij voor de kaptafel. Ik keek de laatjes door. Misschien had ze ergens van die Klebepads. Zo niet, dan opnieuw aarde- en nagelvaste klauwen, al was het alleen maar om Bas bij de volgende ontmoeting de ogen uit te kunnen krabben. Godlof bleek een van de vele laatjes van die kleefpapiertjes te bevatten, allicht, wat had ze op dat gebied feitelijk niet?

Ze had ook geld, maar daar kon ik niet bij. Al haar rekeningen waren vooralsnog geblokkeerd. De culinaire genietingen van de poezen had ik steeds uit eigen zak betaald. Aan de erven Berczy had ik, op last van de notaris, per 1 september een huursom van vijftienhonderd gulden overgemaakt, en daarbovenop nog tweehonderddertig aan servicekosten aan de Vereniging van Eigenaren van Grimburchstaete. Nu stond ik zo dieprood dat ik niets meer opnemen kon.

Telkens dacht ik aan dat geheimzinnige kluisje. Wie kon ik raadplegen over zo'n spaarpotje? Zou mijn schoonzus daar misschien iets over weten? Doorgaans zag ik haar één à twee keer per jaar. Over de verbazingwekkende veranderingen in mijn bestaan had ik haar nog niet ingelicht, ik had haar zelfs geen verhuiskaart gestuurd. Ik belde haar op haar werk, zei haar dat ik verhuisd was, gaf mijn nieuwe adres en telefoonnummer, en vroeg toen: 'Jullie kluisje is een keer leeggehaald bij een bankroof, dus moet jij iets van kluisjes weten. Bewaar je daar thuis de sleutel van?'

'Als 't goed is wel,' zei ze.

'Je gaat dus met je sleutel naar de bank. En dan?'

'Dan moet je je legitimeren, je naam komt in een register, met de tijd erbij, je moet tekenen en dan gaat iemand van de bank met je naar de kluisjesruimte. Die heeft ook een sleutel, want er is een buiten- en een binnendeurtje. De bankman opent het buitendeurtje, en jij kunt dan met je eigen sleutel het binnendeurtje openen. Dan pak je de dozen eruit waarin je kostbaarheden zitten en kun je daarmee aan een tafel neerstrijken en eruit halen wat je nodig hebt.'

'Kijkt de bankman mee?'

'Normaal gesproken niet. Die trekt zich discreet terug, doet alleen het buitendeurtje van het kluisje weer dicht als jij de dozen hebt teruggezet en het binnendeurtje hebt gesloten.'

We praatten nog een poosje met elkaar, maar ik was er met mijn gedachten niet bij. Steeds dacht ik: ook bij de kluisjesbalie zal ongetwijfeld allang in de registers aangetekend zijn dat Roos overleden is. Of hun computer geeft die informatie na een druk op de knop. Dan is de toegang tot het kluisje geblokkeerd. Maar stel nu van niet, stel... ik kan het toch licht proberen? Wat zou er kunnen gebeuren als ze ontdekken dat ik Roos niet ben? Zouden ze de politie erbij halen? Dan kan ik desnoods met betraande ogen uitleggen wat er aan de hand is. Geblokkeerde rekeningen, dure poezendissen, hoge huur, servicekosten, geldnood. Waarom zou ik het niet brutaalweg proberen? Ik had dringend geld nodig. Vandaag nog.

Nu was het geen spielerei meer, dat zonderlinge verlangen om in haar huid te kruipen, maar bittere noodzaak. Terwijl ik mijn lippen aanzette met een van haar smalle Lancôme-stiften en aandachtig naar mezelf keek, leek mijn spiegelbeeld de vraag te stellen: alles goed en wel, maar waar is de sleutel van dat kluisje?

‘Net op tijd,’ zei ik tegen Tijg, die op haar bed aandachtig mijn verrichtingen aanschouwde, ‘nu kan ik zoeken zonder door Curve Oval gehinderd te worden. Weet jij misschien waar die sleutel ligt?’

Vragend keek ik hem aan en hij keek terug, richtte zich toen op en begon zijn rechtervoorpoot te wassen. Waar bewaart een mens belangrijke sleutels? In laatjes, in kistjes, in de voorvakken van tassen, eventueel zelfs in jaszakken. Op dat soort plaatsen had ik al gezocht. Waar zou je een sleutel opbergen van een kluisje waarin je geld conserveerde? Toen wist ik het.

Ik liep naar de koelkast en vond, onder wat reservevoedsel voor de poezen, na enig rondtasten met een hand die akelig snel afkoelde, in het vriesvak de sleutel.

Vervolgens ‘wiesen’, naar het woord uit Daniël 4 vers 33, net als bij Nebukadnezar ‘mijn nagels als die der vogelen’. Ik deed er ongelofelijk lang over, maar besefte pas toen ik klaar was dat ik zo traag en geduldig werkte om het moment waarop ik naar de bank zou moeten stappen zo lang mogelijk uit te stellen. Dankzij al dat uit vrees geboren geduld oogde een en ander beduidend beter dan de eerste keer. Ooit zou ik er misschien aan wennen. Als hulpmiddel om geleidelijk in de huid van een ander te kruipen was het zonder meer een trouvaille.

Onderweg naar de bank had ik ’t niet meer. Wat kneep ik hem! Mijn handen trilden toen ik haar paspoort overlegde. Thuis had ik nog flink op haar handtekening geoefend. Nagenoeg perfect kon ik hem imiteren, maar wat ik ervan maakte toen ik het bankregister moest tekenen leek nergens op. Godlof werd ik geholpen door een kluisjesman die gefascineerd werd door mijn Nebukadnezarnagels. ‘Leuk om u weer eens te zien,’ zei hij, ‘prachtige kleur nagellak, haast nog mooier dan dat felle rood van de vorige keer.’

‘Dat u dat nog weet,’ zei ik, ‘dat is volgens mij alweer zo lang geleden.’

‘Minstens een halfjaar, zo niet langer, van mij zou u elke dag mogen komen, och, als ik m’n vrouw eens zover zou krijgen...’

Hij zuchtte smartelijk, liep voor me uit, deed de buitendeur van het kluisje open, liet zich toen ik de binnendeur opende geen enkele beweging van mijn vingertoppen ontgaan. Mannen, dacht ik, het is inderdaad een raar spulletje, maar soms heb je daar toch veel profijt van. Als er al ergens stond aangetekend, of in een computerbestand werd aangegeven, dat het kluisje geblokkeerd was vanwege het overlijden der eigenares heeft hij dat over het hoofd gezien, en dat enkel en alleen omdat hij de kluts is kwijtgeraakt van tien stukjes plastic.

En toen raakte ik zelf de kluts kwijt. Want in die doos ontwaarde ik een tiental enveloppen waarin opmerkelijk dikke bundels bankbiljetten zaten. Ik stopte eerst maar eens één zo'n envelop in mijn tas, dacht toen: nu heb ik de kans om het allemaal mee te nemen, die kans krijg ik misschien nooit meer, dus deed ik alle enveloppen in mijn tas, ondertussen God lovend en prijzend dat Hij mij met een flinke boodschappentas naar de bank had gezonden.

Ook geld tellen bleek, toen ik weer thuis was, een lastige opgave met Curve Oval. En ik hoefde het uiteraard niet te doen. Waarom moest ik zo nodig precies weten hoeveel ik in huis had gehaald? Ik telde door, hoewel het me al na de eerste envelop, waarin vijfduizend gulden zat, duidelijk was dat het totale bedrag zou uitkomen op de opmerkelijk ronde som van een halve ton.

Een halve ton! Wat moest ik daar in vredesnaam mee beginnen? Anderhalf jaar nog tot de invoering van de euro, ruim vijfhonderd dagen. Honderd gulden per dag zou ik moeten uitgeven! Waaraan in vredesnaam? Zo duur was Sheba niet.

Ik zat nu met het probleem waar ik vijfhonderd snippen veilig moest opbergen, alsmede met het vraagstuk hoe Roos aan zoveel geld was gekomen. De voorlopige oplossing van het eerste probleem maakte het tweede nog prangender. Want toen ik het ene boek na het andere uit haar kast pakte en in elk daarvan twee briefjes van honderd stopte, bleken vooral grotere naslagwerken reeds bankbiljetten tussen hun bladzijden te herbergen. Uit de statenbijbel die ik haar ooit cadeau had gedaan toen ik merkte dat ze de Schrift niet eens in huis had, schudde ik zelfs een fortuin. Ik moest daar even bij slikken. Het Woord des Heren gebruikt als brandkast! Enfin, mijn zenuwstelsel had ik die kluisbeproeving dus kunnen besparen. Niettemin schonk het me reusachtig veel voldoening dat ik dat gedurfd had. Maar ja, dat het was gelukt, dankte ik enkel aan het nagelfetisjisme van de bankemployé.

Nadat ik het geld in haar boeken had verstopt, pakte ik uit haar kast een pocket die ik tussen haar boeken had gezet: *Les Thibault* van Roger Martin Du Gard. Ik had geld, veel geld, ik kon mij nu veroorloven te doen wat ik altijd had gewild: dat meesterwerk vertalen. Of ik er een Nederlandse uitgever voor zou kunnen vinden als ik ermee klaar was, bleef de vraag, maar wat deed dat ertoe? Van zo'n boek, een van de mooiste romans uit de hele Franse letterkunde, diende beslist een Nederlandse versie te bestaan. Ooit had Constant van Wessem deel één en twee uitmuntend vertaald; ooit was bij uitgeverij De Toorts in Haarlem, in de serie Pantheon der winnaars van de Nobelprijs voor literatuur, deel zeven verschenen in een goede vertaling van Bernard Bekman. Ik hoefde dus alleen nog de delen drie tot en met zes, en deel acht te vertalen. Uit een onuitgepakte doos met mijn eigen spulletjes diepte ik een schriftje op. Ik sloeg deel drie van *Les Thibault* open, nam een pen, bekeek het eerste zinnetje van de vele duizenden die ik zou gaan vertalen: '*Les deux frères longeainent la grille du Luxembourg*.' Ik schreef: 'De twee broers...' en terwijl ik schreef kwam het hele boek weer terug, en de zomervakantie waarin ik het had gelezen. Dat was misschien wel de mooiste zomer van mijn leven geweest, die van *Les Thibault*, een zomer waarin ik nog dacht dat ik net als Jenny ooit een kind zou baren.

Na een uur of negen 's avonds werd ik, terwijl ik rustig door bleef vertalen en ondertussen mijn hoofd brak over de vraag waar al dat geld vandaan kwam, steeds banger. De angst diende zich geleidelijk aan. Eerst meende ik gemompel te horen vanuit de keuken. Nadat de schrik daarover was weggeëbd, dacht ik: de ijskast bromt. Toen ik erheen liep om die veronderstelling te verifiëren, flitste op het aanrecht met de snelheid van een formuleéénwagen zo'n langwerpig, grauwgrijs beestje van spoelbakrand naar gasfornuis. Waarschijnlijk een zilvervisje of een ovenvisje. Niks bijzonders, niks om bang voor te zijn. Maar ik heb het helemaal niet op dat soort watervlugge beestjes. Het is net of ze alle kanten tegelijk op kunnen. Ze lijken te bestaan uit segmentjes die soepel scharnierend met elkaar verbonden zijn. Ze hebben aan de kopkant twee ver naar voren stekende voelsprieten. Dat is nog tot daaraan toe, maar die bewegen als spinnenpoten.

'Sodemieter op,' riep ik tegen het oerinsect. Prompt kwamen Tijg en Ober aanrennen. Ze sprongen op het aanrecht en bliezen geducht. Ober tikte zelfs met z'n pootje tegen het zilvervisje, waarop het nog wilder heen en weer begon te schieten.

Eerlijk gezegd mis ik Thomas minder dan ik voor mogelijk had gehouden, maar wat had ik hem op die septemberavond graag uit de zuurkast gehaald. Dan zou hij heel geruststellend hebben gezegd: 'Zilvervisjes zijn geleedpotigen en helaas ongevaarlijk.' Met enge verhalen zou hij me op mijn gemak gesteld hebben. Hij zou verteld hebben over een soort die blauwzuur afscheidde en over een zoöloog die wat exemplaren daarvan in een plastic zak had verzameld. Bij het openen van de zak had hij wat moleculen blauwzuur ingeademd. 'Jammer dat je er dan zelf niet meer van kunt genieten dat je op zo'n originele manier sterft,' zou Thomas gezegd hebben, om er vervolgens geruststellend aan toe te voegen: 'Die enge soorten komen in Nederland niet voor.' Ooit had hij me tijdens zo'n hoorcollege bij het ontbijt verteld: 'Er is een miljoenpoot waarbij het mannetje terugvervelt. Organismen die vervellen worden ouder, maar bij deze soort is het andersom. Als hij vervelt wordt hij jonger. En hij vervelt alleen maar na de paring. Al parend keert hij terug naar zijn jeugd.'

Terug naar mijn jeugd, dat wilde ik wel, om

*Kinderboeken te lezen, meer niet*
*Slechts te denken in kindergedachten,*
*Het volwassen gedoe te verachten,*
*Op te staan uit een peilloos verdriet.*

Ober tikte het zilvervisje behendig met zijn voorpootje van het aanrecht af. Toch bezwoer dat mijn angst niet. Ik zette de televisie aan. Op alle netten sloeg het uur der reclames. Overal gelukkige gezinnen met voorbeeldige kinderen. Genoeglijk schransend aan tafel. Keuvelend in de keuken. In 't bootje van een achtbaan. Ik deed de televisie weer uit, zei met haar stem: 'Obertje, ik ga naar bed.'

Toen ik erin lag, vlijdde Ober zich discreet achter het hoofdkussen. Hij spinde zo luid dat je zou denken dat hij per decibel een bakje Sheba kreeg. In het begin had ik hem steeds weggejaagd, maar wanneer ik wakker werd lag hij er toch. Ik duldde het nu maar. Je sliep goed in terwijl dat vredige spinnen langzaam wegebde uit je bewustzijn.

Even na tweeën schrok ik wakker. Het klokje met de vurige cijfers wees 2:01. KV 201, de mooiste symfonie ooit door een jongen van achttien gecomponeerd, schoot het door me heen. Met kloppend hart lag ik te luisteren naar het eigenaardige, krassende geluid dat mij blijkbaar gewekt had. Het duurde even voor ik besefte waardoor het werd voortgebracht. Iemand probeerde een sleutel in het voordeurslot te steken. Telkens weer gleed die sleutel met een zacht tinkelend geluidje over het deurbeslag.

'Onderhand moet die insluiper toch gemerkt hebben dat het slot veranderd is?' fluisterde ik tegen Ober.

Ik sloeg de dekens weg, stond op en sloop naar de voordeur. De drie poezen slopen met zwaaiende staarten mee.

Ik tuurde door het verklikkersoogje. Aan de andere kant van de deur was het niet veel lichter dan aan mijn kant. Ik zag vrijwel niets. Doodstil bleef ik staan. Nog steeds kraste de sleutel. Wat eigenaardig! Je merkt toch snel genoeg dat je sleutel niet meer past?

Langzaam wenden mijn ogen aan de duisternis. Iets kon ik nu ontwaren. De insluiper was verbazend tenger. Ik zag lang haar. Een vrouw, dacht ik stomverbaasd, het is een vrouw. Wat een ongelofelijke meevaller! En ik glipte terug in bed.

Gek dat ik niet besefte wie daar stond, dat mij pas 's morgens vroeg bij het ontwaken inviel: dat was waarschijnlijk het albasten meisje. Toen had ik spijt dat ik de deur niet had geopend. Voor haar had ik, ook om 2:01, de deur best kunnen openen.

Ook die had dus tot de intimi van Roos behoord, ook die had, net als mafkees Bas, de beschikking gehad over een sleutel.

# 15

Ondanks het feit dat ik hem nog steeds vervloekte, besloot ik Bas te bellen.

'Heb jij enig idee wie dat tengere meisje was die ons op de valreep nog condoleerde?'

'Ik kan me geen tenger meisje herinneren,' zei hij.

'Ze was broos, ze had een smal, spierwit gezichtje. Lang rood haar. Sproetjes.'

'Weet je zeker dat ze ook mij de hand heeft gedrukt?'

'Herinner ik me niet meer. Mij wel in ieder geval.'

'Wat moet je van dat meisje?'

'Stond hier vannacht om twee uur voor de deur. Probeerde met een sleutel binnen te komen.'

'Vannacht? Waar?'

'In de flat van Roos.'

'Ben je dan al volledig over? Slaap je daar al?'

'Sinds een paar weken.'

Hij zei niets, ik hoorde hem alleen zwaar hijgen.

'Ze kon er niet in, ik heb het slot laten veranderen.'

Dat wist hij dan ook meteen. Kon hij zijn sleutel weggooien.

'Dus je hebt geen idee wie dat meisje geweest kan zijn?' vroeg ik.

'Nee.'

'Zo goed kende je Roos dus blijkbaar niet,' smaalde ik.

Hij diende me meteen van repliek.

'Erg snugger ben je niet, hè? Als je wilt weten wie dat meisje was, hoef je alleen maar in het condoleanceregister te kijken. Dat heeft de begrafenisondernemer aan jou gegeven.'

Aan zijn toon te horen had ook dat hem diep gegriefd.

'Je hebt gelijk,' zei ik verzoenend, 'stom dat ik daar niet aan gedacht heb. Als ze dan maar getekend heeft.'

'Waarom zou ze niet getekend hebben?'

'Ze leek me nogal in de war.'

'In de war? Dan is ze de enige niet. Misschien heb ik me gisteren te cru uitgedrukt, maar vind je zelf niet dat het te gek wordt?'

'Wat wordt te gek?' vroeg ik verbaasd, ofschoon ik donders goed wist waarop hij doelde.

'Dat je erbij gaat lopen alsof je Roos bent. Ik maak me zorgen. Gisteren heb ik gebeld met een oude vriend, een studiegenoot. Is nu psychiater. Kende het ziektebeeld, zei hij. Blijkbaar komt het meer voor. Zou het niet een idee zijn om eens met mijn vriend te gaan praten? Ik heb z'n telefoonnummer hier niet bij de hand, maar hij staat in de gids, Pieter Hoppenzak, kan niet missen, is er maar één van.'

'Dank voor de tip,' zei ik, 'tot kijk.'

Het condoleanceregister had ik naast haar fotoalbums in de boekenkast gezet. Ik pakte het en liep ermee naar het grote woonkamervenster. Toen ik erin bladerde, en en passant even opkeek, zag ik buiten Pleun Mastenbroek. Hij omklemde de spijlen van het hek. Ik deed het register in mijn tas, greep de banden die ik allang had moeten terugsturen. Dat ik godbetert altijd zo laks was in die dingen!

Toen ik naar buiten stapte, had hij net het hek losgelaten. Snel stak ik de straat over.

'Hier zijn de banden terug,' zei ik, 'met hartelijke dank, ik moet nu helaas snel weg.'

'Wat jammer,' zei hij. 'En? Nog iets bijzonders erop gezien?'

'Nee,' zei ik, 'ze ligt stil te zonnen, ze is altijd alleen. Maar ja, d'r staan altijd alleen maar een paar minuten op de band, terwijl ze hele middagen lag. Ooit een roodharig meisje gezien?'

'Zo'n bleke asperge? Ja, die kwam soms langs, maar die ging nooit liggen.'

'Allicht niet, zou verbrand zijn.'

'Hoeft niet hoor, met goede zonnebrandolie...'

'Is dat meisje misschien ook op die laatste middag langs geweest?'

'Kan ik me niet herinneren, maar zou best kunnen.'

'Ik ga d'r vandoor,' zei ik.

'We houden contact,' zei hij.

Terwijl ik langzaam begon weg te lopen, en hij me enkele stappen volgde, zei ik half over m'n schouder heen: 'Eigenaardige hobby heb je.'

'Vind je? Niets rustgevenders dan 's winters die banden afdraaien. Zee, zomer, een mooie vrouw die ligt te zonnen. Word je heerlijk rustig van. 't Biedt zo'n vredige aanblik. Bepaald iets anders dan wat je altijd op tv ziet – al die narigheid. Ik neem op wat anderen laten liggen.'

'Zit iets in,' zei ik, denkend: veel waan heeft schoonste logica.

'Kan ik je soms ergens heen brengen?' vroeg hij.

'Nee, hoeft niet, ik moet naar het laboratorium, is per auto haast niet te bereiken.'

'Laboratorium? Waar zij werkte?'

Ik versnelde mijn pas, hoorde mijn hoge hakken klikken. Als hij me nu maar niet volgde.

Terwijl ik liep, pakte ik het condoleanceregister uit mijn tas en bladerde erin. Op de laatste bladzijde vond ik: Fiona Sterkenburg, woonboot Poseidon, Zevenhuizen.

'Dat moet ze zijn,' zei ik halfluid tegen mezelf. Vroeger keken de mensen vreemd op als je op straat tegen jezelf praatte. Nu denken ze dat je mobiel belt. Soms kun je van vooruitgang spreken.

Spijtig dat er geen adres stond. Deed er niet toe, een woonboot in het gehucht Zevenhuizen, die moest te vinden zijn. Ik liep naar het station, af en toe angstig achteromkijkend of Mastenbroek mij soms volgde. Bij de taxistandplaats stapte ik in de voorste Mercedes. Honderd gulden per dag moest ik besteden, dus een taxi kon eraf. Bovendien: zo'n grande dame als ik fietste niet.

'Naar Zevenhuizen,' zei ik.

'Waar?' zei de bestuurder.

'Weet ik niet precies,' zei ik, 'woonboot Poseidon.'

'Kan overal liggen, linke soep, kan ook aan de kopse kant van de plassen zijn. Geen adres?'

'Nee, woonboot Poseidon, dat is alles wat ik weet.'

'Overal kreekjes en slootjes en inhammetjes daar waar die dobberen kan. Of achter zo'n pestdijkje. Is niet te vinden als je geen adres weet.'

'Dus u ziet ervan af om me daarheen te brengen?'

'Dat hebt u mij niet horen zeggen, dame. We kunnen naar 't postagentschap van Zevenhuizen rijden. Daar weten ze 't misschien.'

We kropen een poosje door de stad, schoten toen vlugger op in de polder, waarboven gigantische wolken geruisloos naar het oosten zeilden.

Toen we, eer we beseften dat we het bereikt hadden, alweer zowat door Zevenhuizen heen waren, zagen we een postbode lopen achter zo'n bagagedrager met draagtassen waar geen fiets aan vastzit. De chauffeur stopte, draaide het raampje open. 'Weet u waar de Poseidon ligt.'

'Overkant van de plas,' zei de besteller, 'daar verder vragen.'

We reden weer. Alsmaar over van die smalle polderwegen met uitwijkplaatsen voor als er tegenliggers opdoemden. Maar die verschenen niet, en een poosje later reden we in het dorpje aan de andere kant van de plas. We stopten bij het postagentschap, de chauffeur liet de motor draaien, rende naar binnen, kwam dadelijk weer terug. 'Ze weten 't niet, ik moest 't maar aan een besteller vragen.' Dus toen reden we stapvoets door het dorpje op zoek naar nog zo'n eenzame bagagedrager.

'Nog mooi hier,' zei de chauffeur, 'al wat 't betalen kan, strijkt hier neer. Maar waar zijn de bestellers? Zowat het enige wat je hier ziet zijn dure lui die hun hond uitlaten.'

Dat was waar. Pas toen we allerlei bouviers en tekkels en rottweilers met hun aangelijnde bazinnen gepasseerd waren, zagen we zo'n zwierig duwende besteller.

'De Poseidon? Achter het bos van Krans bij de gebroeders Heemskerk. Hier terug, laan uit, ruïne langs, roomse kerkhof voorbij, dan langs 't bos van Krans. Zie je een bushalte, sla je af naar rechts. Pad het land in. Aan het einde zie je de boerderij. Is nog niet de boerderij van de gebroeders Heemskerk, maar daar kun je met een auto niet komen. Daar maar iemand zoeken die je de boerderij wijst, en de Heemskerken kunnen dan wel zeggen waar de Poseidon ligt. Kun je niet zomaar heen, heb je een boot voor nodig.'

We volgden zijn instructies en reden toen het erf op van een boerderij. De chauffeur toeterde, een boerin dook op, joeg kakelende kippen weg en schreeuwde: 'Heemskerk? Ja, verderop, paadje volgen, daar verder vragen.'

Ik betaalde, stapte uit en liep langs een glinsterend watertje. Pal naast het paadje bloeide nog moerasandoorn, en overal zag ik koekoeksbloemen en in het watertje ontwaarde ik egelskop en de spitse bladeren van pijlkruid. Ik liep, en vergat waarom ik daar was. Een briesje suizelde tussen de blaadjes van de knotwilgen. Diep snoof ik de zomergeuren op. Het rook als vroeger bij mijn grootmoeder.

Grootmoeder, het woord dat voor mij nooit vlees zou worden; ik begroef Curve Oval in mijn handpalmen en zei met haar stem: 'Wie nu nog baart, is ontoerekeningsvatbaar.' Ik bleef het zacht herhalen tot ik het erf van een boerderij bereikte. Twee mannen waren een bestelbusje aan het laden, zagen mij en schrokken zich lam. Hoe kan dat bestelbusje hier ooit wegkomen, vroeg ik me af, en hardop vroeg ik: 'Is dit de boerderij van de gebroeders Heemskerk?'

'Nee, da's verderop, hier het erf over, achterlangs en dan het moordenaarslaantje door.'

Snel vervolgde ik mijn weg. Wat zich aan onwettigs voordeed op het erf met het geheimzinnige bestelbusje, daar wilde ik niets mee te maken hebben. Weer kwam ik langs een glinsterend watertje. Op de oever stonden viesbruine brandnetels. Blijkbaar was men kwistig omgesprongen met onkruidbestrijdingsmiddel.

Aan het einde van het moordenaarslaantje kwam ik terecht in een soort nederzettinkje waar kassen en schuren en woonhuizen ordeloos door elkaar heen waren gebouwd. Midden op een graspleintje stond een invalidenwagentje met een dwerg erin.

'Wonen hier de gebroeders Heemskerk?'

'Nee, da's verderop.'

Zou ik dat steeds te horen krijgen? Ik liep weer, volgde een pad hoog op een dijkje, met links en rechts een bladstil, krachtig geurend modderslootje. Toen stuitte ik op een monsterachtige, knalgele tractor waarop met reuzenletters de naam Heemskerk was aangebracht. Daarna passeerde ik een eigenaardige ijzeren dinosauriër met buizen en stangen en schoepen waarop diezelfde naam dwars over de cabine was geschilderd. Nog wat verderop stond een vuurrode hijskraan waarop de naam tweemaal prijkte.

En daarachter – niets. Geen boerderij, geen laantje, geen sloten, schaarse elzen en essen. Dichterbij komend meende ik een pad te ontwaren. Toen ik er liep, bleek dat ik tussen de bomen zigzagde. Enfin, erachter lag, wie had dat ooit nog durven hopen, zomaar een boerderij met stallen en bijgebouwen en hooibergen.

Ik hoorde een torenklok slaan. Halféén. Misschien zaten ze bij de Heemskerks nu aan de middagboterham. Een rode kater sloeg voor mij op de vlucht. 'Blijf toch,' riep ik, 'krijg je Sheba.' Andere poezen verschenen, schoten er ook haastig vandoor, snelden allemaal naar zo'n dubbele deur. Ze sprongen op tegen de dichte onderdeur en brachten zich via de openstaande bovendeur in veiligheid. Ik liep naar die deur en keek naar binnen. Met een zwaar gerinkel van kettingen draaiden zo'n veertig koeien hun koppen loom mijn kant op.

'Volk,' riep ik, en toen dat niet hielp: 'Hallo.'

Ik liep naar een andere deur, bewoog de klink. Hij ging open. Daarachter was een soort deel. Weer riep ik: 'Hallo.'

Antwoord kwam er niet. Een fluitketel begon te sissen en eerst zacht maar allengs harder te gillen. 'Nu zal er beslist iemand komen,' mompelde ik, maar niemand scheen zich iets aan te trekken van het hoogtonige gegil van de ketel.

Zo meteen zou al het water verkookt zijn. Kordaat liep ik naar het gasstel en draaide de pit laag. Ik liep terug naar de deur, wachtte geduldig, riep nog maar eens. De fluitketel neuzelde een eentonig wijsje.

Ik liep langs het huis. In de kamers ontwaarde ik niemand. Misschien waren ze bezig in een van die stallen, ik liep eromheen, deed voorzichtig een luik open, en hoorde weer het zware gerinkel van kettingen. Veertig koeien, allemaal nog starend naar de plek waar mijn bovenlijf even daarvoor was verschenen, draaiden traag en misprijzend hun koppen mijn kant weer op. Ze keken alsof ze mij wantrouwden. Boven hun koppen leken immense, zwartgeteerde hanenbalken te zweven. Ze moesten ergens bevestigd zijn, maar ik kon niet zien waar.

'Is hier dan helemaal niemand?' vroeg ik vertwijfeld aan de

koeien. Bij wijze van antwoord begonnen ze allemaal hun koppen heen en weer te zwaaien waardoor het kettinggerinkel symfonische proporties kreeg. Ik liep weer naar de deel met de fluitketel. In die korte spanne tijds waarin ik was weggeweest, bleek het decor veranderd. De fluitketel was van het gasstel gehaald, de bovendeur van de stal was dicht en door een openstaande deur van de deel zag ik drie mannen met kroeskoppen in lichtgevende oranje overalls aan een tafel zitten. Ik liep naar de openstaande deur, klopte erop en vroeg: 'Gebroeders Heemskerk?'

De drie mannen keken mij grijnzend aan, maar antwoordden niet.

'Mag ik iets vragen? Ligt hier ergens de Poseidon?'

'Reken maar van *yes*.'

'Maar waar dan?'

'Wou u d'r heen? Is lastig. Heb je een bootje nodig? Wou je ons bootje lenen? Gaat Henk wel even mee, waar Henk?'

Er klonk een grom alsof een mestvarken ja probeerde te zeggen.

'Wat wou u daar eigenlijk doen, dame?'

'Fiona Sterkenburg spreken.'

''t Ken haast niet wezen dat d'r daar op 't moment iemand is. Vanmorgen was alles nog dicht. Meestal ben' ze d'r allenig maar in 't weekend. Doordeweeks zie je ze nie' vaak. 's Avonds soms. Maar ze komen altijd van de andere kant, dus van hieruit hebben wij d'r ook niet zoveel zicht op.'

'Had ik dan ook van de andere kant moeten komen?'

'Maak' niet uit. Van hieruit ken je d'r niet met een motorboot heen, je mot roeien, en daar houen ze misschien niet van.'

'Welnee,' zei een andere Heemskerk, 'welnee, 't is niet vanwege 't roeien dat ze... nee, ze hebben altijd van die vrachies, is de roeiboot veuls te klein voor. Ze brengen en ze halen.'

Een vrouw van een jaar of zeventig stapte binnen, zette een reusachtige pan op tafel, veegde haar rechterhand aan haar schort af en stak die naar me uit.

'Clara Heemskerk,' zei ze.

'Roos Berczy,' zei ik, en daar schrok ik nogal van. Even overwoog ik nog om 'Sorry, ik bedoel Leonie Kuyper' te zeggen, maar dat zou dwaas zijn geweest. En ach, wat deed het ertoe dat ik mij haar naam had toegeëigend. Namen worden zo snel vergeten.

'We wouen net ân de biest beginnen,' zei Clara Heemskerk, 't is al met al de tijd van 't jaar niet voor biest, maar Geurtje is van slag, die heeft eergisteren gekalfd, dus we hebben een hele plas. Koos, maak eens een stoel leeg.'

Koos veegde eenvoudig een stapeltje kranten van een stoel af.

'Hiero,' zei hij, 'kom zitten.'

'Ja, maar...' zei ik.

'Geen maren,' zei Clara beslist, 'je wou toch niet zeggen dat je overal waar je komt een bordje biest voor je neus gezet krijgt, zelfs in de fijnste restaurants serveren ze 't niet.'

Ik liep naar de schoongeveegde stoel, ging zitten.

Clara schepte vier reusachtige borden vol, pakte uit een muurkast nog een tractorwiel, zette dat voor mij neer en schepte het ook vol.

'Eet smakelijk,' zei Henk.

'Insgelijks,' zei Koos.

'Van 't zelfde,' zei de Heemskerk wiens voornaam ik nog niet wist.

'Suiker?' vroeg Clara me, 'wou je er suiker over?'

'Eerst maar eens zo proberen,' zei ik. Ooit had ik biest geproefd, maar dat was zo lang geleden dat ik mij niets meer van de smaak herinnerde. Voorzichtig nam ik een hap van de gladde, vuilgele, romige substantie. De smaak ervan leek niet op melk, noch op enig ander soort voedsel dat een mens eten kan. Terwijl ik het proefde, werd ik aandachtig gadegeslagen door Koos en Henk en Heemskerk drie. Clara keek niet, die at zelf gestadig door.

'Je gaat er flink van aan de reutel,' zei Heemskerk drie.

'Klaas!' zei Clara Heemskerk bestraffend.

'Het is goed, moe,' zei Heemskerk drie die dus Klaas heette.

'En? Hoe smaakt 't?' vroeg Koos.

'Het is ongelofelijk lekker,' zei ik.

De drie gebroeders legden plechtig hun lepel op tafel, namen hem toen weer op en roffelden met de steel ervan op het tafelblad.

'Je hoort 't,' zei Clara Heemskerk snibbig, 'je bent geslaagd voor het toelatingsexamen.'

Toen we alle biest verorberd hadden, zei Klaas: 'Dus nou wou u even langs de Poseidon roeien?'

'Als 't kan. Ik wou even zien of Fiona er misschien is.'

'Je weet nooit, als ze d'r nie' is, is d'r misschien iemand anders die weet waar ze wel is.'

'Ik ga wel even mee,' zei Henk.

'Laat mij 't maar doen,' zei Koos.

'Als d'r dan niemand is die wil, zal ik me opofferen,' zei Klaas, en hij stond op, trok mij ruw overeind en liep toen naar buiten. Ik volgde hem. Naast een overwoekerd tegelpad voerde een in het gras uitgesleten voetpaadje naar de waterkant. Klaas sprong in een roeiboot, stak een hand uit, trok me er min of meer ook in, gooide een touw los en stak de Vijfstuivers, zoals het bootje heette met een roeispaan van de kant af. Toen we midden in de kreek waren, greep Klaas beide roeispanen, en maakte daarmee opmerkelijk veel vaart.

'Vroegertijd zette ik hier 's avonds fuiken,' zei Klaas, 'haalde je 's morgens armdikke palingen op. Die bliezen naar je als je ze achter hun kop vatte, daar werd je gewoon bang van. Zeelt zat er ook veel, knapen waren 't, en kroezen, ook een sappig visje. Maar 't mooist was toch een paling. Had je zo'n joekel, dan zette je hem in een emmer met schoon water. Dan spuugde die alles uit, was 't water de andere dag troebel. Dan zette je hem weer in schoon water, en zo maar door, net zo lang tot 't water kraakhelder bleef. Dan was al de vuiligheid d'r uit en dan kon je hem eten. Maar dat duurde soms wel een week of twee.'

'Is er nu geen paling meer?'

'Nee, d'r zit niks meer, enkel zilvervisjes zo groot âs een veiligheidsspeld.'

We bereikten de plas. Klaas roeide snel voort.

'Daar ligt ie,' zei hij, met één roeispaan naar een reusachtige woonboot wijzend die half schuilging onder hoog geboomte.

'Hij ligt zo te zien aan de kant afgemeerd,' zei ik, 'kun je er over land niet bij komen?'

'Mot je eerst door 't bos van Krans. Dat gaat best, maar dan kom je in een vreselijke blubberzooi terecht. Misschien dat 't met lieslaarzen zou gaan, maar ik betwijfel het.'

Toen we langs de Poseidon voeren, zei Klaas: 'Zie je wel, 't is doodstil, d'r is niemand, alles is potdicht. Als d'r momenteel iemand bivakkeerde zou je door een spleet een straaltje elektriek zien.'

'Gaan die luiken ooit open?'

'Nee nooit, je ken niet zien wat er binnen passeert. Als d'r iemand is, zie je door spleetjes in de luiken licht branden.'

'Dus er woont niemand? Wat doen ze er dan? Is het misschien een bordeel of zoiets?'

'Nee, de wip-in ligt verderop, daar kun je over land goed bij komen, 't zou toch knap lastig zijn om al die hengsten over 't water ân te voeren. Als 't druk is in de wip-in kun je hem, ook als 't water bladstil is, zien slingeren en stampen.'

Ik schoot in de lach. Klaas grijnsde innig tevreden. Mannen zitten simpel in elkaar. Er is niets wat hen zo streelt als een vrouw die om hen lacht. Elke man kun je verliefd maken door smakelijk om z'n grapjes te lachen.

'Hebt u enig idee wat er daar omgaat?' vroeg ik.

'Volgens mij fabrieken ze d'r wat. Ze brengen vrachies, ze halen vrachies. Meer kan ik er niet over zeggen. 't Zijn altijd piekfijne lui, nette kerels, en vaak ook dat meissie, enne...'

'Enne wat?'

'Hoe mot ik dat eens zeggen? Ik heb die lui eigenlijk alleen in 't donker gezien. Maar d'r was ook een keer een vrouw bij van uw leeftijd, met net zulke... net zulke...'

'Nagels?'

'Hoe raadt u 't zo? Toen ik u daarstraks zag, dach' ik zelfs even dat u... maar ja, dat ken dus niet.'

'Maar was je dan zo dichtbij dat je haar handen kon zien?'

'Hoe ver zal ik weg geweest zijn? Vijftig meter?'

'Dan kun je in 't donker toch geen handen zien.'

'Normaal gesproken niet, maar ze had d'r nagels gemenied. Ze waren lichtgevend oranjerood, net als onze overalls. Ik maak me sterk dat ze fluoresceerden, 't was net of d'r tien piepkleine lampionnetjes over het water zweefden.'

# 16

De regen kletterde zo nijdig tegen het grote woonkamerraam dat Tijg verschrikt van de vensterbank sprong en mij bang aankeek. 'Ja Tijg, het is alweer oktober,' zei ik, 'tijd voor dat verpletterende gedicht van Rilke: "Herr, es ist Zeit. Der Sommer war sehr gross. Leg deinen Schatten auf die Sonnenuhren."' Toen rinkelde venijnig de telefoon.

'Met Leonie Kuyper.'

'Met Van Stenis spreekt u. Spreek ik met de zus van Roos Berczy?'

'Ze noemde me altijd haar zusje, maar ik ben geen familie.'

'O, Freek zei dat u een zuster bent van de overledene.'

'Dat komt omdat ze 't tegen Freek altijd over haar zusje had. En daar bedoelde ze mij mee, maar...'

'Zo komen de misverstanden in de wereld, enfin, doet er niet toe, Freek heeft mij gevraagd mij te verdiepen in de dood van mevrouw Berczy. Ik heb de lijkschouwer gesproken en ben op dat laboratorium geweest. Wat mij betreft is daarmee nu de kous af. Hier valt voor mij geen eer aan te behalen. Ik heb m'n voelhorens uitgestoken en trek ze weer in.'

'U denkt dat er...'

'Mevrouw, als er al iets gepasseerd is, wat ik betwijfel, dan valt er nu toch niets meer te bewijzen. Niets duidt erop dat er iets gepasseerd is. De lamp hangt scheef daar, op dat laboratorium.'

'De lamp hangt scheef?' vroeg ik verbaasd.

'Kent u die uitdrukking niet? Dan zal ik het anders zeggen: sjofele boel daar, op dat laboratorium. Ik bedoel: ze hebben de mensen en de knowhow om alle soorten pillen te maken, en wat doen ze? Ze doen stom onderzoek waar geen droog brood mee te verdienen valt.'

'Ze maken er wel degelijk pillen,' zei ik.

'Pillen,' zei hij, 'maar geen pillen.'

Hij sprak hetzelfde woord tweemaal op totaal verschillende wijze uit. Toen ik niet antwoordde, zei hij: 'Ik bedoel: ze zouden daar moeiteloos xtc, en speed, en crack, en weet ik veel wat allemaal nog meer kunnen maken, ze hebben d'r alles voor in huis, ze hebben d'r zelfs gewelven... bent u ooit in die kelders geweest?'

'Ja, toen mijn man er nog werkte.'

'Dan hoef ik u niks meer te zeggen. Wat een kerkers! Zo bouwt Freek ze niet eens! Was dat lab een eroscentrum, dan zouden daar in de catacomben strenge meesteressen goud kunnen verdienen. Je hoeft de klant alleen maar te laten afdalen en hij komt al aan z'n gerief.'

'U bent zelf blijkbaar ook afgedaald,' zei ik.

'Die slag is u,' zei Van Stenis waarderend, '*yes*, ik ben beneden geweest en wat kreeg ik te zien: holle catacomben. Ik begreep er niks van. Geen haan zou ernaar kraaien als je daar xtc zou maken. Ze hebben d'r alles voor in huis. Boven piel je aan stomme bloeddrukpillen, en beneden...'

'Het zijn nette mensen,' zei ik.

'Precies, waar vind je die vandaag de dag nog? U hebt gelijk, en omdat u gelijk hebt, zeg ik: daar is niks gepasseerd. Werd daar beneden xtc en speed en crack gemaakt, tien tegen één dat er boven vroeg of laat één onder verdachte omstandigheden de pijp uit zou gaan, want hoe gemakkelijker de slappe was verdiend wordt, hoe meer men elkaar naar 't leven staat, maar nu... ik heb niks bijzonders kunnen ontdekken. Freek zegt steeds: "Ze hebben wat in haar koffie gedaan, een slimme pil met vertraagde afgifte." Als dat waar is, moet 't een verrekt knappe pil zijn geweest. Nee, die koffie... ze heeft voor ze wegging volgens de koffiejuffrouw één mok koffie gedronken. Om halféén. Meteen daarop is ze volgens dat oudje het lab uit gelopen. En dat wordt bevestigd door een paar mensen van daar die ook in die kantine waren...'

'Ze hebben daar geen kantine.'

'Da's waar ook, ik zei toch dat 't daar een primitief zootje is, ze hebben niet eens een fatsoenlijke kantine, het koffiezetapparaat staat in een groezelige werkruimte met tafels langs de ramen waarin je de houtwurm hoort knagen.'

'Dat is een practicumzaal.'

'Zal wel. Volgens mij is 't negentiende eeuw. De tijd heeft daar stilgestaan. Ik verzeker u: waar de tijd stilstaat, plegen ze geen moorden.'

'Was dat maar waar.'

'Ach mevrouw, wat weet u er nou van? Drugs, daar draait het vandaag de dag allemaal om, behalve gek genoeg in zo'n donker oud hol waar ze alles bij de hand hebben om het duurste spul te fabriceren. Da's het enige mysterie waar ik op gestuit ben.'

'Volgens u was het dus een zonnesteek.'

'Daar sta ik voor in. Ik zal tegen Freek zeggen: "Beste knul, dit is kansloos." Nu zit ik alleen nog met een probleempje, en daarom bel ik u. Freek zei me dat ik u de nota kon sturen. Klopt dat?'

'Dat klopt,' zei ik.

'Ik zal u een acceptgirokaart sturen.'

'Ik zou het liever contant betalen.'

'Onder de tafel door? O, dat mag ook, graag zelfs, hoef ik het niet te boeken. Schikt het dan als ik zo meteen even langsrij, ik moet daar toch in de buurt zijn voor een ander klusje.'

'Ik ben de hele morgen thuis,' zei ik.

'U ziet me zo, ik krijg dan drieduizend gulden van u.'

Ben je van huis uit zuinig, dan blijf je dat, ook al moet je honderd gulden per dag uitgeven. Dus ging het mij aan het hart zomaar drieduizend gulden uit te geven aan de onberispelijk in het pak zittende kerel die tien minuten later voor mijn deur stond. Zonder dat ik daarom gevraagd had, had hij likkebaardend keldergewelven bekeken. Moest ik daarvoor dokken?

Maar ik had niet geprotesteerd, toen hij vroeg: 'Klopt dat?', omdat hij, pratend over die holle catacomben en de mogelijkheden daar om ongezien xtc te fabriceren, naar het leek het raadsel van de woonboot voor mij had opgelost. Was er in de Poseidon een klein laboratorium ingericht waar xtc-pillen en andere rotzooi gemaakt werden? Had Roos zich daarmee in gelaten? Hoe anders haar rijkdom te verklaren, zomaar vijftigduizend gulden in een kluisje bij de bank, plus nog een slordig zakcentje in allerlei naslagwerken. Bontjassen, een zwarte Saab, een duur appartement waarvan de hypotheek al afbetaald was. En een garderobe als een vorstin, plus bijna net zoveel schoenen als Imelda Marcos van de Filippijnen.

Dat ene zinnetje van Van Stenis bleef maar haken: 'Hoe gemakkelijker de slappe was verdiend wordt, hoe meer men elkaar naar 't leven staat.'

Als Roos adembenemende sommen had bijverdiend in een drijvend laboratorium, doemde voor mij een reusachtig probleem op. Dan was haar geld besmet, bezoedeld, dan wilde ik daar liever niets meer van uitgeven. Maar hoe moest het dan met haar lievelingen, haar poezen? Terug naar mijn huurhol bij de Burggravenlaan en de poezen meenemen? Hopelijk wilden ze dan Whiskas eten, want Sheba zou ik niet kunnen bekostigen.

Weg uit dit zalige appartement, wat viel me het zwaar dat onder ogen te zien. Afstand doen van die fantastische garderobe, afstand doen van, en dat was misschien het ergste, datgene wat een vorm van levensvervulling was gebleken. Mijzelf uitwissen, een zusje van Roos worden.

Moest ik nu naar Graafland gaan en zeggen: 'In een woonboot maakte Roos xtc-pillen, dus al haar bezit is gecorrumpeerd, het spijt me vreselijk, hier wil ik niets mee te maken hebben, ik doe overal afstand van.' Zou dat kunnen? Allerlei documenten had ik getekend. O, mijn God, wat een ellende.

Ik liep naar de ook alweer zo magnifieke geluidsinstallatie van Roos. Ik zette muziek op die van mijzelf was, want ik was nooit iemand tegengekomen die dit stuk ook kende, de *Kantate zu Ehren von Joseph Spendou* van Franz Schubert. Vooral aan het slotkoor heb ik mijn hart verpand, zo innig, zo hartverscheurend, zo vertederend mooi. En na die cantate zette ik een ander onbekend wonderstukje van Schubert op: de langzame inleiding van het eerste deel van de *Symfonie in E-groot*. Schubert had die symfonie nooit afgemaakt, anderen hadden hem voltooid, maar de inleiding was van hemzelf, inclusief de verpletterende instrumentatie. Toen de muziek gedempt en hartverscheurend opklonk uit de KEF-boxen van Roos, en ik zo precies mogelijk meeneuriede om even verlost te zijn van de ellendige morele dilemma's die voor mij opgedoemd waren, maalde de gedachtestroom onverdroten door.

Van Stenis vertelde me niks nieuws, ik vermoedde het al, vrachies naar binnen, vrachies naar buiten, en alles 's avonds en 's nachts in het donker, ach ja, ik wist het al, maar ik wou het niet onder ogen zien, ik heb het al die tijd weggedrukt.

Misschien was het Roos niet geweest, daar 's avonds op die plas. 'Tien lampionnetjes die over het water zweefden.' Zo verbazend goed traceerbaar bleek je als je met die krankzinnige nagels rondliep. Of zouden op het water de kunstnagels van een andere vrouw gefluoresceerd hebben? O, vast, bij Indian Way vloog Curve Oval immers de winkel uit, haast elke vrouw liep ermee.

'O, Roos, dat kan toch niet,' kreunde ik, terwijl Schubert na die verbijsterende openingsmaten een opgewekt deuntje inzette. Ik liep naar de cd-speler en liet hem verspringen naar het onvolprezen langzame deel D 729.

Vervolgens zocht ik, net zoals ik die avond had gedaan toen ik na mijn vaartochtje met Klaas Heemskerk weer thuis was, tussen haar verbijsterende collectie nagellak naar fluorescerend roodoranje. Dat je, als je xtc-pillen ging maken, uitgerekend met nagels op stap ging die op zo'n vijftig meter afstand in het donker te zien waren. Dat was nu echt Roos, die trok zich nergens wat van aan. Je moest maar lef hebben.

Net als die avond na mijn woonbootmissie kon ik ook nu het fluorescerende oranjerood niet ontdekken. 'Dus ze kan 't niet geweest zijn,' zei ik tegen Tijg, die uiteraard niet van mijn zijde week. Want waar ik was, was Tijg met zijn *prunelles pâles*. En Tijg keek me begripvol aan; het was of hij zei: flesje leeg, is allang met de chemokar mee.

Ik wandelde, omdat ik zeker moest weten of de vingers van Roos aan die tien lampionnetjes vast hadden gezeten, naar de winkel waar ze altijd haar make-up had aangeschaft. Het regende nog steeds. Ik liep onder haar paraplu, de mijne had ik in mijn huurflat achtergelaten, zoals ik haast alles achter had gelaten. Wat moest ik beginnen als onontkoombaar zou blijken dat ik van haar bezit afstand diende te doen?

Bij Ici Paris keek zo'n jonge del mij meewarig aan toen ik vroeg of ze fluorescerende oranjerode nagellak verkochten. 'Weer zo'n oud lijk dat naar de disco wil,' zeiden haar kille ogen. Toen ze me meedeelde dat ze zo'n vulgaire kleur niet verkochten, en dat ik het maar bij de Etos moest proberen, kwam er een verkoopster van mijn leeftijd aan lopen die mij scherp opnam. De del zei: 'Mevrouw vroeg naar fluorescerend oranjerode nagellak.' De vrouw zei: 'Het staat me bij dat u daar al eerder naar gevraagd hebt.' Ze staarde me aan en vroeg toen: 'Hebt u een facelift gehad?' 'Nee,' zei ik. 'O,' zei ze, 'dan weet ik 't niet, u ziet er beslist anders uit dan vroeger.' 'Maar toch niet jonger,' zei ik. 'Nee,' zei ze, 'maar u zou de eerste niet zijn bij wie het mislukt is.'

Bij de Etos, waar ik vervolgens naartoe vluchtte, bleken ze evenmin dergelijke nagellak te verkopen. 'We hebben een tijdje geleden groenfluorescerende heksennagels gehad,' zei het meisje, 'maar die liepen voor geen meter, dus die zijn uit ons assortiment. Probeer het eens bij de discowinkel.'

In feite was mijn missie toen geslaagd. Roos had bij Ici Paris vergeefs naar fluorescerende oranjerode nagellak gevraagd, dus had naar alle waarschijnlijkheid verdergezocht, en het ook gevonden. 'Tien lampionnetjes die over het water zweefden.' Wie kon dat anders geweest zijn dan Roos?

Bij de discowinkel aarzelde ik. Moest ik daar binnenstappen? In de etalage hingen vleermuisposters. Gelukkig ben ik daar minder bang voor dan voor spinnen. Vleermuizen zijn misschien zelfs leuk, het is mallotig dat ze met vampierpraktijken geassocieerd worden. Akkoord, je hebt vleermuissoorten die uitsluitend van bloed leven, maar die komen in Nederland goddank niet voor.

De winkeldeur stond uitnodigend open. Binnen was het niet alleen pikdonker maar schalde ook een of andere daverdreun van heavy metal of iets vergelijkbaar verschrikkelijks uit pikzwarte luidsprekers. Ik vermande mij, brak door de geluidsbarrière heen en stapte naar binnen; aanvankelijk zag ik vrijwel niets, maar na een poosje ontwaarde ik een in zwart latex gehulde griezel met wijd uitstaand pluishaar en ringen door oorlellen, wenkbrauwen en het neustussenschot. Of het een jongen of een meisje was, daar kon ik niet achter komen, en dat maakte me uiterst onzeker.

'Hebt u fluorescerende nagellak?'

'Yes,' zei de verschijning, 'rood of groen?'

'Rood,' zei ik.

De verschijning greep zonder om te kijken achter zich en zette een potje gifgroene lak voor me neer. In de duisternis lichtte de kleur fel op.

'Dit is groen,' zei ik.

'Kan best,' zei de verschijning, 'ik ben kleurenblind.'

Opnieuw een greep naar achteren. Andermaal een flesje gifgroen.

'Weer mis,' zei ik.

'Dan zal het rood op zijn.'

De verschijning stond rinkelend op, keerde zich om, deed weer een greep en zei: 'Is dit rood?'

'Dit is rood,' zei ik.

'Vijftien piek.'

Ik kon het toen niet over m'n hart verkrijgen om te zeggen dat ik het niet wilde hebben maar alleen had willen weten of het überhaupt bestond. Ik overhandigde een tientje en twee rijksdaalders. De verschijning drukte mij het flesje onverpakt in de handen en ik wandelde de discowinkel uit. Zelfs buiten, in het licht, bleek het nog een stoplichtkleur te zijn die je zowat verblindde. 'Roos,' mompelde ik, 'Roos, Roos, Roos.'

Eenmaal weer thuis haalde ik eerst al haar ringen van mijn vingers. Toen trok ik voorzichtig nepnagel na nepnagel van mijn handen af. Dankzij die kleefpapiertjes tussen nep en echt ging dat, ze zaten niet zo muurvast als eerst. Desondanks slaakte ik zoveel kreten van pijn dat het hele poezenbestand met zwaaiende staarten aan kwam lopen. Ik verwijderde de oorbellen, deed haar prachtige truitje uit, stroopte voorzichtig het bodykorset van mijn lijf, deed haar truitje weer aan. Ik moest wel, mijn eigen kleren had ik zowat allemaal in zo'n Humanabak gegooid. Ik deed haar laarsjes uit en trok een paar oude laarsjes van mezelf aan. Mijn eigen schoeisel had ik goddank, uit angst voor blaren, nog niet weggegooid. Ze had weliswaar dezelfde schoenmaat als ik maar liep altijd op veel hogere hakken.

Ik boende de make-up van m'n gezicht, en keek naar mijn eigen, grauwe kop. Zelfs met haar make-up op had ik blijkbaar het hoofd van iemand die een facelift had ondergaan die fout was uitgepakt. Wilde ik op Roos blijven lijken, dan moest mijn haar binnenkort weer geknipt worden. Maar dat hoefde niet meer, en bitter zei ik tegen de poezen: 'Die zoon van de kapster, die draaideurcrimineel, da's dus niet toevallig.'

Ik ging de straat weer op en kocht bij de Digros een paar zakken chips. Ik liep ermee terug naar huis. Het regende niet meer, de zon scheen, Mijna zou nu op de zonnewijzer kunnen zien hoe laat het was. Ik zag mezelf weerspiegeld in etalageruiten. Die persoon, wat had ik daar dolgraag afscheid van genomen. Een bedeesde trut die volledig van streek kon raken van de aanblik van een kinderwagen. Gelukkig zag je die torenhoge wagens niet meer, die onhanteerbare mammoetvehikels uit mijn jeugd. Ze waren vervangen door kleine wagentjes die een lift in konden en, in opgeklapte vorm, een auto. Die oerkinderwagens zag je hoogstens nog in buurten waar veel allochtonen woonden, dus daar bleef ik daarom uit zelfbehoud maar liever weg. Maar ja, wat mogelijk bleef was dat je een vader of moeder tegenkwam met zo'n soort ouderwetse bolderkar achter de fiets waarin onder een plastic overkapping een dreumes op zijn duim lag te zuigen. Zoals ik eertijds van kinderwagens van streek raakte, zo raakte ik nu van slag van die wagentjes.

Wat had ik graag voorgoed afscheid van mezelf genomen. Eén ding wist ik: dat je met andermans attributen verbluffend ver komen kon. Oorbellen die je moest vastzetten met lijm waarvan je oorlellen gingen schrijnen. Hoge hakken waar je op strompelde. Een soort korset waarvan de baleinen in je rug prikten als je ook maar even verslapte. Kunstnagels die onophoudelijk voor groot lijfelijk ongemak zorgden. Met die attributen kon je niet vergeten dat je een rol speelde. En al had het misschien iets van een penitentie, je was een ander, je was, om met Mandelstam te spreken, 'opgestaan uit een peilloos verdriet', je was een vrouw die onaangedaan bleef bij de aanblik van kinderwagens en zo'n duimzuigende dreumes op twee wieltjes, en daarom onderging je die penitentie niet als straf maar als een onverhoopte vorm van bevrijding.

# 17

'Tijg,' zei ik, 'ik wou dat ik iemand had met wie ik erover kon praten. Graafland? Ach nee, die snaak met z'n sierknevel en z'n oogje... nee, gewoon een betrouwbaar iemand. Nu wreekt zich dat ik mijn vriendinnen ben kwijtgeraakt. Steeds heb ik, als ze kinderen kregen, de vriendschap laten verwateren. Dat gehannes en getuttel met zo'n dreumes, ik kon 't niet aanzien. Ik werd er zo ontzettend verdrietig van. Nu worden ze stuk voor stuk grootmoeder, het vult hun leven, ze praten vast nergens anders meer over. Ik kan het ze niet kwalijk nemen, maar ik kan ook niet met ze omgaan, het doet te veel pijn.'

Tijg hief een poot omhoog als een dominee die aan het einde van een kerkdienst de zegenbede wil uitspreken, keek me aan, sloot toen de ogen, wendde de kop en tuurde naar buiten.

'Aan jou heb ik ook niks,' zei ik, 'al voldoe je aan een belangrijke voorwaarde: je kende Roos. Ik moet iemand hebben die haar goede kende.'

In de Digros liep ik eind van de middag, zoals vaker gebeurde, Riet Goudsblom bij de groenteafdeling tegen het lijf.

'Ook toevallig, kindje,' zei ze, 'we hadden 't vanmorgen bij de koffie over je. Een Frans-Canadese farmacologe komt een maand bij ons werken. We vroegen ons af of die misschien bij jou zou kunnen logeren?'

'Bij mij logeren, waarom bij mij?'

'We hebben een paar keer eerder zoiets bij de hand gehad. Dan werd er meestal bij Roos gelogeerd.'

'Als 't een aardige vrouw is...'

'Ik heb 'r ooit op een congres ontmoet. Leuk mens.'

'En wanneer...'

'Binnenkort. Denk er eens rustig over na, bij mij kan ze ook, maar mij vinden ze doorgaans eng, bij jou voelt ze zich ongetwijfeld meteen op haar gemak.'

'Ik zal erover denken. Heb je misschien zin om morgenavond een hapje te komen eten? Of overmorgen. Je kende Roos goed, ik wou...'

'Morgenavond zou me schikken. Hoe laat?'

'Direct uit 't lab.'

'Ben ik om halfzes bij je.'

Ik maakte een mosterd-preisoepje en bakte mijn superquiche met een vulling van champignons, geraspte selderijknol, ui, tomaat en kaas.

'Dat kun je die Canadese ook voorzetten,' zei Riet Goudsblom waarderend toen ik de quiche, terwijl buiten de regen met stochastische tussenpozen tegen de sponningen kletterde, voorzichtig op tafel zette.

'O, dus je gaat er al van uit dat ze hier komt logeren.'

'Ja,' zei ze, 'nu zie je er tegenop, maar als je haar ontmoet druk je haar aan je hart. En wat zit je dwars ten aanzien van Roos?'

'Ik vermoed dat ze 's avonds en in de weekenden in een laboratorium werkte waar ze xtc en dat soort rommel maken.'

'Hemel! Eduard dacht dat ook, wou haar ter verantwoording roepen. Laatst nog zei hij tegen me: "Ooit gooit ze de goeie naam die ons instituut over de hele wereld heeft, te grabbel." Ik geloof dat hij zelfs iemand heeft ingehuurd om d'r gangen na te gaan. Voorzover ik weet, heeft die niks gevonden. Je zou 't Eduard moeten vragen.'

'Daar ben ik niet zo goed mee,' zei ik, maar ik dacht eraan dat hij veel had goedgemaakt met zijn aardige toespraak bij de crematie. Hij had die mooie bijbeltekst aangehaald, 'In de bloei van haar dagen moest zij heengaan en derven de rest van haar jaren'. Nog steeds wist ik niet waar dat stond. Hoe daarachter te komen? Je kon moeilijk de hele bijbel even herlezen.

'Eduard valt mee als je hem goed kent,' zei Riet.

'Dus hij dacht...'

'Hij niet alleen, ik ook. Ze zwom in het geld. Ik heb eens gevraagd: "Waar doe je 't allemaal van?" Zei ze: "M'n ouders hebben veel nagelaten."'

'Zou dat niet kunnen?'

'Het waren Hongaarse vluchtelingen die volledig berooid naar Nederland kwamen.'

'Haar vader zou hier...'

'Kan zijn, maar ik denk eerder... nee, het verbaast me niets, maar goed, wat is nu het probleem?'

'Ze heeft mij alles nagelaten. Wat moet ik beginnen? Besmet, besmeurd geld; kinderen slikken die pillen en gaan eraan dood.'

'Da's hun eigen schuld.'

'Zal wel, maar ik vind... ik heb altijd huizenhoog tegen haar opgezien, maar nu... ik weet werkelijk niet wat ik moet beginnen, het liefst zou ik van alles afstand doen, maar ja, ik heb overal voor getekend, en wat moet er dan gebeuren met de poezen?'

'Overal afstand van doen? Gebeurt vanzelf. De fiscus pakt je zo achtenzestig procent af, of daaromtrent. Dan ben je 't meeste al kwijt.'

'Ja, maar ze had zoveel, ze had een pakket aandelen... ik heb de notaris gezegd dat ik die wilde verkopen, en daar kreeg ik nu laatst bericht over, het duizelt je als je ziet hoeveel geld er op de rekening van de erven Berczy is binnengekomen.'

'Gaat ook naar de belasting.'

'Er blijft veel over, en wat moet ik daarmee? Da's bloedgeld verdiend over de ruggen van al die gebruikers, ik wil daar niks mee te maken hebben. Had ik die aandelen maar gehouden, ze waren nog niet verkocht of de koersen vlogen omlaag.'

'Wat kan een mens toch barre pech hebben,' zei Riet Goudsblom vrolijk.

'Ja, je lacht erom, maar...'

'Zie het eens anders, kindje. Roos had misschien last van een slecht geweten. Ik bedoel: we hoeven hier niet over haar te oordelen maar zoals zij leefde... Misschien dacht ze daarom: ik moet m'n geld nalaten aan een integer iemand die, anders dan ik, aan de goeie kant van de streep leeft. Dan weet ik zeker dat er niks mee gebeurt waarvoor ik mij na m'n dood moet schamen.'

Dat was zo'n nieuw gezichtspunt dat ik niet direct iets terug wist te zeggen.

'Geef het geld aan goede doelen,' vervolgde Riet. 'Adopteer

zo'n stakkertje in Afghanistan. Breng het naar de sos-kinderdorpen. Stort het op rekening van de Leprabestrijding. Vul de acceptgirokaarten van Artsen zonder Grenzen in, ik heb er nog wel een paar liggen voor je.'

'En zo sus je dan je geweten,' zei ik bitter.

'Xtc en crack zijn bar en boos, maar denk niet dat je op zo'n lab als het onze zoveel beter uit bent. Stel, je doet prachtig onderzoek. Wat gebeurt: de farmaceutische industrie duikt met je resultaten de jungle in, want dat is het. Tien tegen één wordt je werk ingezet bij een strijd op leven en dood. Laatst las ik in het vakblad over calciumantagonisten. Slik je tegen hoge bloeddruk. Uit Engels onderzoek blijkt dat als de slikker grapefruit eet hij erin kan blijven. Wat gebeurt? Alle fabrikanten van andere bloeddrukverlagers schreeuwen dat resultaat van de daken. Exit producenten van calciumantagonisten. Niemand wil hun pillen nog slikken.'

'Wat een onzin, je kunt toch je grapefruit laten staan?'

'Wis en waarachtig, maar mensen luisteren slecht. Ze vangen de boodschap op: calciumantagonisten, foute boel, en eisen van hun huisarts vervolgens een ander middel.'

'Goed, maar dit is toch niks vergeleken met xtc?'

'Zou je denken? Ik ben d'r later achter gekomen dat de producenten van andere bloeddrukverlagers dan calciumantagonisten dat fraaie grapefruitonderzoek hadden gefinancierd. En da's één voorbeeld, maar zo zou ik er tientallen kunnen geven.'

Nog voor ze uitgesproken was, zoemde de voordeurbel. Het verklikkersoogje onthulde de gedrongen gestalte van Freek Volbeda. Waterdicht kon de beveiliging niet genoemd worden. Ik opende de deur. Freek duwde mij opzij, stapte naar binnen, smeet de voordeur dicht, zei nijdig: 'Sorry dat ik zomaar binnenval, maar je hebt me goddomme besodemieterd. Je bent haar zusje niet.'

'Ik heb nooit gezegd dat we familie waren.'

'Je zei dat je haar zusje was, en ik heb je grif geloofd... ik ben er potverpiel met open ogen in getuind, ik hoor 't net van Piet van Stenis, dacht: ik ga meteen verhaal halen.'

'Ik heb een paar keer geprobeerd je te zeggen dat er sprake was van een misverstand, maar je luisterde niet.'

'Je hebt me potverpiel belatafeld.'

'Kom even verder, ik heb bezoek, maar dat geeft niet.'

We liepen naar de woonkamer, ik stelde Riet en Freek aan elkaar voor en zei toen tegen Freek: 'Jij hebt me verteld dat ze het altijd over haar zusje had.'

'Nou en?'

'Ze had geen familie. Als ze het over haar zusje had, bedoelde ze mij.'

'Kan ik bevestigen,' zei Riet, 'als Roos het op 't lab over haar zusje had, bedoelde ze Leonie.'

'Zo, dus u werkt ook op dat snertlab? Hebt u haar soms een of ander akelig slim pilletje gegeven dat haar die zogenaamde zonnesteek heeft bezorgd?'

'Als wij zulke pilletjes konden maken, waren we schatrijk. Daar zou meer vraag naar zijn dan naar bruin brood.'

'Het is toch om stapeldol van te worden. Roos wordt vermoord, maar niemand wil 't geloven. Zet ik d'r Piet van Stenis op en wat krijg ik te horen? Aan dat zaakje valt voor mij geen eer te behalen. Weet me alleen te vertellen dat dat zogenaamde zusje niks geen zusje is. Waar ik ook weer geen flikker van begrijp, want je lijkt... je leek toch sprekend op haar. 't Is waar, nu zit je haar anders, maar toch... ik zou jullie allemaal wel stuk voor stuk door elkaar willen rammelen om de waarheid eruit te krijgen, op dat kutlab...'

'Maken we kalmeringspillen waar u mee gediend zou zijn,' zei Riet.

'Kalmeringspillen,' raasde Freek, 'ik? Ik ben kalm, doodkalm.'

'Ja, in het oog van een orkaan is het windstil,' zei Riet.

Freek loerde naar haar, liet zich toen plompverloren op een stoel vallen.

'Niemand praat me uit het hoofd dat ze vermoord is. Van Piet hoorde ik dat ze voor ze wegging nog een grote mok koffie heeft gedronken. Die koffie, daar verwed ik m'n kop om, daar heb wat in gezeten, een of ander slim spulletje...'

'Als u dat denkt, kan ik u meteen uit de droom helpen,' zei Riet, 'ik kwam samen met haar beneden. Mijna had net verse koffie gezet. Voor haar heb ik toen een mok getapt omdat ze met haar nagels altijd stond te hannesen. Toen heb ik voor mezelf een mok getapt. Als er iets in die koffie zou hebben gezeten, was ik ook dood geweest.'

'Of u hebt zelf terwijl ze even niet keek... was d'r iemand bij?'

'Iemand? We stonden daar met z'n zessen. Dadelijk na mij hebben twee studenten en een analiste en onze secretaresse een mok koffie genomen. Leven niet alleen allemaal nog maar keken ook op m'n vingers.'

'Het zal wel kloppen,' zei Freek dof, 'maar...'

'Had u er misschien weet van dat ze in een of ander xtc-lab bijverdiende als analiste?' vroeg Riet.

'Zij? Roos? Hoe komt u daarbij? Hoe haalt u 't in uw zieke hersens?'

'Dat zeggen wielrenners en voetballers ook altijd als hun gevraagd wordt of ze verboden middelen hebben gebruikt,' zei Riet effen.

Freek hoorde dat amper, schreeuwde dwars door haar zin heen: 'Zij? Maakte xtc? Ik geloof d'r geen barst van, geen reet, geen moer, geen flikker, geen...'

'Stop maar,' zei Riet, 'inmiddels is ons goed duidelijk hoe u daarover denkt.'

Freek loerde om beurten naar ons met een blik alsof hij ons wou aanvliegen, siste toen tussen zijn tanden door: 'Stelletje slijmerige slijktorren! Zitten daar met z'n tweeën bij een schrale dis, met van die gore, kleffe gifzwammen erin Roos te bezwadderen. Roos! Zo'n moordgriet, zo'n wereldwijf. Smakelijke voortzetting samen.'

Hij rende de woonkamer uit. Even later viel de deur met een daverende klap in het slot.

Nadat we waren bijgekomen van de schrik, zei Riet: 'Het is niet te begrijpen dat Roos met zulke horken omging. Dan vraag je er toch om dat 't slecht met je afloopt?'

Die nacht droomde ik dat ik met Riet langs een molen liep. Aan de voet ervan stonden ambulances met zwaailichten. 'Dat komt ervan,' zei Riet, 'als je de wieken verlengt. Iedereen die eronderlangs loopt, wordt geraakt.'

'Moeten we de molenaar niet waarschuwen?' vroeg ik.

'Dat helpt niet,' zei ze, 'dat is die hork.'

# 18

De telefoon sjirpte als een krekel met keelontsteking. Ik nam op.

'Hallo,' zei ik.

'Met Bas. Riet heeft je, geloof ik, al verteld dat wij weer een gastonderzoekster krijgen. Ditmaal een Canadese uit Quebec. Vroeger ontfermde Roos zich altijd over onderzoeksters. Zou jij genegen zijn...'

'Waarom? Ik ben toch niet aan 't lab verbonden?'

'Je hoort toch bij ons? Bovendien spreek je goed Frans. Ze is van huis uit Franstalig.'

'Spreekt ongetwijfeld ook uitstekend Engels.'

'Een mondje Frans, dat zal haar meteen op haar gemak stellen. Bovendien heb jij tijd om haar op te vangen, de stad te laten zien, met haar te winkelen, noem maar op.'

'Kom nou, maak me niet wijs dat jij geen tijd hebt om even met haar de stad in te lopen.'

'Hoor eens,' zei hij, en hij dempte zijn stem, 'je kent Marjolein, die is helaas krankzinnig jaloers. Deze onderzoekster is een opvallend knappe verschijning. Als ik daarmee op stap ga, regent het thuis pek en zwavel. Je zou me een grote dienst bewijzen als jij haar opvangt.'

'Nooit geweten dat Marjolein zo jaloers is.'

'Ik zou je daar staaltjes van kunnen vertellen! Altijd maar weer dacht ze dat ik iets met Roos had.'

'Je had ook iets met Roos.'

'Vroeger, in onze prille jeugd, lang voor Marjolein analiste bij ons werd.'

'Je had nog steeds een sleutel.'

'Was haar eigen reservesleutel. Die zat in de zak van haar witte labjas. Voor het geval ze per ongeluk zonder sleutel de deur uit was gegaan. Maar nu nog even over de Quebecse: alsjeblieft, help ons.'

'Kan ze niet in een hotel?'

'Is geen budget voor. En dan zit ze bovendien moederziel alleen.'

'Ik moet eerst maar eens kijken hoe het met de logeerkamer staat.'

'Doe dat.'

Het appartement van Roos bestond uit een woonkamer van maar liefst zestig vierkante meter, een open keuken, een hal, een grote en een kleine slaapkamer. Sinds ik erin was getrokken, had ik amper een voet in die kleine slaapkamer gezet. Lellebel bracht daar haar dagen door, en er stond een digitale weegschaal. Is het denkbaar dat een mens een kamer mijdt omdat zich daar een kiloverklikker bevindt? Wilde ik er niet aan herinnerd worden dat ik kon zijn aangekomen?

Hoe het ook zij, met grote tegenzin betrad ik na het telefoongesprek de kleine slaapkamer. De weegschaal met zijn matglazen schaal blonk me tegen. Als ik erop zou gaan staan, zou het vonnis niet alleen griezelig nauwkeurig in kilo's maar achter de komma zelfs in grammen geveld worden.

Voorzichtig stapte ik erop. Prompt verschenen er hatelijke zwarte cijfers. Danig geschrokken stapte ik er meteen weer vanaf. Zoveel chips had ik toch niet gegeten sinds mijn tochtje naar de Poseidon? Wat deed het ertoe, als lookalike van Roos door het leven, dat was voortaan ondenkbaar.

'Lellebel,' zei ik, 'ben je daar? Zit je misschien boven op de kast?'

Ik stapte op de stoel die naast de kast stond en liet mijn blik gaan over de stoffige bovenkant ervan. Er lag een opgerolde poster. Ik kon hem niet goed pakken maar wel een tikje geven zodat hij naar beneden viel. Hij kwam op het bed terecht. Ik klom van de stoel af, pakte de poster, rolde hem langzaam uit. Eerst verschenen er reusachtige gele hoofdletters: BONT? Daaronder werd een vrouwenarm zichtbaar die op de grens van arm en hand omgeven werd door een lichtbruine bontrand. De hand zelf, voorwaar een prachtige meisjeshand, was getooid met ongelofelijk lange, kromme, pikzwarte, puntige nagels. Blijkbaar moesten die nagels schrik inboezemen. Ze brachten de boodschap: alleen vrouwen met zulke roofvogelklauwen dragen bont. Voor wie het evangelie nog niet begrepen mocht hebben, stond er in gele kapitalen onder: 'ALLEEN VOOR BITCHES!'

De schuifdeur van de kast stond op een kier. Met één vinger duwde ik tegen de deur. Soepel schoof die verder open. Ik keek in de hangkast, recht in de fonkelende ogen van Lellebel.

'Zit je hier prettig?' vroeg ik.

Ze had een soort nestje gemaakt van donkere, onduidelijke voorwerpen. Ik schoof de kast zover mogelijk open. Lellebel rekte zich uit, kroop nog wat verder weg, vlijde zich weer neer op een glimmend zwart geval.

'Lellebel, laat mij eens kijken,' zei ik.

Voorzichtig trok ik aan het voorwerp. Kwaad kwam Lellebel overeind, ze blies, haalde uit met haar voorpoten, schoot de kast uit en verdween onder het bed. Wat ik vast had, bleek een soort lieslaars te zijn met een onwaarschijnlijk hoge naaldhak. Niet dadelijk besefte ik waarop ik gestuit was, of misschien wilde ik het niet beseffen, en ook toen ik een tweede laars te voorschijn had gehaald, plus een zwart veterkorset van glimmende latex, drong nog amper tot mij door hoe veelzijdig Roos was geweest. Ik deed nog een greep, meende weer met een kledingstuk van doen te hebben waar lange veters doorheen geweven waren, maar bleek een zweep te pakken te hebben.

Pas toen alles ordelijk op het logeerbed lag, laarzen, handboeien, voetboeien, een nekboei, twee korsetten, twee zwepen, een masker, lange zwarte latexhandschoenen, een halsband waarop puntige uitsteeksels waren aangebracht en een formidabele dildo met niet alleen allerlei riemen en gespen eraan maar ook drie kleinere satellietdildootjes, leek mij de enig mogelijke conclusie dat Roos, plat gezegd, aan SM had gedaan.

'Dit kan er ook nog wel bij, Tijg,' zei ik, maar Tijg was er niet. Ik wilde alles terugleggen, en ik duwde daarom woest tegen de kastdeur, maar wijder open kon hij niet meer. Ik smeet de boeien erin terug, zag toen dat er wat foto's lagen. Ik pakte ze uit de kast, legde ze naast elkaar op het logeerbed. Op de eerste, grootste foto torende Roos, zwarte laarzen tot boven de knie en gehuld in een van de veterkorsetten, hoog boven een gemaskerde man uit die in een schandblok was vastgeketend. Roos droeg de halsband met de puntige uitsteeksels en omklemde een zweep. Over 's mans hoofd was een kap aangebracht zodat hij onherkenbaar was.

'Jezus, Roos,' fluisterde ik, en op zoek naar Tijg liep ik de logeerkamer uit. 'Met wie, Tijg?' zei ik, toen ik hem languit in de vensterbank zag liggen, 'met wie deed ze zulke dingen?' en ik liep weer terug naar de logeerkamer en bestudeerde de andere foto's. Was het dezelfde man? Het was domweg niet te zien. Het leek steeds dezelfde behaarde bloterik met dezelfde kap over zijn hoofd. Met de foto's liep ik naar de woonkamer. Bij het raam bekeek ik ze aandachtig. 'Zou het Bas zijn, of zou het Freek zijn? Of Pleun Mastenbroek? Of iemand anders? Wat denk jij?' vroeg ik Tijg. Maar Tijg dacht waarschijnlijk niets, koesterde zich vredig in de schrale oktoberzon, had nog nooit van SM gehoord. Dat kwam niet voor in zijn zondeloze kattenwereld.

Ik tuurde maar naar de blote, behaarde armen van het slachtoffer, de 'slaaf' zoals het in het jargon volgens mij heette. Waarom was ik er zo op gebrand te weten welke man er op die foto stond? Ik had het gevoel dat mij, als ik dat zou weten, dadelijk geopenbaard zou worden wie haar eventuele moordenaar was. Want de conclusie dat ze vermoord was, leek me na de ontdekking van die foto's ineens onontkoombaar.

'Ik geloof dat ik eerst maar eens een kopje rooibosthee ga zetten,' zei ik tegen Tijg. Hij volgde me naar de open keuken, meende misschien abusievelijk dat een geschokte bazin er gemakkelijker toe zou komen hem een kattenversnapering te verstrekken. Toen dat niet het geval bleek, volgde hij me welgemoed naar de woonkamer en vlijde zich op de vensterbank neer zodra ik met de warme thee in een stoel bij het raam kroop en naar de onbeweeglijke cumuluswolken staarde. Misschien was dat van het verrukkelijke appartement nog het zaligmakendste aspect: dat ruime hemelrond met zijn wolkenluchten, hoog boven de omringende daken.

Dat je mannen sloeg, vooruit, dat kon ik nog begrijpen. Exemplaren genoeg die ik ook dolgraag een tik zou geven. Dat je ze boeide en vastketende in een schandblok, akkoord, ook enigszins invoelbaar. Maar dat je ze, nadat je zo'n dildo had omgegespt, van achteren besteeg... gadverdamme! En waar dienden die satellietdildo's voor? Moest je een ervan, naar keuze, en passant in je eigen vagina steken om, terwijl je zo'n man bereed, zelf ook klaar te komen?

Voorzichtig mijn gloeiende rooibos slurpend, besefte ik dat ik minder geschokt was dan na mijn tocht langs de Poseidon. Zou het anders zijn geweest als ik dit eerst ontdekt had, vroeg ik me af. Hoor je eerst van iemand dat hij een moordenaar is, dan komt de onthulling dat hij ook af en toe schoothondjes schopt minder hard aan. De grote schok had de tweede afgedempt. Zou ik, was ik in het pre-Poseidontijdperk op die dildo gestuit, haar oorbellen en ringen en nagels afgerukt hebben? 'Dat zou ik,' mompelde ik, maar toch was ik daar niet geheel zeker van. In ieder geval zou het morele dilemma zich niet hebben voorgedaan.

Ik wou zeggen: vroeger, Tijg, zongen wij 'Ik wens te zijn als Jezus', maar hield me in. Ik moest er eens mee ophouden de hele dag hardop tegen Tijg te praten. Dus neuriede ik het liedje maar voor mezelf. 'Ik wens te zijn als Jezus, zo liefelijk en zo goed, zijn woorden waren vrind'lijk, zijn stem was altijd zoet.' Altijd zoet? Ook toen hij met een zelfgemaakte zweep de wisselaars uit de tempel sloeg? Ook toen hij met instemming over folteraars had gesproken? Ook toen had hij gezegd: 'Doch de vijanden van mij, die niet wilden, dat ik over hen koning werd, brengt hen hier en slacht ze voor mijn ogen.' Te zijn als Jezus had me als kind, alleen al omdat hij een man was, weinig aanlokkelijk geleken. Bovendien viel het niet te rijmen met een ander liedje. 'Jezus zegt dat hij hier van ons verwacht dat wij zijn als kaarsjes brandend in de nacht.' Was je als Jezus, als je als een kaarsje flakkerde? Was Jezus dan een kaarsje? Dat kon toch niet? Verderop in het liedje werd ook nog gezinspeeld op 'een klein hoekje', waar je in moest zitten.

Je moest jezelf zijn, dat was het grote gebod. 'Wees u zelf zei ik tot iemand, maar hij kon niet, hij was niemand.' Was dat van De Genestet? Er school meer waarheid in dan De Genestet zelf misschien had beseft. Jezelf – er bestond geen jezelf, je had jezelf een rol aangemeten en die rol kon je, Schopenhauer ten spijt, als je je identificeerde met iemand die je bewonderde, ingrijpend veranderen. Het bleef schaatsen op verraderlijk glad ijs, maar hoe groter de bewondering, hoe steviger de bries in de rug als je voortijlde op je doorlopers.

Maar wat te doen bij beproeving van je bewondering? Wat te doen als je idool meehielp bij het fabriceren van drugs en mannen met een dildo bewerkte? Nauwkeurig bracht zo'n beproeving je eigen grenzen en beperkingen en vooroordelen in kaart. Kon ik mij een ander besef van wat goed en kwaad was eigen maken? Nee, niet ten aanzien van drugs, dat wist ik zeker. Zou ik aan mijn eigen beperkingen en vooroordelen kunnen ontsnappen wat sadomasochisme betrof? Waarschijnlijk ook niet, maar hoe onsmakelijk en ondenkbaar ik het ook vond, het was niet vergelijkbaar met de woekerwinsten van de xtc-handel. Daarbij kwam dat het iets vertrouwds had omdat je als kind, dankzij al die bijbelverhalen, steeds gehoord had over folteren en ketenen en boeien en geselingen. Dus zo onsmakelijk... hoe erg was het eigenlijk? Zou ik die laarzen en dat korset kunnen aantrekken? Misschien moest ik dat eerst eens proberen. Als ik van Roos wilde blijven houden, was het beter mezelf te compromitteren dan te moraliseren.

Toen ik een poosje later in de slaapkamer in de grote spiegel keek, constateerde ik verbaasd dat al dat glimmende zwart mij net zo goed stond als Roos, juist omdat ik wat kilo's was aangekomen. Wat ik zag had weinig met een combinatie van seks en wreedheid te maken, eerder met stoerheid en motorfietsen en ongenaakbaarheid en de voordelige presentatie van net iets te weelderige vormen. Desondanks schrok ik me zowat dood toen er, terwijl ik met die enge halsband stond te prutsen, gebeld werd. Uiteraard leek het ondenkbaar dat ik zou opendoen, maar de beller bleef maar op het zoemertje drukken en daarom rukte ik het masker af en schoot ik een tot over mijn hielen vallende witte kamerjas van Roos aan. Daarin gehuld liep ik naar de voordeur. Door het verklikkersoogje zag ik alleen maar een grote bos bloemen.

Een ruiker chrysanten, vast van Bas om me plooibaarder te stemmen ten aanzien van die Canadese. Enfin, zo'n bos bloemen kon ik best even aanpakken.

Ik opende de deur op een kier. De ruiker kwam in beweging,

duwde de deur wijder open en een stem zei: 'Sorry dat ik alweer onaangekondigd binnenval, maar ik heb wat goed te maken. Ik heb me laatst nogal misdragen. Hopelijk heb je de mooie vazen van Roos nog niet weggedaan.'

'Ik snap niet,' zei ik in mijn verbouwereerdheid, 'dat je d'r elke keer in slaagt beneden met iemand naar binnen te glippen.'

'Nee, nee, meissie, 't zit anders in mekaar. Ik heb Grimburchstaete indertijd zelf gezet, en 't leek me handig om de moedersleutel van de benedendeur te houden voor 't geval de bewoners klachten zouden hebben.'

Hij wou verder lopen, maar ik ging voor hem staan, zei: 'Geef maar, ik zet ze wel in een vaas, ik ben nog niet aangekleed.'

'Nogal laat op dan. Mij best, dan ga ik weer.'

Hij duwde me de kolossale ruiker in handen en daardoor verloor ik mijn evenwicht. Hij had me al vast voor ik in de hal op de grond belandde, en liet me gelukkig dadelijk los toen ik weer ferm op mijn benen stond.

'Op zulke hoge hakken sta je niet erg stabiel,' zei hij. 'Je zei toch dat je nog niet was aangekleed, slaap je daar dan mee?'

Wat is het toch jammer dat ik niet ad rem ben. Een schalks antwoord, bijvoorbeeld 'zulke hakken vervangen een kruik', een duw tegen de deur en hij was buiten geweest, met de voordeur veilig tussen ons in. Nu stond ik daar met die onhanteerbare ruiker in mijn handen op die ellendige naaldhakken te wiebelen en wist ik bij God niet hoe ik een en ander bevredigend afwikkelen moest. Een geluk bij een ongeluk was dat ik die kamerjas met z'n bijpassende witte ceintuur potdicht had gesloten.

Voel ik me ongemakkelijk dan kom ik tactloos uit de hoek. Dus zei ik botweg: 'Dat clubje van jullie is dus een SM-club.'

'Hoe raad je 't zo.'

'Ben jij dat op die foto's?'

'Welke foto's?'

'Die ik zonet gevonden heb.'

'Zul je ze me toch even moeten laten zien.'

Toen ik ook daar niet dadelijk een passend antwoord op wist, zei hij: 'Kom, geef mij die ruiker, dan zet ik die voor je in een vaas. Ondertussen trek jij even een spijkerbroek en een T-shirt aan en laat je me daarna die foto's zien.'

Toen ik hem even later de foto's liet zien, zei hij niets. Doodgemoedereerd trok hij zijn schipperstrui uit, wees op zijn onbehaarde borst en trok zijn trui weer aan. Hij kon het dus niet zijn en ik was er blij om, want de man op de foto vond ik, ook al zag je zijn gezicht niet, beslist onsympathiek. Freek wist niet wie het was.

'Het is niet iemand van ons clubje,' zei hij, 'het is een oude vent, dat zie je zo, en 't is ook een oude foto.'

'Waar zie je dat aan?'

'Waar zie ik dat aan? Het haar van Roos, denk ik, of haar huid. Haar huid oogt nog zo jong. Nergens cellulitis. Ach ja, al dat stomme zonnen, daar gaat je huid niet op vooruit. Om over andere dingen maar te zwijgen.'

'Dus toch zonnesteek? Ik dacht juist, toen ik deze foto's zag, Freek heeft gelijk: ze is vermoord.'

'Waarom dacht je dat?'

'Omdat... ik associeer SM toch met wreedheid en martelen en folteren en... en... doodslaan.'

'Ben je bezopen? Het is allemaal zo verrekte onschuldig, het stelt niks voor, het is een spelletje, rollebollen op een steiger, zou je in de bouw zeggen.'

'Voor mij hoeft 't niet.'

'Toch had je zonet volgens mij al haar spullen aan.'

'Ik wou zien of 't me stond.'

'En?'

'Het zag er beter uit dan ik gedacht had.'

'Je zou eens met ons mee moeten gaan,' zei hij, 'op een zaterdagavond. We gaan altijd eerst met z'n allen naar de Kaagsociëteit. Daar drinken we bij de open haard een borreltje, en dan eten we een hapje. Vervolgens gaan we met z'n allen naar ons geheime adres.'

'Ik zie d'r niks in.'

'Ga eens mee, compleet vrijblijvend, je gaat in een knus donker hoekje zitten en je geeft je ogen de kost. Je hoeft echt niet bang te zijn dat we je zullen smeken er meteen de zweep over te leggen. Je zult zien: het is allemaal reuze onschuldig. Het is doodjammer dat Roos er niet meer is, ze was een fantastische Strenge Meesteres, zo een duikelen we in geen duizend jaar meer op. Maar jij... je hebt haar figuur, en met haar masker op en haar spullen aan zouden we haast 't gevoel kunnen hebben dat Roos weer was teruggekeerd. Het is zo behelpen met die gladde, uitgekookte haaibaaien van escortbureaus.'

'Plus dat dat peperduur is,' zei ik schamper.

'O, maar Roos betaalden we ook,' zei hij, 'dat hoort er nou eenmaal bij, da's onderdeel van de kick, je moet ook pijn in je portemonnee voelen,' en hij gaf een daverende klap op zijn uitpuilende rechterkontzak.

# 19

'Ze komt morgen meteen van het vliegveld hierheen,' zei Bas, 'rond koffietijd moet ze er zijn, het zou handig zijn als je er dan ook was. Kun je alvast kennismaken. Eind van de middag of, als we eerst nog met haar gaan eten, in de loop van de avond breng ik haar dan met haar koffers naar de Grimburchstraat.'

'Het is allemaal al bedisseld,' zei ik, 'het lijkt wel of ik hier zelf geen stem in heb.'

'Toe nou, dit hebben we al doorgeëxerceerd, bovendien vond Roos 't altijd een feest als er zo iemand kwam, dus voor jou zou dat nu ook zo moeten zijn.'

'Je verbood me nota bene om in haar voetsporen te treden! En of ik nu maar zo goed wil zijn mij erop te verheugen dat ik een maand lang een wildvreemd iemand in huis krijg!'

'Je liep erbij als Roos, je praatte als Roos, het was gewoon griezelig, goddank ben je nu al een knap tijdje jezelf weer. Marjolein zag je laatst bij de Digros, zei 's avonds in bed tegen me: "Ze is weer bij de mensen."'

'Ik zal er zijn,' zei ik vinnig, 'tot morgen,' en legde de hoorn op het toestel.

Het liefst had ik mij, was die onneembare xtc-barrière er niet geweest, dadelijk achter Roos' kaptafel genesteld en me als Roos opgemaakt. Waar bemoeide Marjolein zich mee? Wat verbeeldde dat kreng zich wel? Als iemand mij ooit dwong een moord te plegen, zou zij het slachtoffer zijn.

Ik haalde de logeerkamer leeg en maakte hem schoon, erop hopend dat ik nog wat SM-kiekjes zou vinden die mij zouden onthullen wie haar behaarde slaaf was. Ik trof slechts foto's aan van de honderdmeterkampioenen Florence Griffith en Gail Devers, beiden getooid met uitzinnig lange nagels. Onder het kiekje van de formidabele klauwhamernagels van Gail Devers had Roos met grote letters JA geschreven.

De dag daarop liep ik sacherijnig de hoge, holle gang van het laboratorium door. Mijn voetstappen kletterden over de granitovloer. Bij de deur van de practicumzaal bleef ik staan. Ik hoorde stemmen. Er werd brengels gesproken, zoals Thomas *broken English* altijd genoemd had. Bas had uiteraard het hoogste woord, gewaagde van onderzoek naar de temperatuurregulatie in de rattenstaart. Waarop ik Riet Goudsblom met een vrijwel perfecte Engelse uitspraak hoorde zeggen: '*You see, this laboratory... I tell you, only lunatics.*' Toen hoorde ik haar lach. Was het Buffon die gezegd heeft: '*Le style c'est l'homme même*?' Aangezien de meeste mensen niet schrijven, en er in hun geval van een stijl dus geen sprake is, heeft me dat altijd een gratuite uitspraak geleken. Veel juister is het om te zeggen: *Le rire, c'est l'homme.* De lach drukt het diepste wezen van de mens uit. Je hebt mensen die hatelijk lachen, mensen die niet lachen maar altijd uitlachen, mensen in wier lach altijd leedvermaak doorklinkt, mensen die vals lachen, mensen die lachen als kinderen. Met je lach kun je mensen begoochelen, maar niet bedriegen.

Vrolijk, onbekommerd, zorgeloos. Haar lach deed me denken aan die van Roos, verzoende mij even met de hele wereld, met het bestaan, met dat onbegrijpelijke heelal waarin we onwetend ronddolen en zo verbluffend kort leven en zo verbijsterend lang dood zijn. Ik bleef staan, ik was bang dat ze na zo'n lach zou tegenvallen, dacht ook: zo'n lach, daar kan ik nooit tegenop, in mijn lach klinkt altijd bekommernis door. Een spontane, warme lach, daar hoef je bij mij niet voor aan te kloppen.

Luide voetstappen klonken op het granito; het zou vreemd zijn geweest als ik was blijven dralen, dus stapte ik de practicumzaal in, en ik kon haar even zien zonder dat ze mij zag. Ze stond met haar rug naar het raam. De zonnestraal die over haar heen viel lichtte haar platinablonde haar uit. Ze had een witte coltrui en een diepblauwe spijkerbroek aan. Ze was fragiel, tenger; één moment dacht ik zelfs: wat krijgen we nou, dat is een kind.

Enfin, al mijn weerstand, wrok, woede was verdwenen. Toen ik door Bas aan haar werd voorgesteld en haar de hand schudde voelde ik een kriebeling in mijn neus alsof ik niesen moest. Ik keek even de zon in om de nies te bevrijden, maar hij wou niet loskomen, hij bleef satanisch kriebelen. Daardoor was ik gehandicapt, moest ik de hele tijd over m'n neus wrijven. Het deed er weinig toe, Bas had het hoogste woord en stond het ongaarne af.

Pas 's avonds laat kon ik bij het grote woonkamerraam in het schemeruur voor het eerst ongestoord een paar woorden met haar wisselen. Ze zei dat ze, alsof ook ik op het lab werkte, in Canada al jaren '*your institute*' op de voet volgde en '*the amazing investigations*' enorm bewonderde. Ze was gekomen om te zien hoe al dat onderzoek werd uitgevoerd en om daarvan veel te leren. Toen zei ze: 'We hebben in Quebec een aantal van jullie spectaculairste experimenten herhaald, maar wij kregen andere resultaten.'

'Van Thomas, m'n ex-man,' zei ik, 'heb ik begrepen dat het feitelijk altijd zo gaat. Experimenten blijken nooit echt herhaalbaar te zijn.'

'*They have to be*,' zei ze.

'Ja,' zei ik, 'maar toch is de praktijk anders.'

'Natronloog,' zei ze, 'reageert in elk laboratorium op dezelfde wijze met zwavelzuur.'

'Bij zo'n nogal simpele proef... ja, maar als het gaat om wat ingewikkelder proefopstellingen... in elk lab zijn de omstandigheden anders. Ander klimaat, andere luchtvochtigheidsgraad, andere proefdieren, andere onderzoekers, andere analisten.'

'Daarom wil ik hier een paar van de spectaculairste experimenten overdoen om te zien of ik dezelfde resulaten krijg als jullie.'

'Jullie,' zei ik, 'dat klinkt me vreemd in de oren. Ik werk daar niet, m'n ex en m'n vriendin werkten daar, dat is mijn binding met het instituut.'

'Toen indertijd hiervoor de afspraken gemaakt werden had ik begrepen dat ik zou logeren bij de analiste die al het onderzoek heeft uitgevoerd,' zei ze, 'dat zou fantastisch zijn geweest. Dan had ik alles grondig met haar kunnen doorpraten.'

'Ja, het spijt me, nu moet je het met mij doen.' Ik zei het in het Frans om te laten zien dat ik andere kwaliteiten had.

Ze fronste haar wenkbrauwen, zei in gebrekkig Frans dat ze dat slecht sprak, zei toen: '*She had an accident, hadn't she?*'

‘*Yes, she did*,’ zei ik, en ik vertelde over Roos, en de zonnesteek, maar vermeldde uiteraard niet dat sommigen eraan twijfelden of ze een natuurlijke dood was gestorven.

Die twijfel kwam pas veel later ter sprake, toen ze al drie weken bij me gelogeerd had en we zo vertrouwd met elkaar waren geraakt dat we als twee schoolvriendinnetjes die samen uit logeren zijn vaak tot in de kleine uurtjes bij het woonkamerraam, kijkend naar de sterrenhemel, met elkaar zaten te praten.

Op haar laatste avond, een avond met een ongewoon heldere lucht en overmoedig fonkelende sterren, zei ze dat ze me iets moest bekennen. Ze drong er met klem op aan dat wat ze me zou vertellen onder ons zou blijven. ‘*I trust you*,’ zei ze een paar keer, en ze zei ook dat ik niet op het instituut werkte, en dat ze mij daarom in vertrouwen kon nemen. Ze was onder valse voorwendsels het instituut binnengedrongen. In Quebec was een steeds sterker vermoeden gegroeid dat er jarenlang op grote schaal ‘*in the institute here*’ gefraudeerd was met de resultaten van het wetenschappelijk onderzoek. Al die spectaculaire resultaten bleken eenmalig, en konden in Quebec nimmer bevestigd worden. En daarom was zij, mede waarschijnlijk omdat ze er zo ‘*innocent*’ uitzag zoals ze met haar vrolijke lach meedeelde, eropuit gestuurd om eens voorzichtig uit te vissen of het misschien slimme getalgoochelaars waren daar in Holland. Cijfers kunnen niet liegen, zei ze, maar leugenaars kunnen slim cijferen.

‘Spijtig dat die analiste een ongeluk heeft gekregen. Die staat altijd in de *credits* vermeld, dus die heeft veel onderzoek uitgevoerd. Die heeft geweten wat de echte resultaten waren en of de staf de getallen zo gemasseerd heeft dat er uitkwam wat aanvankelijk zo spectaculair leek en wereldwijd opzien baarde, maar door ons als bedrog wordt gezien. Wat had ik dolgraag eens met die analiste gepraat. Het moet ze goed zijn uitgekomen dat ze een ongeluk kreeg.’

‘Zouden ze hebben kunnen weten dat jij kwam om eens te kijken of hier fraude kan zijn gepleegd?’

‘Dat zouden ze hebben kunnen vermoeden,’ zei ze.

‘Was het al lang bekend dat je zou komen?’

‘O ja, dat is al een jaar geleden op een congres afgesproken. Daar was toen al jullie staf.’

‘Godallemachtig,’ zei ik.

‘Wat is er?’ vroeg ze.

‘Ik heb ’t je al die tijd niet willen zeggen, want ja, het zijn misschien idiote hersenschimmen... maar, maar... Roos...’

‘*What about Roos?*’

‘*Some people think: she may be murdered.*’

‘*I think it all the time,*’ zei ze.

En toen zaten we een poosje zonder iets te zeggen naar de donkere sterrenhemel te staren. Na een tijdje vroeg ik: ‘Zou vrees dat wetenschappelijk bedrog uitkomt een motief kunnen zijn?’

‘Denk eens aan het verschrikkelijke gezichtsverlies,’ zei ze, ‘je wordt volledig uit de wetenschappelijke wereld verbannen, je wordt uit alle tekstboeken geschrapt, je wordt verguisd, je wordt gehoond, geen enkele collega wil ooit nog iets met je te maken hebben, *it’s definitely the end of your career.*’

En je naam komt niet op de sokkel van de zonnewijzer, dacht ik, en ik zei: ‘Als ze omgebracht is, wie van de mensen van hier zou dat dan gedaan kunnen hebben, wie was de fraudeur?’

‘Dat is niet zo eenvoudig te zeggen, er staan altijd minstens drie, vier namen boven die publicaties, ze publiceerden altijd als instituut, niet als individu.’

We zaten weer een poosje naar Cassiopeia en de Grote Beer te kijken. Toen zei ze: ‘Ik voelde me bezwaard, ik vond dat je dit moest weten. Als ik terug ben en erover publiceer, en je zou ervan horen, denk je: wat een bedriegster. *But let’s change the subject. What about kids?*’

‘*What about kids?*’ vroeg ik verbaasd.

‘Ja, je zei me dat je geen kinderen had. Wou je geen kinderen? Of kon je ze niet krijgen?’

Hoewel ik donders goed begreep dat ze dit vooral vroeg om radicaal van pijnlijk onderwerp te kunnen veranderen, kromp ik in elkaar. Zo onomwonden gevraagd te worden naar datgene wat je leven volledig verpest heeft, daar moest ik diep bij slikken.

Ik vertelde haar zo luchtig mogelijk dat ik dolgraag moeder was geworden maar gaandeweg onder ogen had moeten zien dat ik nooit zwanger zou worden en toen weer hoop had gekregen omdat er, ook in ons geval, met succes in-vitrofertilisaties waren uitgevoerd en dat er bij mij herhaaldelijk een embryo was geïnplanteerd en dat al die embryo's telkens na een paar weken door mijn baarmoeder waren afgestoten.

'Daardoor is toen ook mijn huwelijk misgelopen,' zei ik.

'*I'm very, very sorry*,' zei ze, '*that I asked you in such a blunt way.*'

'*Don't be sorry*,' zei ik, 'het doet me goed erover te praten.'

'*Is there still a great sorrow?*' vroeg ze.

'Een tijdje ging het goed,' zei ik, 'leek het of ik het verwerkt had, of ik er een soort vrede mee had dat ik het gevoel had dat mijn hele leven mislukt was omdat we geen kinderen hadden gekregen. Een poosje heb ik in de luwte verkeerd, in het oog van de orkaan, maar toen stak de wind weer op, toen werden al m'n vroegere vriendinnen die eerst moeder geworden waren, stuk voor stuk grootmoeder. Er is een tweede ronde gekomen, al wat je had doorgemaakt moet je opnieuw doormaken, en je bent ouder, je kunt minder hebben, je huid is dunner geworden. En daarbij komt, die grootmoeders... ze krijgen niet alleen zowat een attaque van geluk als ze hun eerste kleinkind in de armen nemen, ze schreeuwen het ook van de daken.'

'*What about that Roos?*' vroeg ze, 'had die kinderen?'

'Nee,' zei ik, 'ze wou geen kinderen hebben, ze zei altijd: "Kernraketten met meervoudige koppen staan op ons gericht, wie nu nog baart is ontoerekeningsvatbaar." '

'*She is right*,' zei Claire.

'Dus dat is de reden dat jij ook geen kinderen hebt?'

'We willen dolgraag kinderen,' zei ze, 'm'n hubby en ik, zielsgraag, als ik terug ben in Canada stop ik met de pil.'

Met dat eigenaardige woord 'hubby' schiep ze afstand, verwijderde ze zich van mij. Ik stond op.

'Ik ga maar eens slapen.'

'Ja, morgen vroeg op, dan moet ik pakken. En dan... yes, yes, ik zal je missen, maar we houden contact.'

'Hoe wou je het morgenochtend doen?' vroeg ik.

'Een taxi naar het lab. Heb ik daar mijn koffers staan, kan ik 's middags meteen door naar Schiphol. Ga mee. Ik wil je graag aan mijn hubby voorstellen. Ik ben zo blij dat hij voor een congres van botanici in Londen moest zijn en via Amsterdam reist, en dat we samen terug kunnen vliegen.'

# 20

De volgende dag, een wasbleke maandagmorgen, kwam haar 'hubby', zoals Claire haar man vol vertedering bleef noemen, om halfnegen op Schiphol aan.

Hij belde, zei dat hij daar zijn bagage zou laten en de trein zou nemen, en Claire en ik namen een taxi naar het laboratorium, waar we haar koffers in het portiershokje zetten, en lieten ons vervolgens naar het station rijden.

Twintig minuten later rende hij op soepele tennisschoentjes op haar af. Bij wijze van begroeting tilde hij haar zowat boven de boomgrens, omhelsde haar toen, knuffelde haar, woelde met zijn hand door haar haar, klopte op haar rug en nam haar, nadat ook ik even zijn hand had mogen schudden, ten slotte in een soort houdgreep die mij voor een wandeling naar het laboratorium weinig comfortabel leek. Maar als een viervoeter met twee koppen kuierden ze tot aan de ingang van het laboratorium innig verstrengeld over trottoirs en voetgangersoversteekplaatsen. Al die tijd liep ik op gepaste afstand achter hen, mij ontheemd, misplaatst, overbodig voelend. Ik kon daar lopen, een eeuw geleden, over honderd jaar, maar het zou niets uitmaken. Ik kon gemist worden, ik had er evengoed niet kunnen zijn en als ik er na de middagboterham niet meer was, zou daar geen sterveling wakker van liggen. 'O, nood van ongeboren leven,' schreef Nijhoff, maar er bestaat geen nood van ongeborenen. Zelfs de nood der geborenen telt amper; vervangbaar, uitwisselbaar als al die geborenen zijn.

Het bestaan leek mij, terwijl ik achter die verstrengelden slenterde, zinvol noch zinloos, maar primair volstrekt overbodig. De aarde had evengoed een kale planeet kunnen zijn, net zo kaal en net zo leeg als de maan, en die leegte zou door niemand beweend worden.

Zulke moedeloze gedachten, daar kom je geen stap verder mee, dus ik was blij toen we in het laboratorium arriveerden en halverwege de koffiepauze drie man sterk de practicumzaal binnenmarcheerden. Hij kreeg een mammoetbeker koffie, leunde tegen de practicumtafel, met zijn rug naar binnentuin en zonnewijzer. Als hij zo was blijven staan? Het had gekund; het leek alsof hij recipieerde. Hij maakte met iedereen kennis, schudde handen en had dat makkelijk tot het einde van de koffiepauze kunnen volhouden. Dan zou de Datura hem ontgaan zijn.

Op de zonnewijzer scheen flets de doorsneester die ons planetenstelsel regeert. Uit de bleke, zachtblauwe, ietwat nevelige hemel kwam een groen vogeltje aanfladderen met leigrijze, rafelige vleugels.

'Hé, een ringkraagje, da's vast een ontsnapt parkietje,' zei een klusjesman.

Alle aanwezigen onderbraken voor zo'n spectaculaire gebeurtenis hun gesprekken, keerden hun gezicht naar de binnentuin en keken naar het vertwijfeld rondfladderende vogeltje dat zo te zien geen raad wist met zijn pas verworven vrijheid. Hij streek neer op de zonnewijzer, liet zich daarvanaf vallen alsof hij wou uittesten of er ook rondom zonnewijzers zwaartekrachtwetten golden, steeg weer op en stortte toen krijsend omlaag. Zwaar ademend lag hij in het gras.

'We moeten hem vangen,' zei de andere klusjesman, 'we zetten hem zolang in een rattenkooi. Bij alle huizen in de omtrek doen we een briefje in de bus. "Ringkraagparkiet gevangen, af te halen op het Farmacologisch Laboratorium."'

'Wedden dat er niemand komt opdagen,' zei Riet Goudsblom, 'die ringkraagjes zijn zo langzamerhand standvogeltjes geworden in tuinen en parken.'

'*It's a love-bird*,' zei Claire, die Riet uiteraard niet verstond en blijkbaar toch iets wou bijdragen aan de conversatie.

Ook de man van Claire had zich omgedraaid. Hij bestudeerde de binnentuin, zei opgetogen: 'Jullie hebben daar een unieke, ouderwetse equinoctiale zonnewijzer staan. Daar moet je zuinig op zijn, die zie je nergens meer. En kijk eens, wat een gaaf cijferbord daaronder. En zo mooi ingebed in het gazon. Jammer dat hier in

Nederland de zon zelden schijnt, en als hij al schijnt, zoals nu, kun je nauwelijks de schaduw van zijn staafje zien omdat de lichtintensiteit te wensen overlaat.'

'In de zomer hebben we de mooiste klok die je je maar wensen kunt,' zei Riet Goudsblom korzelig.

De man van Claire antwoordde niet, tuurde aandachtig naar de binnentuin, mompelde half binnensmonds: '*That's a very interesting plant.*'

'Welke?' vroeg Riet Goudsblom.

'Die Datura, hij is helaas al verlept, maar zo te zien is het niet de gewone Datura. Daar staat volgens mij een Datura fastuosa. Hoe zijn jullie daaraan gekomen?'

'We hebben wat zaad gekregen van iemand die op een universitair instituut werkt waar ze talen en culturen van India bestuderen,' zei Bas, 'de mensen daar gaan regelmatig naar Madras en komen dan, behalve met folianten van palmbladeren, ook altijd met zaden terug. Via via hebben we wat van die zaden gekregen – het meeste zaad kwam niet op, maar het zaad van deze struik wel... en nu, je ziet, 't was een prachtige struik, heeft deze zomer groots gebloeid, we waren er allemaal reuze trots op.'

'Kan ik begrijpen,' zei de man van Claire, 'het is een fantastische soort, maar pas op, hij is veel giftiger dan de gewone doornappel. De *Thugs* gebruikten deze plant vroeger om misdaden te plegen. Misschien doen ze dat trouwens nog wel.'

'Daar heb ik weleens iets over vernomen,' zei Bas. Hij gaf niet graag toe dat hij iets niet wist, en hij is de enige niet.

'De Thugs,' zei de man van Claire, 'gebruikten het zaad. Je stampt het zo fijn mogelijk. Dan krijg je een reuk- en smaakloos poeder. Dat kun je overal doorheen mengen: meel, suiker, noem maar op. Als iemand dan een schepje aldus verrijkte suiker in zijn koffie doet, proeft hij niks, en krijgt het dus ongemerkt binnen.'

'Ga je dan dood?' vroeg Riet Goudsblom opgewekt.

'Nee, er gebeurt niks niemendal.'

'Wat zou het dan?'

'Wat het Daturapoeder in zo'n land als India zo goed bruikbaar maakt, is de zon. Als iemand een snufje van het poeder binnen heeft gekregen en daarna naar buiten stapt, *in the bright sunlight*, raakt hij na een tijdje buiten bewustzijn. Ook dan hoeft er nog niets aan de hand te zijn. Haal je hem tijdig uit de zon, dan komt hij weer bij. Doe je dat niet en blijft zo iemand in de zon zitten of liggen, dan raakt hij in coma... en ja, dan kan de afloop fataal zijn.'

Hij keek alsof hij college gaf over aantrekkelijke orchideeën. Met typische docentengebaren vervolgde hij zijn betoog: 'Het poeder is ook goed oplosbaar in water. Of in koffie. Je zou wat in het koffiezetapparaat kunnen doen, het lost goed op, en iedereen die hier koffie drinkt, krijgt zijn portie. Het is een magnifiek vergif. Post mortem is er niets van terug te vinden. *Yes, it's one of the great poisons, one of the kings of the poisons. The only problem is: you need bright sunlight. In Holland and England, you can't use it. You need the sun to do the final job.*'

Triomfantelijk keek hij rond, hij wees andermaal naar de uitgebloeide struik, herhaalde zacht voor zich heen, net zoals mensen doen met de clou van een grap, het meest cruciale zinnetje: 'You need the sun to do the final job.'

Het werd doodstil in de practicumzaal. Zo stil dat je het rusteloze gorgelen hoorde van het water in de ouderwetse, armdikke pijpen van de centrale verwarming. Ook uit het ordeloze hoopje veren dat op het gazon lag en ooit als parkiet uit de hemel was neergedaald, klonk een zwak gereutel op.

'*Well, what's the matter*,' zei de man van Claire verbaasd.

Niemand antwoordde, het water gorgelde in de buizen, de parkiet krijste pianissimo. Toch galmde dat geluid in mijn oren. Ook hoorde ik het raspende geruis van de ademhaling van de stafleden en studenten en het technisch-administratief personeel van het Farmacologisch Laboratorium.

'Heb ik iets miszegd?' fluisterde de man van Claire. Hij wachtte even, herhaalde. 'Heb ik soms iets miszegd?'

Nog steeds bleek niemand van de aanwezigen in staat iets te zeggen. Ondraaglijk lang bleef het stil; één klusjesman kon daar niet tegen en fluisterde: 'Er gaat een dominee voorbij.'

De man van Claire keek wanhopig naar zijn vrouw. Ze pakte zijn arm, trok hem buiten de kring, fluisterde: 'Ze zijn danig geschrokken.'

'Waarvan?'

'Van wat je zo-even vertelde.'

'Waarom?'

'Deze zomer is hier iemand aan een zonnesteek gestorven.'

'Zonnesteek? *So what...* dat heeft toch niets met die Datura te maken? Een zonnesteek komt vaker voor dan je denkt. Veel vaker.'

Ze trok hem nog wat verder bij de farmacologische koffiedrinkers vandaan. Toen ze hem de zaal uit leidde keek hij een paar keer vertwijfeld achterom. Zelfs nadat ze vertrokken waren, kon niemand een woord uitbrengen. Hun beider voetstappen klonken akelig duidelijk in de lange gang van het lab.

Ik hield het ook niet uit, zette mijn mok zo voorzichtig mogelijk op de practicumtafel – voor m'n gevoel klonk het of er een bom ontplofte – en schuifelde voetje voor voetje achteruit, de blik alsmaar op de zonnewijzer gericht. Ik hoorde daar immers niet, werkte er niet, mocht mij best terugtrekken, zij moesten het onderling maar uitvechten. Uiteindelijk bereikte ik de deur van de practicumzaal. Zodra ik daardoorheen was, deed ik haastig mijn schoenen uit en rende op kousenvoeten de gang door. Zelfs toen ik buiten was, holde ik, nadat ik mijn schoenen weer had aangetrokken, net zo lang tussen de negentiende-eeuwse laboratoria door tot ik een straat met woonhuizen bereikte. Pas daar ging ik langzamer lopen. Ik moest wel, ik was buiten adem, ik was misselijk, mijn milt stak; ik legde mijn hand erop, het hielp niets. Een man stopte naast me, draaide een raampje open, vroeg: 'Weet u misschien de Laat de Kanterstraat?'

'Nee, het spijt me,' zei ik. Was je het epicentrum van een emotionele aardbeving, vroegen ze je de weg. Allejezus!

De poezen, dacht ik, ik heb geen Sheba meer, ik moet Sheba voor ze kopen, heb ik geld bij me? Anders moet ik eerst maar naar huis, Jezus, wat een pijn, wat stom om zo hard te rennen, daar word je misselijk van, ze is met een bloemblaadje ervan naar Ici Paris gestapt: hebben jullie deze kleur nagellak, hoe is 't in godsnaam mogelijk, nu staat vast dat ze niet alleen omgebracht is maar ook nog precies zoals Freek Volbeda dacht dat 't gebeurd moest zijn, iets in haar koffie of door haar suiker heen, nee, niet door haar suiker heen, want dat gebruikte ze nooit, dus iets in haar koffie, ze kunnen het alvast in haar mok gedaan hebben, iedereen daar had zijn eigen mok. Of zelfs voor de zekerheid in alle mokken, alleen wie de zon in ging liep immers risico; ze kunnen het ook in het koffiezetapparaat gedaan hebben, of in de koffie, het lost immers op in water, dus druppel je water op de koffie in het filter waar het onderin zit, dan spoel je het gif eruit, fluitje van een cent, iedereen had het kunnen doen, het enige wat je ervoor nodig had, was de kennis dat de zaden zo'n gemeen poedergif prijsgeven als je ze fijnstampt. Wie zou dat in godsnaam geweten kunnen hebben, moet je toch haast een botanicus voor zijn zoals de man van Claire, of zou het in farmacologische handboeken staan, dat moet te achterhalen zijn, nou ja, kennis is als water, die kan overal heen sijpelen, wit Daturapoeder, je krijgt 't binnen, je gaat op een grote badhanddoek liggen zonnen en je bent er niet meer.

Toen ik de Grimburchstraat in liep, verwachtte ik min of meer dat ik Pleun Mastenbroek bij het hek zou zien staan, maar hij stond er godlof niet. Bij nader inzien was er ook geen enkele reden te veronderstellen dat hij uitgerekend deze wasbleke maandagmorgen zou hebben uitgekozen om de hekspijlen nogmaals vast te grijpen. Met trillende handen gaf ik de poezen hun Sheba en wat nog nooit gebeurd was, gebeurde nu: ze snuffelden eraan, maar aten er niet van. Ze miauwden, weken voor me uit, leken haast bang. Ik ging bij het raam zitten, ging weer staan, liep het appartement door, ging weer zitten, ging weer staan, zocht de foto met de behaarde man, keek ernaar. Als ik nu maar wist wie dat was, dacht toen: wat een onzin, die man heeft er niets mee te maken, het is iemand van daar, dat kan niet anders, en toch kon ik het gevoel niet van mij af zetten dat de man op de foto erbij betrokken was. Ik legde de foto weg, wist niet wat ik beginnen moest om mijn vreselijke rusteloosheid te bezweren. Ik greep haar telefoonklapper, bladerde hem door, stuitte op Haarsalon Marquise, legde de klapper neer en toetste het nummer in.

'Met Haarsalon Marquise.'

'Met Ro... met Leonie Kuyper, zou je me vandaag kunnen knippen?'

'Vandaan? Maandag? O, ik heb zo'n rotweekend achter de rug, ze hebben mijn zoon gisteren opgepakt, op zondag nota bene, hadden ze niet één dag kunnen wachten, en vanochtend vroeg heb ik toen ik de vuilnisbak buitenzette zo'n doodsmak gemaakt. Ik gleed uit, ik denk dat ik al m'n ruggenwervels heb gebroken, ik kan niet staan, ik kan niet zitten, het is vreselijk, ik moet misschien naar de dokter, ik...'

'O, dus vandaag knippen...'

'Jawel, jawel, dat kan wel, dat leidt af, ja, kom maar.'

Ik trok een parka van Roos aan die ik nooit eerder had gedragen, liep naar het station, nam de trein naar Den Haag, stapte in een taxi naar de Tureluurstraat, luisterde ruim een uur naar een klaagzang die zo bizar bleek dat ik daardoor afgeleid en zelfs lichtelijk opgemonterd werd. In de trein terug zat ik echter in een lege coupé, en omdat ik mijn rusteloosheid niet in beweging kon omzetten, en niemand tegen mij aanpraatte, werd ik geteisterd door de chaotische gedachtestroom in mijn kop. Het leek haast of ik koorts had.

Welke hersenschimmen zich daarbij ook aandienden, één ding was akelig duidelijk. Je kon maandenlang rondlopen met het vermoeden dat iemand omgebracht was, je kon zelfs het motief voor de moord aangereikt krijgen, maar dat betekende nog niets. In feite had ik al die tijd nooit echt geloofd dat ze geen natuurlijke dood was gestorven. Moord als een waarschijnlijke hypothese of moord als feit, het was het verschil tussen een schot op de paal en een echt doelpunt, een verschil van luttele centimeters, maar desondanks het verschil tussen alles of niets, tussen winnen of verliezen. Eerst nu bleek dat ik de verschrikkelijke waarheid onder ogen moest zien dat iemand haar doelbewust en met waarlijk duivelse opzet vergiftigd had met het zaad van een plant waarvan zij de kleur der bloemblaadjes had gekoesterd.

Dat ze was omgebracht, verschoof alle perspectieven, maakte zelfs dat ik haar kon vergeven dat ze bij de fabricage van xtc-pillen betrokken was geweest. In die potdichte Poseidon moest haar moordenaar, tenzij hij op het lab werkte en in de woonark bijverdiend had, bovendien niet gezocht worden, en ook dat maakte dat ik er anders tegenover stond dat ze zich met de vervaardiging van drugs had ingelaten. Nee, haar moordenaar bleek veel dichterbij te zijn, had net als zij, net als ik vele malen in die hoge gangen zijn voetstappen akelig luid horen opklinken op de verweerde granitovloeren.

Toen ik weer thuis was, bezwoer ik mijn rusteloosheid achter haar kaptafel. Langzaam wiste ik mezelf uit, langzaam verrees zij in de spiegel. Ze was vermoord, en misschien was het daarom, zoals Freek had gezegd, bloedlink om in haar huid te kruipen, maar ik kon niet anders, ik was het aan haar verplicht, en als die moordenaar mij ook wilde ombrengen moest hij zijn gang maar gaan. Ik was gewaarschuwd, met Daturapoeder hoefde hij niet voor een tweede keer aan te komen en in de warme zomerzon liggen sudderen, dat was er in dit jaargetijde niet bij.

Ik zette haar oorbellen met een druppeltje lijm vast op mijn oorschelpen, deed haar ringen om mijn vingers, verschanste mezelf in haar strakste bodykorset. Lijnen, afvallen, dat was de boodschap die haar body mij gaf toen ik mij erin wurmde, en die boodschap kreeg ik ongenadig nadrukkelijk nog een keer toen ik een van haar mooiste pakjes aantrok. Nu goed, afvallen, daarbij zou Curve Oval mij helpen, en ik haalde het laatste setje uit de grootverpakking. Eerst wou ik ze vastzetten met zo'n kleefpapiertje ertussen, maar toen dacht ik, al wist ik dat zo'n heldendaad niet direct in het verschiet lag: muurvast moeten ze zitten zodat ik de moordenaar z'n ogen kan uitkrabben.

Toen ik ze, eerst rechts, daarna links, had aangebracht, rees de vraag welke kleur ze moesten krijgen. De Daturakleur kwam uiteraard niet meer in aanmerking. Tussen al haar potjes zocht ik naar een andere, sprekende kleur, kon zo gauw niks vinden, en dacht toen: ik heb laatst die fluorescerende lak gekocht. Ik schrok me zowat dood toen ik daar mijn rechterduimnagel mee gelakt had. Het was alsof hij in vuur en vlam stond. Wat kon het mij schelen, ik wilde vlammen, ik moest vlammen, deed ik boodschappen dan kon ik desnoods handschoenen aandoen, 't was de tijd van het jaar voor wanten.

Wil je nagels perfect gelakt krijgen, dan moet je er de tijd voor nemen. Je moet ze een keer of drie bewerken en vervolgens goed laten drogen. Ik was er te rusteloos voor, maar dwong mezelf ertoe lang bij het grote woonkamerraam stil te blijven zitten. Reusachtige wolken dreven, om mij te helpen, opmerkelijk langzaam langs de bleekblauwe middaghemel. Elke keer als ik het niet meer uithield en op wilde staan, kwam er weer zo'n gevaarte aanzetten.

Stilzitten, domweg stilzitten, wat bleek dat een zware opgave. Toen ik het niet meer uithield, greep ik haar telefoonklapper en zocht een nummer. Even later toetste ik het met mijn knokkels in.

'Aannemersbedrijf Volbeda, wat kan ik voor u doen?' zong een meisjesstem.

'Kan ik meneer Volbeda even spreken?'

'Nee, die is momenteel op de bouwplaats. Kan hij misschien terugbellen?'

'Dat kan, hij weet het nummer.'

'Geef 't toch maar,' zei het meisje.

Tien minuten later sjirpte de telefoon.

'Hallo.'

'Met Freek. Da's voor 't eerst dat je me belt, waar dank ik dat aan?'

'Ik wou je alleen maar even zeggen dat je gelijk hebt gehad, er zat inderdaad een akelig slim poedertje in haar koffie.'

Ik hoorde hem zwaar ademen, toen begon hij te vloeken.

'Niet vloeken,' zei ik, 'ik ben van huis uit christelijk-gereformeerd, ik kan er niet tegen.'

Hij vloekte rustig door, en zei toen: 'Ik ben van huis uit van de Gereformeerde Gemeente, da's nog een flink slagje zwaarder dan christelijk-gereformeerd, en daarom vloek en tier ik de hele dag door als een Filistijn en een Tiriër en een Amelekiet, niemand kan me verbieden te vloeken, zelfs jij niet, wacht, schikt 't als ik even naar je toe kom, ik ben vlak in de buurt, ik wil 't allemaal precies van je horen.'

O, mijn God, dacht ik, ik kan hem toch niet ontvangen met zulke vuurnagels. Maar hij keek er amper naar toen hij even later met Ober op schoot op de driezitsbank zat. Ik vertelde hem wat mij die morgen onder het genot van een mok koffie verkeerd was geopenbaard.

'Zie je wel, al die tijd heb ik 't gezegd, niemand wou naar me luisteren, ze hebben deze jongen allemaal uitgelachen, die stierennek Van Stenis voorop, en dat wijf dat laatst hier zat... kan zij 't niet gedaan hebben?'

'Nee,' zei ik, 'zij niet, want zij heeft nooit samen met haar onderzoek gedaan.' En ik vertelde hem ook wat ik van Claire had gehoord. Waarop hij nogmaals, ondertussen Ober zowat doodstrelend, vloekte zoals ik nog nooit iemand heb horen vloeken.

'Godverdegodver, de gloeiende godver,' eindigde hij, en hij vervolgde meteen: 'Mij hebben ze altijd een vreselijke stommerik gevonden, op de bewaarschool begon 't al, en op de grote school... nou ja, 't is waar, toen we voor 't eerst breuken kregen, had je zo'n bolleboos die meteen kon zeggen drie kwart als je een halfje bij een derde moesten optellen...'

'Ik ben niet zo'n rekenwonder,' zei ik, 'maar volgens mij is dat geen drie kwart.'

'Je ziet, ik ben nog steeds geen ster in breuken, maar wat dondert dat nou? Het is maar een voorbeeld, ik wil alleen maar zeggen: toen we voor 't eerst breuken kregen, was ik helemaal nergens meer, toen dacht ik zelf ook dat ik een kalfskop was, een uilskuiken eerste klas... en nu, ik heb een bedrijf dat klinkt als een klok, en die breukenbolleboos, die zag ik laatst op de buis, die schrijft gedichies en zat te klagen dat hij er niks mee verdiende en van subsidie naar subsidie zwalkte, ik wil maar zeggen... godallemachtig, dus ik had 't bij 't rechte eind, 't was toch die koffie, nou moeten we nog weten wie haar dood heeft gemaakt.'

Hij gaf Ober een liefkozende tik, streelde hem weer driftig, en riep boven het spinnen uit: 'Als ik weet wie 't is, garandeer ik je, maak ik hem koud.'

'Van zulke praatjes ben ik niet gediend,' zei ik, 'zeg dat maar op je steigers.'

Verbaasd keek hij op van zijn zelfopgelegde streeltaak.

'De stem van Roos,' zei hij opgetogen, 'dat was de stem van Roos, ach Roos... jij ziet er nu trouwens ook fantastisch uit, heb je zin om een hapje met me te gaan eten?'

'Ik heb totaal geen honger,' zei ik.

'Komt best uit,' zei hij, 'neem je alleen een klein voorgerechtje, loopt 't ook niet zo in de papieren.'

'Nee, ik ben nog steeds misselijk.'

'Ach ja, je hart is toegeslagen. Wiens hart zou dat niet zijn? Nou goed, gaan we een andere keer, laat eens kijken, morgen... nee, kan ik niet, overmorgen, godver, de hele week zit verder mudvol, zaterdag... wacht. Ga zaterdag mee, ach ja, dat moet je doen, dat ben je nu wel aan me verplicht, jij hebt me ook uitgelachen, je hebt ook gedacht: Freek is zot met z'n koffie, ja, dat ben je me nu verschuldigd. Borreltje bij de Kaag, dan een hapje en dan... ja, dat moet je doen.'

'Da's echt niks voor mij.'

'Het was Roos haar leven! Ze werkte af en toe ook in zo'n chique club in Den Haag, in de bloemenbuurt. Daar heb ik haar leren kennen. Je woont in haar flat, je zorgt voor haar poezen, je draagt haar kleren, je gebruikt haar nagellak, wat een lef had ze, zo'n denderende kleur... dat zou je uit jezelf nooit gedurfd hebben, het is haar lef die jou nu overschaduwt.'

Hij haalde adem, zei: 'Je bent ook van 't houtje, je weet toch van Elia, die voer ten hemel en toen viel z'n mantel omlaag, en scheurde Elisa z'n eigen kleren... heb ik altijd zo mooi gevonden als kind, ze scheuren in de Schrift de hele tijd door hun kleren stuk, dat wou ik als kind ook zo graag omdat ik altijd de afdankertjes van m'n broer kreeg... dus Elisa scheurde ook z'n kleren stuk en zei toen: "Mijn vader, mijn vader, wagens Israëls en zijne ruiteren," wat prachtig is dat, en deed toen die mantel aan. Toen was hij Elia geworden. D'r staat zo mooi: de geest van Elia rustte op Elisa. Jij hebt ook haar mantel gekregen, de geest van Roos rust nu op jou, dus moet je, al is het maar voor één keertje, met ons meegaan. Helemaal vrijblijvend. Zit je in een hoekje, kijk je 't eens aan, je hebt er geen flauw idee van wie Roos was als je hier aan voorbijgaat en hiervoor terugdeinst.'

'Wat een toespraak,' zei ik bewonderend, 'je had wel dominee kunnen worden.'

'Kijk, daar had ik nou nog weer geluk ân, dat ik zo'n stoethaspel was als die uilenbal Gehazi, anders had m'n vader me mooi naar de domineesschool gestuurd, net als m'n broer, stond ik nou ook voor een hongerloontje elke zondag twee keer op zo'n preekstoel uit m'n nek te lullen... dus je gaat mee, zaterdag.'

'Zondag twee keer? Dat heb je toch nergens meer, twee diensten op zondag?'

'Wel bij m'n broer, bij de Gereformeerde Gemeente. En ook geen preken van een halfuurtje, niks hoor, een preek van een heel uur met een tussenzang. Dus je gaat mee, zaterdag?'

Ik kon het niet over m'n hart verkrijgen botweg nee te zeggen. Dus zei ik plagerig, terwijl ik dacht, dat is veilig, dat lukt hem nooit: 'Als jij weet waar in de bijbel staat: "In de bloei van haar dagen moest zij heengaan en derven de rest van haar jaren," ga ik mee.'

'Moet ik dat meteen zeggen?'

'Nee, je mag het opzoeken.'

'Ik heb de hele bijbel op cd-rom, dus da's een fluitje van een cent.'

# 21

Om vijf uur stond hij op zaterdagmiddag voor mijn deur.

'Waar staat het?' vroeg ik.

'Ik weet het,' zei hij.

'Waar dan?'

'Zeg ik als we onderweg zijn.'

'Als je me beduvelt, ga ik meteen terug.'

'Ik beduvel je niet, kom nou maar.'

Ik deed haar parka aan, stapte naar buiten.

'Neem je haar spullen niet mee?' vroeg hij, 'ze had d'r zo'n mooi koffertje voor.'

'Nee,' zei ik.

'Toe nou,' zei hij, 'neem ze mee. Ben je daar straks, denk je, had ik ze maar meegenomen.'

'Is daar dan niks?'

'Nee, Roos sleepte alles heen en weer in een piekfijn koffertje. We knepen 'm dat 't daar gestolen zou worden.'

'Ik neem haar spullen niet mee,' zei ik, 'je probeert me elke keer zover te krijgen dat ik weer een stapje verder ga.'

'Beter mee verlegen, dan om verlegen.'

'Dat soort smoesjes ken ik.'

'Ik zeg je dit: staan wij straks in ons nakie, en is die fraaie dame mooi opgetuigd. Voel jij je opgelaten omdat je d'r stom bij zit in je gewone kleren.'

Dat had ik zelf ook al bedacht, maar ik wou niet toegeven, ik zei: 'Heus, 't is echt niks voor mij, laat me nou maar thuis.'

'Thuisblijven? "Beproeft alle dingen en behoudt alleen het goede," zegt de apostel Paulus.'

Ik zei niets, liep weer naar binnen, pakte het piekfijne koffertje en liep terug.

‘Kijk eens aan, je had ’t allemaal al klaarstaan! Je moet jou met bijbelteksten bewerken, da’s toch anders dan bij Roos.’

Ik voelde me zwaar opgelaten, maar toen we de stad uit waren en langs zo’n oer-Hollandse vaart reden met schuimkopgolven en traag wuivende rietpluimen erlangs en een loodgrijze regenlucht erboven, en kordaat malende molentjes her en der, en Freek telkens moest afremmen omdat groepjes meerkoeten met gestrekte halzen als *stormtroopers* de smalle weg overstaken, kikkerde ik weer op.

‘Ik ben laat,’ zei Freek, ‘reken maar dat de anderen al zitten te pimpelen, ’t zijn Arie, een goudeerlijke autosloper, Cor, een harde jongen uit het rijschoolwezen en Siem. Die verdient z’n vreten als brandweerbrigadier.’

In de Kaagsociëteit zaten Freeks makkers inderdaad al op ons te wachten. Ze droegen dure, driedelige kostuums, maar hun nagelriemen waren smoezelig. Aan hun tafeltje zat ook een struise, grofgebouwde blondine van een jaar of vijfentwintig die akelig stuurs voor zich uit keek.

‘Da’s Sheila,’ zei Freek. Mij leek ’t eerder iemand om Nel of Coby te heten.

Toen ik mij voorstelde en haar de hand drukte, fluisterde ze: ‘Gaat u ook mee?’

‘Da’s wel de bedoeling.’

Het meisje keek alsof ze te horen kreeg dat ze de honderdduizend had gewonnen. Ik kon zien dat een loodzware last van haar af viel. Mijn hemel, dacht ik, die was doodongelukkig omdat ze met vier wildvreemde kerels op stap moest. Nu is ze dolblij dat er een lotgenote meegaat. Kun je nagaan wat een opgave zoiets is, je begrijpt niet dat meisjes zich daarvoor lenen, blijkbaar snakken ze naar flinke verdiensten, om die vervolgens in de disco meteen weer te verbrassen zeker.

Ondertussen zaten de vier mannen elkaar al de loef af te steken met verhalen vol bravoure. Naarmate de glazen leger werden nam de branie toe. De glorierijke opsommingen van heldendaden op bouwsteigers, in brandweerkazernes en sloopbedrijven werden afgewisseld met weinig fijnzinnige moppen.

‘Ken je die van de Fransman, de Engelsman en de Poolse jood?’

zei Arie, 'die wouen doen wie 't langst in een hol van een bunzing kon blijven. Eerst gaat de Fransman d'r in. Die komt binnen een minuut weer naar buiten en valt in katzwijm. Dan gaat de Engelsman d'r in. Die komt na vijf minuten naar buiten en valt in katzwijm. Dan gaat de Poolse jood naar binnen, vijf minuten gaan voorbij, tien minuten gaan voorbij, een kwartier verstrijkt, waar blijft hij, zeggen de Engelsman en de Fransman, en dan, na twintig minuten komt de bunzing naar buiten en valt in katzwijm.'

Waarom daar nu zo bulderend om gelachen moet worden kon ik moeilijk begrijpen. Latent antisemitisme, dacht ik, en ik schoof bij de tafel vandaan. De blondine schoof mee, en ik zei zachtjes: 'Ik heb hier geen ervaring mee, ik vind dit doodeng.'

'Ach,' fluisterde ze, 'het valt mee, je slaat ze in de boeien en dan kan d'r niks meer gebeuren.'

'Ja, maar dan moet je ze ervan langs geven.'

'Een kleed uitkloppen is heel wat vermoeiender, je hoeft niet zo hard te slaan.'

'En kappen, doen jullie ook iets met kappen?'

'Kappen?'

'Ja, laatst las ik in de krant iets over kappen die over het hoofd gaan. Daardoor krijg je ademnood en word je *high*... echt doodgriezelig.'

'D'r zijn daar zover ik weet geen kappen,' zei Sheila korzelig, 'd'r wordt losjes geslagen, je drupt wat heet kaarsvet op hun ruggen, je steekt een ijsblokje tussen hun ballen... maak je niet druk. Arie krijgt een halsband om met een ketting eraan. Die wil altijd waakhond zijn, die krijgt een bak vieze Bonzo. Cor moet in een dwangbuis gesnoerd worden. En Siem gaat in 't schandblok. Als jochie zag hij altijd een reclame voor tabak...'

'O, ja, die reclame van Van Rossum's troost. Een man in een schandblok die uiterst vergenoegd een pijpje rookt.'

'Dat wil hij ook, die staat gewoon de hele avond in 't schandblok een pijpje te roken, je hebt d'r geen kind aan. Alleen gaat dat pijpje steeds uit, da's ellendig. Elke keer moet je dat kreng weer aansteken.'

'O, dat zal ik dan wel doen.'

'Met jouw nagels zeker? Jij kunt amper een lucifer vasthouden.

Nee, ik zal Arie, Siem en Cor wel afwerken, dan neem jij Freek voor je rekening, da's tenslotte jouw vriendje. Die wil vertrapt en geslagen worden en uiteindelijk moet er een flinke plas over hem heen.'

'Ik zie d'r toch huizenhoog tegenop, en die dildo's...'

'O, maar daar komen we niet aan toe, denk ik, 't is de kunst om te zorgen dat ze voor ze daaraan gaan denken al zijn klaargekomen, en als ze aan hun gerief komen, loopt de ballon direct leeg, dan hebben ze nergens oren meer naar, willen ze niks anders meer dan rustig uitpuffen en keuvelen met een pilsje erbij.'

'Heb je d'r plezier in om dit te doen?'

'Het verdient vreselijk goed,' zei ze ontwijkend.

'Dames, kom d'r weer eens bij,' zei Freek, 'ik wou aan tafel gaan.'

'Je zou me nog zeggen waar 't staat,' zei ik.

'Volgens m'n cd-rommetje Jesaja 38 vers 10, alleen staat 't er ietsje anders. D'r staat: in de bloei van mijn dagen moet ik heengaan en derven de rest van mijn jaren.'

'In welke context staat het?' vroeg ik.

'Context?'

'Ik bedoel: wat staat eromheen? Hoe komt het ter sprake?'

'Geen flauw idee. Ik heb "derven" ingetikt op m'n computer, en toen begon m'n cd-rommetje te brommen en gaf hij een frutje teksten met derven erin. Toen zag ik 't meteen staan, Jesaja 38 vers 10.'

'Heeft iemand toevallig een bijbeltje bij zich?' vroeg ik.

Een grote vreugde maakte zich meester van brandweerman, autosloper en rijschoolhouder.

'Heb jij een bijbel bij je, Siem?'

'Altijd, je ken d'r niet van buiten in onze branche, maar laat hij nou toevallig in m'n andere jas zitten.'

'De bijbel? Nee, de bijbel niet, maar wel de koran. Ben je daar ook mee geholpen?' zei Cor.

'Arie, zei m'n vrouw toen ik wegging, ken je de bijbel vandaag voor één keertje thuislaten? Ik wou d'r een recept voor rodekool in nakijken.'

Het was uiteraard oerstom om naar een bijbel te vragen, en de heren zaten, flauwe grappen makend, nog lang na te gniffelen. Toen ze uitgelachen waren, zei Freek: 'Ik heb wat anders voor je wat je misschien zal interesseren. Van Stennis van Stenis heb ik een rapport gekregen, d'r staat allicht nog wat in waar we mee uit de voeten kunnen, ik heb 't meegebracht. Wil je 't zien?'

'Dolgraag,' zei ik, 'maar waarom heeft hij dat niet aan mij gestuurd? Ik heb hem betaald.'

'Heb jij hem ook betaald? Wat een stuk schorem! Mij heeft hij ook een nota gestuurd, godverdegodver, daar zal ik hem maandag over op z'n vestje spugen, wat een vuile, smerige afzetter.'

Toen we aan de eettafel zaten, gaf hij mij in die altijd zo akelig dode tijd tussen het opgeven der bestellingen en het serveren der maaltijden het dunne rapport. Het leek nog het meest op een keurige studentenscriptie, met paragraafjes en tussenkopjes. Veel wijzer werd ik er niet van. Van Stenis had precies uitgezocht wie er tussen twaalf en één op het lab waren. Een apart paragraafje vermeldde wie gezien hadden (de koffiejuffrouw, Riet Goudsblom en de twee studenten, de analiste en de secretaresse die in de practicumzaal waren) dat Roos om halféén uit het lab was vertrokken, met de mededeling erbij dat ze stuk voor stuk de zwarte Saab direct nadat Roos weg was gegaan, hadden horen starten. Hij had ook genoteerd dat er na halféén nog één bezoekster was geweest: Marjolein Mentink. Ik zat een poosje naar die naam te staren. Ze had eventjes het lab aangedaan. Zo bijzonder was dat bepaald niet, al in de dagen van Thomas kwam ze vaak even op het lab langs, en bovendien gold dat ze er als jong meisje gewerkt had. Toch bleef, terwijl we een oer-Hollandse maaltijd opgediend kregen – vermicellisoep, een runderlapje met bloemkool, kruimige aardappelen en vette jus en een griesmeelpuddinkje toe (en dat voorafgaande aan een SM-orgie!) – die naam maar door mijn hoofd spoken. Je kon je erop blindstaren wat het motief voor de moord was geweest – angst voor gezichtsverlies als zou uitkomen dat er op grote schaal fraude was gepleegd bij wetenschappelijk onderzoek –, maar het bleef denkbaar dat er een ander motief was, jaloezie bijvoorbeeld. Stel: die man op de SM-foto was Bas. Stel dat Marjolein erachter was gekomen dat Bas' vroegere vriendinnetje opnieuw iets met hem was begonnen en er in het kader daarvan af en toe flink de zweep over legde? Hersenschimmen, ach ja, 't zouden wel hersenschimmen zijn, en daarbij kwam dat ik haar haatte en dus schandelijk bevooroordeeld was. Bovendien was ze om vijf over halféén het lab binnengestapt, vijf minuten nadat Roos was vertrokken.

Wat mij tijdens de maaltijd zorgen baarde, was dat er bij de exotische gerechten door de vier heren zo verbazend veel werd gedronken. Of het exquise wijnen waren, ik zou 't niet kunnen zeggen, ik heb er geen verstand van, en wil dat graag zou houden, maar één ding is zeker: wat voor wijn je ook drinkt, elk glas bevat zo'n twaalf procent alcohol. Moesten Sheila en ik straks met vier lallende zatladders de weg op?

Het pakte anders uit. Na de maaltijd werd koffie geserveerd, wat me amper geruststelde, want het is een mythe dat koffie ontnuchtert, maar toen de heren zich daaraan, en passant ook nog een bel cognac wegwerkend, overvloedig gelaafd hadden, zei Freek: 'We zullen ons maar eens inschepen.'

Op dat moment had mij duidelijk moeten zijn waar we heen zouden gaan, maar ik was in een staat van, laten we zeggen, beheerste paniek. Ook toen de trossen van het motorjacht, na veel jolig gejoel en geschreeuw, los waren gegooid en we onder een zwaarbewolkte hemel in een vrijwel inktzwarte duistenis over een breed water voeren dat het Joppe heette, besefte ik nog niet waar het SM-gebeuren zou gaan plaatsvinden. M'n hele wezen was in verzet, en ik klampte me haast vast aan Sheila, die in een soort roefje naast mij op een bankje zat.

'O, wat doodgriezelig,' zei ik.

'Je zult zien: 't valt erg mee.'

'Ben jij daar al eerder geweest?'

'Twee keer.'

'Was je toen alleen met die kerels?'

'Goddank niet, d'r was altijd een nichtje bij van iemand met wie ze d'r vroeger heen gingen, maar die schijnt nu in de war te zijn. Wel jammer, want die kerels waren dol op haar.'

'Die kerels zijn toeterzat,' zei ik misprijzend.

'Ja, da's knap lastig. Hoe meer ze gedronken hebben, hoe langer 't duurt voor ze klaarkomen.'

'Ik hoop dat jij dat onderdeel voor je rekening wilt nemen.'

'O, mij best, ik geef er wel een sjor aan.'

Wat een mooie uitdrukking, dacht ik, die moet ik onthouden, die kan van pas komen.

'Jij hebt er alleen van die goeie nagels voor,' zei Sheila, 'als je ze daarmee kietelt, komen ze in een wip aan hun gerief.'

Ze pakte mijn hand, streelde over het plastic, zei: 'Jammer dat ze zo vreselijk onpraktisch zijn. Kerels worden er bloedgeil van, en hoe geiler ze zijn, hoe sneller 't gepiept is, maar ja, met zulke nagels kun je geen kant op.'

'Het went,' zei ik, 'en je kunt niet meer gedachteloos voor de buis chips wegwerken.'

'Zal wel, maar hoe krijg jij straks de haakjes van je korset dicht?'

Ik wou zeggen: 'Ik doe geen korset aan,' maar dacht toen: ik kan dat schaap toch niet alleen laten ploeteren met die zatladders, dus ik zei: 'Misschien wil jij ze straks voor me dichtdoen.'

'Dat spreekt vanzelf, tenminste, als m'n vingers 't nog doen, ze zijn nu zowat bevroren, ik hoop dat 't daar wat warmer is, ik zit hier te vernikkelen.'

Overal om ons heen pinkelden op verre oevers gele, witte, blauwe en rode lichtjes, maar op het Joppe was het aardedonker. Zelfs de spiegeling van het wateroppervlak was amper zichtbaar door het goudomrande patrijspoortje. Telkens doemden vanuit de inktzwarte duisternis tegenliggers op die we vaak maar nauwelijks ontwijken konden. Freek keek het roefje in.

'En, dames? Gaat 't?'

'Het is hier stervenskoud,' zei Sheila.

'Had je bontjas aangedaan.'

'Die heb ik niet.'

Met een dronkemanstriller in zijn keel zong Freek: 'Scheepken onder Jezus' hoede, met zijn kruisvlag hoog in top, neemt als arke der verlossing, allen die in nood zijn op.'

Hij stopte met zingen en zei tegen me: 'Dat ken je toch wel?'

'Nou en of.'

'Waarom zong je dan niet mee?'

'Mochten jullie dat vroeger wel zingen?'

'Nee, natuurlijk niet, dat was geen psalm, dat noemden ze bij ons in de kerk een hoerenliedeken. Daarom ken ik 't ook zo goed.'

En hij zong luidkeels, goed op toon, maar steeds met die bibberende dronkemanstremor op elke noot, de drie coupletten van 'De arke des behouds'. Als ik 'm de hele tijd niet zo geknepen had, zou ik bij de regels 'Zonne, biedt dat scheepje uw' glanzen, Koeltjes, stuwt het zacht vooruit', in lachen zijn uitgebarsten. Met grote overgave en vol bravoure liet hij het lied over het Joppe schallen. Hij eindigde met een lang aangehouden triller op de laatste noot. Ik zei: 'Je zingt verdienstelijk.'

'Als jongen wou ik dolgraag bij een koor,' zei hij, 'maar 't mocht niet, 't was zondig, werelds vermaak.' Toen barstte hij los: 'Die vuile teringlijers, m'n hele jeugd hebben ze verpest met hun kankerzooi, hun klotebijbel, hun tyfusouderlingen, hun pleurisdominees, o wat zou ik daar graag op zondag met een mitrailleur de kerk in stappen, ik zou ze allemaal neermaaien, al die godvergeten klerelijers, ik zou dwars door de banken heen hun ballen onder hun reet uit knallen, en dan zou ik m'n spuit op hun zultkoppen richten zodat hun hersens over de Avondmaalstafel zouden spatten...'

'Hou daar onmiddellijk mee op,' zei ik met de stem van Roos.

Ogenblikkelijk leek z'n woede compleet verdwenen. Bedaard vroeg hij: 'Maak jij je dan nooit kwaad over wat ze je hebben aangedaan?'

'Waarom zou ik? Vaak heb je er juist plezier van dat je zo kort bent gehouden. Onze dominee zei in zijn preken: zusters, trek toch alsjeblieft nooit een pantalon aan, 't doet de Heere zo'n zeer.'

'En aan zulke lulkoek denk je met plezier terug?'

'Daardoor is het een feest om bijvoorbeeld een stretchspijkerbroek aan te trekken. Jij zou nooit met zoveel plezier "Scheepje" zingen als je dat als kind niet was verboden. Verbod verhoogt genot.'

Voor Freek kon antwoorden, riep Siem: 'Klaarmaken voor de ontscheping. Poseidon in zicht.'

'De Poseidon?' vroeg ik stomverbaasd.

'Ja,' zei Freek trots, 'mooi woonbootje. Kon ik voor een prik op de kop tikken, heb ik laten inrichten als een paleisje. Roos was d'r weg van, en haar nichtje ook.'

'Ze had geen familie heb ik je gezegd, dus ook geen nichtje.'

'Had geen nichtje? Nou breekt m'n klomp. Dat meisje... Fietje... 't schaap is helemaal de kluts kwijt sinds Roos... was dat haar nichtje niet?'

'Net zoals ze mij altijd haar zusje noemde, zal ze Fiona altijd haar nichtje genoemd hebben.'

'O,' zei hij, 'dat moeten we dan ook maar weer slikken, oppassen Arie, daar gaat die Poseidonspotter weer die ons in z'n vijfstuiversroeibootje altijd in de gaten houdt.'

Arie gaf een klein rukje aan het stuurwiel. Aan lijzijde verrees de Poseidon. Psalm 100 schroefde zich omhoog in mijn keel, 'Juicht aarde, juicht alom den Heere'. Tegelijkertijd voelde ik me doodongelukkig. Grif had ik geconcludeerd dat Roos daar in een drijvend laboratorium xtc-pillen had gemaakt. Alsof ik 't graag had willen geloven! Zonder enig tastbaar bewijs, op grond van de vaagste aanwijzingen, was ik er voetstoots van uitgegaan dat ze haar ziel aan de drugshandel had verkocht. Goed, de ervaring had me geleerd dat mensen ('verbaast me niks, heb ik altijd al gedacht') loze geruchten die goede bekenden in een slecht daglicht stellen doorgaans dadelijk voor waar aannemen. Maar dat ook ik, zelfs ik daaraan had meegedaan, daar een bijdrage aan had geleverd, ik die Roos toch op handen had gedragen. Nooit zou ik dat goed kunnen maken. Mij moesten ze zo dadelijk vastketenen in zo'n schandblok en tot bloedens toe tuchtigen met zwepen.

Terwijl ik mij diep schaamde en tegelijkertijd dolgelukkig was dat Roos van alle xtc-blaam gezuiverd leek, meerde ons motorbootje af langs de Poseidon. Cor trok een touw los uit de bolster van het bootje, haalde dat door een ring van de Poseidon. Omdat het motorbootje aan de voorkant vast lag, kregen wind en stroming er zodanig vat op dat de achtersteven weer vredig naar open water dreef. Sheila was met haar koffertje uit het roefje gestapt en stond op het dek. Cor en Siem en Arie stonden ook op het dek, Freek had het roer van Arie overgenomen. Toen ik mijn rechtervoet op het dek zette, doemde achter ons uit de inktzwarte duisternis zo'n zwartgeldkruiser op die ons midscheeps ramde. Door de klap sloegen Cor, Siem, Arie en Sheila aan loefzijde overboord. Ik smakte tegen de roefwand. Op de kruiser riep een vrouwenstem: 'Achteruit,' en het schip, dat zelfs voorzien was van radar (dus rijst de vraag waarom hij ons ramde), verwijderde zich achterwaarts, terwijl het water onstuimig kolkte. Het wendde vervolgens de steven en verdween in ijltempo over het Joppe.

Terwijl ik de boordlichten zag verdwijnen, werd Sheila door Freek uit het water getild. Cor en Siem hesen zichzelf aan de reling uit het water, stonden zelfs alweer op het dek voor ik nog wat beverig overeind was gekomen en met mijn koffertje uit het roefje was gestapt.

'Arie ben pleite,' zei Cor.

'Arie is pleite,' zei Siem.

'Arie pleite?' vroeg Freek.

De drie mannen tuurden aandachtig in het glinsterende, vredig kabbelende, zwarte water.

'Hij kwam met z'n kop tegen de reling aan,' zei Siem, 'ik hoorde wat knappen. Misschien ligt hij bewusteloos op de bodem.'

'We moeten hem eruit halen,' zei Freek, 'jullie zijn al nat, vooruit.'

Siem en Cor sprongen weer overboord, Freek riep ze na: 'We kunnen 't niet hebben dat ie straks dood uit het Joppe wordt opgevist. Wat motten we dan tegen z'n vrouw zeggen? Ik weet niet wat hij gesmoesd heeft, maar hij zal heus niet gezegd hebben dat hij van bil zou gaan in de Poseidon.'

Het leek alsof die toespraak hielp. Boven de reling verscheen het lijkbleke hoofd van Arie. Uit een grote wond boven z'n oog sijpelde bloed. Cor zei: 'Hij asemt nog.' Freek tilde hem moeiteloos uit het Joppe, terwijl Cor en Siem weer op het dek klommen. Wat mij enorm imponeerde was de efficiëntie en rust waarmee alles geschiedde.

'Die heeft hulp nodig,' zei Freek.

'D'r zal niet veel anders opzitten dan 'm over land ergens heen te dragen waar we een ambulance kunnen bellen.'

'Ik ga dood van de kou,' jammerde Sheila.

'Gaan jullie tweeën alvast de Poseidon in,' zei Freek tegen Sheila en mij, 'hier, de sleutel, binnen is 't warm, wij gaan Arie wegbrengen, straks komen we jullie wel halen. Of anders schiet je, als 't jullie te lang duurt, maar een bootje aan, d'r komt zat langs. Ze brengen jullie wel naar een stek waar je een taxi kunt nemen.'

Met de druipende Sheila achter mij aan liep ik over de smalle gangboord van de Poseidon naar de voordeur. Toen ik die opende, walmde warme lucht naar buiten. Blijkbaar stond de verwarming hoog. Toch bleef Sheila, ook toen we naar binnen gestapt waren, rillen en huiveren. Het was donker, ik zocht naar een lichtknopje. Eindelijk vond ik de ronde knop van een dimmer. Ik draaide eraan, bereidde me er toch nog op voor dat ik erlenmeyers, reageerbuisrekjes, bekerglazen, bunsenbranders en zuurkasten zou zien. Langzaam verscheen echter, beschenen door verzonken plafondspots, een sprookjesachtig interieur. In de grote, langwerpige ruimte stonden drie bokken zoals vroeger bij de gymnastiekles, schandblokken, en stoelen met leuningen waarop hoefijzervormige boeien waren gemonteerd. Ook de stoelpoten waren van kluisters voorzien. Van het plafond hingen kettingen met diverse haken eraan. Ook ontwaarde ik tandwielen. Blijkbaar kon je vastgeketende slaven in een tuigje aan zo'n haak hangen en vervolgens optakelen. In een hoek stond een smal bed waarop opgevouwen dekens en een bovenmaatse handdoek lagen.

'Doe je kleren uit,' zei ik tegen Sheila, 'die moeten we zo snel mogelijk droog zien te krijgen.'

'Ik ben kledder,' zei ze, 'ik ga dood van de kou.'

Hevig rillend ontdeed ze zich van de luchtige floddergevalletjes waarin ze gekleed was geweest. Ondertussen zocht ik naar iets wat ze aan zou kunnen trekken. Ik vond een lakleren jas, maar toen ze die, nadat ze ook haar kletsnatte ondergoed had uitgedaan, aantrok, schreeuwde ze: 'O, wat is dat koud op m'n huid.'

'Sla dan een deken om je heen,' zei ik, terwijl ik er een van het bed pakte.

Ik pakte haar natte kleren op. 'Je zal zien, je hebt hier de mooiste spullen, maar een wasrekje, ho maar. En al had je dat, waar zou je het neer kunnen zetten? Nergens een straalkacheltje.'

'Kan m'n goed niet drogen op de radiatoren van de verwarming?' vroeg Sheila.

'Ik zie geen radiatoren, tien tegen één hebben ze hier heteluchtverwarming.'

'Hiernaast, in 't hokje waar wij ons altijd moesten verkleden, staat geloof ik zo'n elektrische radiator op wieltjes.'

Ik deed de deur van het hokje open. Er stond inderdaad een radiatortje. Ik deed de stekker ervan in een stopcontact, liep terug, pakte de handdoek van het smalle bed, legde die over de radiator heen en drapeerde toen haar natte kleren over de grote handdoek.

'Nu maar wachten tot alles droog is,' zei ik.

Ik nestelde mij in de stoel met de hoefijzerboeien op de leuningen. Sheila ging eerst op het bed zitten, probeerde toen of ze kon liggen, maar de opgevouwen dekens lagen in de weg. Ze schoof ze weg, ging op het bed liggen, vroeg: 'Wil jij een paar dekens over me heen leggen.' Dat deed ik en toen verschanste ik mij weer in de handboeienstoel. Sheila nieste.

'Kou gevat,' zei ik.

'Ik ben allergisch voor huismijt,' zei Sheila.

Toen zeiden we niets meer, en ik zat daar maar, en staarde naar schandblokken en tandwielen. Aan het plafond was een spotje bevestigd dat op een grote kooi was gericht. De spijlen ervan wierpen een waaier van schaduwen over de vloer. Allemaal zonnewijzertjes, dacht ik, en terwijl ik tuurde naar die schaduwen werd ik loom en soezerig van de warmte. Geen xtc, goddank geen xtc, maar waar kwam al dat geld dan vandaan? Deze uitstapjes? Parttime zweepslagen in een chique club in de Haagse bloemenbuurt? Ik wilde Sheila vragen: 'Hoeveel schuift zo'n sessie?' maar ze had haar ogen gesloten. Misschien sliep ze, ik was ook zo prettig slaperig, maar ging niet echt onder zeil, zakte weg in somnolente doezel. Het leek of mijn polsen met de hoefijzerboeien aan de stoelleuningen en mijn benen met de voetkluisters aan de stoelpoten waren vastgeketend. Ik kon me niet meer bewegen, ik leek verdoofd, gedrogeerd. Langzaam verrees de equinoctiale zonnewijzer voor mijn geestesoog. 'Dies is de zon tien graden teruggekeerd, in de graden die zij nederwaarts gegaan was.' Hoeveel minuten zou dat zijn, tien graden? Een hele cirkel was driehonderdzestig graden, een etmaal duurde vierentwintig uur, dus moest je driehonderdzestig delen door vierentwintig. Was dat vijftien? Tien graden was dus veertig minuten. Zou de zon om kwart voor één tien graden terugkeren, dan werd het weer even vijf over twaalf.

Vijf over twaalf was niet nodig, vijf voor half één zou al genoeg zijn. Vijf over halféén was Marjolein op het lab gearriveerd. Ging de klok bij de portier misschien voor? Liep de zonnewijzer misschien achter? Nee, die liep altijd gelijk, die gaf de enig juiste tijd, de zonnewijzertijd, niet de Midden-Europese compromistijd van klokken en horloges. Verklaarde dat misschien een verschil van een paar minuten? Wat spijtig dat ik te slaperig was om daar helder over te kunnen denken.

Verstijfd en rillerig schrok ik wakker toen Freek de voordeur van de Poseidon opende en aankondigde dat het helaas te laat was voor leuke spelletjes. Van wat er daarna gebeurde herinner ik me weinig, ik bleef slaperig, ook toen we terugvoeren over het Joppe, ook toen we bij de Kaagsociëteit het pontje namen naar de parkeerplaats. Waar Freek het meisje van het escortbureau afzette weet ik bijvoorbeeld niet meer. Of komt dat omdat het zo'n aardedonkere nacht was? Wat ik me herinner is dat Sheila en ik achter in de auto zaten en dat Sheila zei: 'Ik zal m'n geld toch wel krijgen?'

'Moest er nog bij komen dat je 't niet kreeg,' zei ik, 'op z'n minst krijg je smartengeld.'

Dus toen Freek haar eruit zette en geen aanstalten maakte om haar te betalen, gromde ik: 'Krijgt ze haar geld niet?'

'Waarom zou ze?'

'Je had haar ingehuurd. Kan zij 't helpen dat zij haar werk niet kon doen?'

'Wij wel zeker?'

'Bij vorstverlet worden je mensen ook doorbetaald. Ze heeft recht op haar geld. Ze is nota bene zowat verdonken.'

'Het is net of ik Roos hoor praten,' zei hij vergenoegd, en hij trok een portefeuille uit zijn binnenzak en zei: 'Vijfhonderd de man was de afspraak, ik zal 't met Arie, Siem en Cor verrekenen,' en gaf haar tweeduizend gulden. Toen zei hij tegen mij: 'En jij? Wou je ook betaald worden?'

'Ben je besuikerd,' zei ik.

# 22

Voordat ik in die nanacht mijn bed opzocht, keek ik in haar statenbijbel naar Jesaja 38 vers 10. Had ik dat maar niet gedaan. Terwijl ik de tekst opzocht, kwam er bij de Klaagliederen van Jeremia een briefje van duizend te voorschijn tussen de dunne, knisperende bladeren. 'Al dat geld,' kreunde ik. Jesaja 38 vers 10 bleek de eerste zin uit het danklied van koning Hizkia. Pal daarboven, in Jesaja 38 vers 8 stond: 'Zie, ik zal de schaduw der graden die in de graden van de zonnewijzer nederwaarts is gegaan, tien graden achterwaarts doen terugkeren.'

Toen kon ik dus niet meer slapen en lag ik koortsig te woelen. Wat moest je daarvan denken? Toeval? De emeritus hoogleraar, de baas zoals hij nog altijd genoemd werd, had in zijn toespraak bij haar begrafenis gerefereerd aan het danklied van Hizkia. Dat danklied verwees naar Hizkia's herstel en het teken daarvan: het wonder van de zonnewijzer. Van de zonnewijzer was het maar één stap naar de slagschaduw van de struik ernaast, de Indiase doornappel met zijn purperen bloemblaadjes.

Met Freud heb ik niet veel op. Toch leek het me niet ondenkbaar dat de professor onbewust juist die tekst had gekozen. Als hij haar, uit angst voor ontmaskering als wetenschappelijk fraudeur en het akelige gezichtsverlies dat daarvan het gevolg zou zijn, om het leven had gebracht, moest het beeld van die slagschaduw diep in zijn onderbewuste verzonken zijn. En daaruit was vervolgens, via freudiaanse alchemie, voortgevloeid dat hij bij de crematie zonder het zelf te beseffen impliciet naar de zonnewijzer had verwezen.

Dat was althans mijn slotslom na een nacht woelen. Bij het krieken van de dag viel ik in slaap. Toen de poezen mij verontwaardigd miauwend wekten omdat hun etensbakjes en melkschoteltjes leeg bleven, leek al wat ik die nacht had bedacht een hersenschim. Was Wehnagel op de fatale woensdag in het lab geweest? Geen woord daarover in het rapport van Van Stenis.

'Even geduld nog,' zei ik tegen de poezen, 'ik sta er alleen voor, zo'n professor heeft altijd een analiste die het vuile werk voor hem opknapt.' Had bijvoorbeeld Marjolein, ooit als analiste begonnen, het vuile werk voor Eduard opgeknapt? Maar die was pas om vijf over halféén het lab binnengestapt. Maar halféén op de zonnewijzerklok in de practicumzaal, was dat misschien kwart voor één op de klok in het portiershokje?

Weer begonnen mijn gedachten te malen. Liep de gewone klok voor op de zonnewijzer? Maar hoe zat het dan met zomertijd en wintertijd, en ging de klok in het voorjaar nu achteruit of vooruit? Ging de zomertijd in, dan stond je toch een uur eerder op? Moest haast wel, want in het voorjaar hoorde je altijd de meeste protesten. Betekende dat dan niet dat de gewone klok mijlenver voorliep op de zonnewijzer? Dan kon er geen sprake zijn van een verschil van bijvoorbeeld een kwartier, dan bedroeg het verschil een veelvoud daarvan, tenzij men er in de practicumzaal rekening mee hield dat de zonnewijzertijd sterk afweek van de Midden-Europese tijd en dat stilzwijgend corrigeerde. Als de zon scheen moest ik erheen en aan Mijna vragen: hoe laat leven we, en dan naar de portier hollen. Ik zou uiteraard mot met Bas krijgen omdat ik er weer bij liep als Roos. *So what?* Laat hem vierkant in de stront zakken, dacht ik.

Aan het eind van de zondagmiddag sjirpte de telefoon.

'Hallo.'

'Met Freek, niet verkouden geworden?'

'Nee, maar ik heb niet best geslapen.'

'In voor een vrijerijtje?'

'Ben je nou helemaal gek geworden?'

'Nee, geil.'

'Dan geef je er maar een sjor aan.'

'Heb ik al gedaan, hielp niet.'

'Een vrijerijtje, alleen het woord al.'

'Wat moet je dan zeggen? Ga je mee naar bed? Dat heb ik altijd zo'n stompzinnige uitdrukking gevonden. Alsof je d'r per se een bed bij nodig hebt. Staande is het vaak 't lekkerste.'

‘Hou toch op, seks, ’t is net breiwol.’

‘Breiwol? Wat bazel je nou?’

‘Wol kan koesterend warm zijn, maar het raakt akelig snel in de war.’

‘Ik ben blij dat je zo duidelijk bent.’

‘Jij was het ook.’

‘Ja, waarom niet? Had je wel zin gehad, en ik had niks gevraagd, dan had je misschien gedacht: ben ik al zo oud, ben ik niet aantrekkelijk meer? ’t Is maar dat je dat niet denkt.’

‘Dank je wel voor het compliment.’

‘Jij ook bedankt. We hebben dit nu uitgepraat en dit hoofdstuk is op het moment afgehandeld tussen ons. Kunnen we gewoon met elkaar blijven omgaan zonder dat de schaduw eroverheen valt dat je vroeg of laat met elkaar moet krakken.’

Toen ik de hoorn weer had neergelegd, dacht ik eerst tevreden: kijk, ziedaar de nieuwe mens, de autoritaire vrouw. Toen dacht ik: zou Roos deze bouwvakker net zo hebben afgebekt? Zou ze ooit met Freek hebben geslapen? Het leek me weinig waarschijnlijk, ze had altijd gezegd: ‘Al dat stompzinnige, vochtige geklieder tussen de lakens die dan meteen in de Miele moeten, ’t wordt zo enorm overschat, mensen maken er zoveel kouwe drukte over en het heeft weinig te betekenen, het is een behoefte, net als eten en drinken en poepen en niesen. Winkelen is duizend keer leuker.’

Dus ging ik er met de bijbelse duizend gulden op uit (leve de koopzondagen!) en probeerde ik een adembenemend hemelsblauw broekpak met een nauwsluitend kort jasje te kopen. Maar de verkoper wou het briefje van duizend niet aannemen, en de banken waren dicht, dus ik kon het niet wisselen. Ik had kunnen pinnen of met ander geld kunnen betalen, maar ik wou beslist dat duizendje besteden, dus ik ging terug naar de winkel van het broekpak en zei tegen de verkoper: ‘Ik kan dit duizendje nergens gewisseld krijgen. Op een andere manier betalen gaat niet. Als ik nu eens mijn naam en adres opgeef. Gaat u morgen naar de bank; als het duizendje vals is, weet u waar u me zoeken moet.’

Hij wou graag verkopen, ging overstag, en ik had iets in de stijl van Roos waarmee ik me, omdat zij dat daar uiteraard nooit had gedragen, op het lab kon vertonen.

Dat bleek een lelijke misrekening. Toen ik de wolkeloze dag daarop door de hoge gangen liep en mijn hakken op het granito kletterden, schrok iedereen die ik tegenkwam. De portier staarde me aan alsof ik hem naar het leven stond. Een student die me in de gang tegemoetkwam, wendde demonstratief het hoofd af. Mijna keek me amper aan toen ik haar vroeg: 'Hoe laat leven we?' Prompt zei ze, zonder naar buiten te kijken, wat ook de onthutste portier twintig seconden eerder op dezelfde vraag had geantwoord: 'Halftien.'

Ik probeerde mij voor te stellen hoe het er van hun kant uitzag. Zij zagen een vrouw die haar uiterste best deed sprekend te lijken op iemand die ze jarenlang elke werkdag gezien hadden en op wie ze erg gesteld waren geweest. Zou de aanblik van zo'n lookalike schokkend zijn? Of zou je denken: die is geschift, die moet naar de psychiater? Of zou je kwaad worden? Nee, kwaad werden ze niet, ze waren domweg pijnlijk getroffen door mijn aanblik.

Ik keek naar de zonnewijzer, probeerde hem af te lezen. Tien over negen? Zou dan toch...?

Ik liep de practicumzaal uit. Op de gang kwam ik Riet tegen. Ze wierp een misprijzende blik op mijn nagels, bleef staan, zei: 'Kindje, wat voert je hierheen?'

'Ik kwam alleen maar even klokkijken.'

'Hoe dat zo?'

'Het had kunnen zijn dat de klok bij de portier een andere tijd aangeeft dan de klok in de practicumzaal. D'r is volgens de portier iemand om vijf over halféén het lab binnengestapt. Toen zou Roos al weg zijn geweest, maar ik heb steeds gedacht: misschien geeft de zonnewijzer een andere tijd aan dan de gewone, Midden-Europese tijd, misschien was die iemand al binnen vóór Roos wegging.'

'Alsof iemand van hier die kwaad wou niet zou weten dat er ook een achteringang is.'

'Dat is waar ook! Daar heb ik helemaal niet aan gedacht. Maar ja, dan moet je kruipdoor, sluipdoor door het oude mortuarium heen.'

'Net iets voor een moordenaar, dunkt me,' zei Riet schamper.

'Je gelooft er niet in, heb ik de indruk.'

'Kom mee naar m'n kamer, daar kunnen we rustiger praten.'

Daar aangekomen vroeg ze, nadat ze de deur zorgvuldig had gesloten en achter haar bureau was gaan zitten: 'Heeft die jongedame uit Canada jou proberen wijs te maken dat hier jarenlang gefraudeerd is?'

'Hoe weet je dat?' vroeg ik verbaasd.

'Weten is een groot woord, ik vermoedde het. Die groep in Quebec ploegt op ons terrein. Al jarenlang proberen ze ons de loef af te steken. Sinds kort zijn ze van tactiek veranderd, hebben ze het in hun hoofd gezet ons te vermorzelen. Het is vorig jaar op het grote farmacologencongres al begonnen. Fluisteren in de wandelgangen. Dat prachtige onderzoek in Nederland? *Maybe* bedrog, een product van fraude. Nu hebben ze zo'n divaatje gestuurd die iedereen om haar vinger windt, ons daarbij ondertussen bespionnerend. Zo her en der buiten het lab heeft ze laten vallen dat wij hier jarenlang gefraudeerd hebben. Ze heeft het tegen jou gezegd, ze heeft het op een receptie tegen de directeur van het Academisch Ziekenhuis gezegd, en vast en zeker tegen tien of twintig anderen van wie we voor de financiering van het onderzoek afhankelijk zijn. De wind is gezaaid. Het meisje is terug. Straks hopen ze in Quebec te aanschouwen hoe wij in zwaar weer terechtkomen.'

'Ik snap er niks van,' zei ik, 'jij hebt erop aangedrongen dat dat meisje bij mij zou logeren, je gaf hoog over haar op en nu...'

'Bas en ik wilden haar ergens onderbrengen waar ze weinig schade zou kunnen veroorzaken.'

'Dus je hebt tegen mij gezegd dat ze zo aardig was om mij te paaien.'

'Een leugentje om bestwil. Ik vraag excuus. Je kunt ook verhaal halen bij Bas, die heeft 't bedacht.'

Ze zat een poosje somber voor zich uit te kijken en zei toen: 'Wat een tref voor die lui in Quebec dat er hier nu ook nog een moord gepleegd blijkt te zijn! Dat kunnen ze meteen meenemen in hun fluistercampagne. Ik vraag me steeds af of het geen doorgestoken kaart is, het komt zo verbazend goed voor ze uit.'

'Je bedoelt dat die lui uit Quebec...'

'Nee, nee, zij hebben hier niet de hand in gehad, dat lijkt me uitgesloten, dat zou veel te riskant zijn. Nee, ik denk een andere kant op, ik denk dat dat meisje haar man, als 't al haar man was, ze deden zo onverdreven aanminnig tegen elkaar dat ik dat nauwelijks kan geloven... dat dat meisje die zogenaamde botanicus heeft verteld of gemaild dat hier in de binnentuin een uitheemse Datura stond, en dat hij daar toen een fraai verhaal bij heeft bedacht over zaad waaruit je een dodelijk gif kunt bereiden.'

'Dat lijkt me sterk, dat geloof ik niet, dat is na te gaan.'

'Ik ben 't nagegaan, ik heb in het Rijksherbarium alle literatuur over het genus Datura bij elkaar gezocht die ik kon vinden. Om te beginnen blijkt zo al dat er weinig van dat zonneschijnverhaal klopt. Ook zonder zon loop je risico als je het binnen krijgt. Verder blijkt de witte variëteit giftiger te zijn dan de purperen die wij hier hadden. Krijg je 't spul binnen, dan kan het al binnen vijf minuten voor ellende zorgen.'

'Allemachtig,' zei ik, 'maar toch begrijp ik iets niet. Welk voordeel zou het voor de groep in Quebec kunnen hebben dat zo'n man ons hier in de practicumzaal zo'n verhaal vertelt?'

'Begrijp je dat niet? Zoiets verspreidt zich toch onmiddellijk? Reken maar dat de hele academische gemeenschap inmiddels al haarfijn weet dat er op Farmacologie een vrouw vergiftigd is. De gevolgen voor onze groep laten zich raden.'

'Zou Roos dan niet vergiftigd zijn? Zou die man... 't leek zo'n aardige man... hij moest zowat ondersteund worden toen hij de practicumzaal uit liep.'

'Een fantastische acteur, dat was het. Sinds wanneer ga jij op het uiterlijk af? Dat kun je naar believen aanpassen zoals je zelf schitterend demonstreert. Maar denk aan wat Goethe heeft gezegd: "Du bist am Ende – was du bist. Setz dir Perücken auf von Millionen Locken, Setz deinen Fuss auf ellenhohe Socken, Du bleibst doch immer was du bist." Heus, het diende en dient maar één doel: weg met die farmacologen.'

'Dus dat Daturaverhaal...?'

'Ik heb grote twijfels.'

'Maar wat dan? Toch een zonnesteek?'

'Niks wat daartegen pleit. Ik zeg het elke dag, en dat moet ook wel, want de stemming is ver onder het vriespunt, 't lijkt of hier de hele dag een doodsklokje klept.'

'Verbaast me niks... die man, ik was er ook kapot van.'

'Ik niet, ik dacht meteen: hier klopt iets niet, zo'n verhaal over een vleugje poeder in de koffie... kom nou, je zou hier toch nooit zo amateuristisch te werk gaan. Je weet niet eens de LD 50 van zo'n stof.'

'En die fraude dan?'

'Fraude? Ik steek allebei m'n armen tot aan m'n ellebogen voor Eduard in het vuur. 't Zal nog zijn dood zijn als hij hoort wat ze in Quebec bekokstoven. Ik ben daar geweest, heb gezien hoe ze werken. Knoeiers zijn het, vreselijke knoeiers, dus dat ze onze resultaten niet kunnen bevestigen verbaast me niks. Sinds de dood van Roos sukkelt hij met zijn gezondheid. Nee, die fraude...'

Ze keek me aan als een verbolgen schooljuffrouw.

'Zal ik jou eens wat zeggen? Wetenschappelijk onderzoek is net zoiets als pianospelen, je moet akelig precies zijn, je moet uiterste concentratie betrachten, je moet wegen en titreren en pipetteren en filtreren en destilleren, en bij al wat je doet heb je je vingertoppen nodig, net als bij pianospelen. Ooit een vrouw met lange nagels gezien die mooi piano speelde? Tegen Eduard heb ik altijd gezegd: Roos moet van mijn onderzoek afblijven. Met klauwen kun je onmogelijk zorgvuldig werken. Dan lachte hij me uit. Ik zeg je: als er al iets mis is met de resultaten van zijn onderzoek is het niet zijn maar haar schuld. Het komt enkel door die wanstaltige nagels.'

Ze sloot haar ogen even, zei berustend: 'En omdat je je identificeert met Roos loop jij warempel... Mag ik je een gewetensvraag stellen? Verloochen je nu ook Mozart en Schubert? Hou je sinds je verhuizing van haar muziek, van Bill Evans en Miles Davis?'

Ze gaf me geen kans te antwoorden, wat ik niet onprettig vond. Blijkbaar wist ze het antwoord. Ze raasde meteen door: 'Kind, knip die nagels toch dadelijk af als je thuis bent, 't is geen gezicht, 't is vulgair, 't is afzichtelijk, 't is nergens voor nodig, je bent toch geen roofvogel?'

'Ze helpen bij het lijnen.'

'Helpen bij het lijnen? Wat is dat voor zotternij?'

'Dankzij die nagels kan ik niks meer oppakken en niet lekker koken. Vroeger zat ik voor de buis en peuzelde ik gedachteloos een zak chips leeg.'

'Alsof je zulke nagels nodig hebt om chips te mijden. Cocaïne is verboden, maar in de supermarkten liggen wagonladingen van die wanstaltige, vette chips en zoutjes vol kankerverwekkend acrylamide en allerlei andere smerigheid... 't is godgeklaagd. Als je niet gedisciplineerd genoeg bent om van chips af te blijven, blijf dan maar met die klauwen lopen. Mijn zegen heb je.'

Ik voelde me vreemd licht in mijn hoofd toen ik weer op straat liep. Mij leek het na haar verbazingwekkende filippica tegen de nagels van Roos alsof iedereen naar de mijne tuurde, en ik deed daarom mijn handschoenen aan en hield die aan toen ik het Rijksherbarium binnenstapte. In de bibliotheek zei ik tegen een man achter een uitleenbalie die eruitzag alsof hij jarenlang tussen twee stukken perkament te drogen had gelegen: 'Het spijt me dat ik niet specifieker kan zijn, maar hebt u misschien literatuur over het genus Datura.'

'Da's een plant die zich plotsklaps mag verheugen in een uitzonderlijk grote belangstelling,' zei de bibliothecaris.

'Dus alles is uitgeleend?'

'Nee, d'r is net wat teruggebracht, ik heb het hier nog liggen, ik kan het u zo meegeven.'

Toen ik met het boek naar buiten liep, viel er, omdat ik het nogal losjes vasthield, een leenbon uit. Ik bukte, raapte hem op en stak hem omdat ik zo gauw niet wist wat ik daarmee doen moest, en nergens een prullenbak zag, terug in het boek. Nooit weg, kon je altijd als bladwijzer gebruiken.

# 23

Aan het einde van zo'n bladstille decembermiddag met overal ritselend eikenblad op het plaveisel fietste ik over de Uiterste Gracht. Bij een dierenwinkel had ik, omdat het bij de Digros uitverkocht bleek, Sheba gehaald. De hele dag al hing er zo'n loodzwaar, donkergrijs wolkendek. Regen viel er gek genoeg niet, het miezerde niet eens. Omdat ik, toen ik zelf nog autoreed, had gemerkt dat je fietsers, zelfs al brandt hun voor- en achterlicht, in het donker pas op het laatste moment ontwaart als ze zich in donkere jassen gehuld hebben, droeg ik het korte lichtbruine bisambontjasje uit de rijke collectie van Roos. Automobilisten wou ik besparen wat mezelf zo vaak was overkomen: dat ik me doodschrok van zo'n onverhoeds uit de duisternis opdoemende fietser.

Ik vond dat ik dat bontjasje dragen kon. Bisambont was afkomstig van de muskusrat. Die werden, voorzover ik wist, niet gehouden maar bij tienduizenden gevangen omdat ze een groot gevaar vormden voor dijken en waterkeringen. Van de huidjes van aldus uit noodzaak gevangen dieren mag je, lijkt mij, jassen maken. Bij het jasje droeg ik op mijn hoofd een bijpassende bisambontrand, die mijn gezicht reduceerde tot een ovaal smoeltje.

Traag trapte ik voort. Fietsen gaat niet zo snel, maar wat een verrukkelijke manier om je te verplaatsen vergeleken met zo'n automobiel waarin je verkrampt zit en 'm voortdurend knijpt voor een ongeluk. Daarbij ben je er niet eens zozeer bang voor dat je zelf letsel zult oplopen, maar dat je een ander zult doodrijden. Enfin, weinig mensen delen die angst blijkbaar, want zelfs op de Uiterste Gracht stond al een minifile.

Toen ik mij erlangs wurmde, zag ik tussen een Peugeot en een Honda Civic een zwarte Saab staan. Even later passeerde de Peugeot mij en dadelijk daarna gleed vrijwel geruisloos de zwarte Saab voorbij. Eerlijk gezegd schonk ik geen aandacht aan het nummer, maar toen ik een eindje verderop die drie auto's weer passeerde, toeterde de bestuurder van de zwarte Saab. Het leek zelfs of hij toeterde om mij te groeten. Met mijn lichtbruine bontjasje viel ik op, maar ik vond het vrij dwaas dat ik vanuit die auto gegroet werd. Zit je op de fiets dan kun je slecht zien wie er in een auto zit. Het komt regelmatig voor dat een automobilist enthousiast naar je wuift en dan denk je: wie was dat in vredesnaam, en dan zwaai je maar terug. In het donker is het voor een fietser vrijwel onmogelijk te zien wie er achter het stuur zit. Ik zwaaide dus maar wat, en fietste door, en even later werd ik op mijn beurt gepasseerd door de drie auto's. Weer toeterde de Saab.

Wie was dat in vredesnaam, die toeteraar? Terwijl de auto vaart maakte, keek ik naar het nummerbord. NJ-JN-25. Omdat ik dat niet verwacht had, duurde het even voordat ik besefte dat door de decemberduisternis de zwarte Saab van Roos opgeslokt werd.

Wie reed daar in de Saab van Roos? Dat intrigeerde mij. Het moest iemand zijn die zich er niet voor schaamde dat hij zich de Saab had toegeëigend, sterker nog: had gestolen. Brutaalweg had de dief de claxon ingedrukt. Alsof hij wist wie ik was en wou zeggen: kijk eens, daar ga ik, jij hebt het nakijken. Ja, maar dat kon niet, het was ondenkbaar dat de dief wist dat die fietster in het lichtbruine jasje die hij op de Uiterste Gracht passeerde alle bezittingen van Roos had geërfd, inclusief de zwarte Saab. Of zou die dief zo goed bekend zijn geweest met Roos dat hij wist dat ze 's winters vaak rondliep in een bisamjasje?

Ik trapte harder. Misschien kon ik de Saab inhalen, kon ik erachter komen wie het stuur vasthield. Toen ik een singel bereikte zag ik de Saab verderop weer in de file staan. Dit keer geen minifile, maar een die reikte van de brug waar de singel begon tot de brug waar de singel overging in een brede verkeersweg. Overal gloeiden in de duisternis de achterlichtjes van voortkruipende auto's. Zelfs de voetgangers op het trottoir langs de huizen schoten sneller op, en de fietsers op hun suggestiestrook vlogen eenvoudig langs de file.

Ik hield stil op de singelbrug. Als ik nu langs de vrijwel bewegingloze auto's reed, zou ik ter hoogte van de zwarte Saab kunnen stoppen en erin kunnen kijken. Of ik dan zou kunnen zien wie de bestuurder was, stond te bezien. Ik kon brutaalweg op het raampje tikken. De vraag was of de bestuurder het lef zou hebben het raampje open te draaien en mij te woord te staan. En als het nu eens, wat het meest waarschijnlijk leek, iemand was die ik niet kende? Een zot die geilde op vrouwen in korte bontjasjes en daarom had getoeterd? Zo iemand zou stellig het raampje openen als ik naast hem zou opduiken en zou tikken. Zo'n man zou misschien zelfs denken dat ik inging op zijn claxonavances. Ajakkes! Nee, dat was niet de manier om erachter te komen wie daar doodgemoedereerd in de Saab van Roos reed.

Als ik hem nu eens, gesteld dat dat mogelijk was, bleef volgen tot hij z'n huis had bereikt? Dan wist ik waar hij woonde. Vervolgens zou ik met Graafland kunnen overleggen wat ons verder te doen stond.

Ik fietste weer, reed traag langs de file. Dertig auto's verderop stond de zwarte Saab. Zou de bestuurder mij kunnen zien aankomen? Vast niet, want hij zat uiteraard links, en ik reed aan de rechterkant langs de file. Toch zou, als ik dichterbij kwam, de kans toenemen dat hij, bijvoorbeeld via de achteruitkijkspiegel, m'n bontjasje zou ontwaren. Wat zo'n groot goed had geleken, er in het donker op uit in het lichtbruine jasje om automobilisten een doodschrik te besparen, verkeerde in een even groot nadeel. Maar ik had toch altijd, in mijn fietstas, mijn donkerblauwe nylon regenjas bij me? Die kon ik aandoen.

Ik stopte bij een bocht. Er lagen woonboten in de singel, en in het smalle strookje groen tussen water en weg rezen hier en daar sprietige boompjes op. Achter zo'n boompje schoot ik haastig m'n donkerblauwe jas aan. Mijn dynamo klikte ik los van de voorband. Ook mijn voor- en achterlicht konden me nu niet meer verraden.

Ik fietste langs de file, dus ook langs de Saab, daarbij de aanvechting achterom te kijken vastberaden onderdrukkend. Ik reed tot aan een stoplicht dat de overgang markeerde van singel in verkeersweg en waar je twee kanten op kon. Te voet stak ik tussen stilstaande auto's door de weg alvast over, zocht een donker plekje onder hoge bomen en wachtte rustig tot de Saab zou verschijnen. Dat het mij zou lukken om de Saab te blijven volgen leek hoogst onwaarschijnlijk. Zolang er files waren, was ik als fietser in het voordeel, maar *du moment* dat de Saab een lang, leeg stuk weg voor zich had, zou hij uit het zicht verdwenen zijn. Het was de moeite waard het te proberen. Wel viel het wachten mij zwaar. Telkens als het stoplicht op groen sprong, lukte het vier à vijf auto's om op te trekken. Vervolgens stond alles weer stil en kwam het verkeer bij de andere stoplichten traag op gang. Terwijl ik toekeek, verbaasde ik mij erover dat miljoenen mensen zich elke dag opnieuw onderwerpen aan zo'n zware beproeving. Optrekken, stilstaan, optrekken, stilstaan, door een stoplicht heen, honderd meter voortkruipen tot het volgende stoplicht, en al wat je net hebt doorstaan, moet je opnieuw doorstaan, optrekken, stilstaan, optrekken, en uiteindelijk door het stoplicht heen tot aan het volgende stoplicht, waar alles zich meedogenloos herhaalt. Ad infinitum. Akkoord, dat nog net niet, maar dat is een kwestie van tijd. Op een dag is het zover, zijn de wegen zo vol dat de files niet meer oplossen, staan auto's voorgoed stil voor stoplichten die veelbelovend verspringen van rood naar groen.

Zover was het op die donkere decembermiddag nog niet. Uiteindelijk kwam de zwarte Saab voor het stoplicht terecht. Toen hij groen kreeg, en naar links afsloeg, stapte ik op en volgde op gepaste afstand. Het volgende stoplicht bevond zich tweehonderd meter verderop. Daar zou de Saab rechtdoor kunnen gaan of naar rechts kunnen afslaan. Dus daar moest ik weer wachten. Gelukkig bevond zich pal naast het stoplicht op het brede trottoir een bloemenstalletje waar ik mij achter verschuilen kon.

Toen de Saab, na een minuut of vier, de hindernis van dat bloemstalstoplicht had genomen, schoot hij weg over de Hoge Rijndijk. Nu bestond de kans dat hij verderop, voor de grote brug over het Kanaal, naar rechts zou afslaan, de Kanaalweg op, en dan was ik hem kwijt. De file daar bestond uit auto's die vanaf de Kanaalweg de Hoge Rijndijk op wilden. Ging de Saab rechtsaf, dan had hij zover het oog reikte een lege weg voor zich.

Toen ik de brug naderde zag ik de Saab voor het brugstoplicht in de file staan. Er klonk belgerinkel, het brugdek verhief zich. Als gevolg daarvan strekte even later de file op de Hoge Rijndijk zich uit tot aan de Hogewoerd, en de file op de Kanaalweg tot een provincie verderop. Je zag niets anders dan het dimlicht van koplampen en de gloeiende achterlichten van honderden auto's. Sta je daar als fietser tussen, dan kun je je alleen maar verbazen over zo'n uiterst onpraktisch, bovendien peperduur vervoermiddel. Zelfs wie achter een rollator strompelt, schiet vlugger op.

Schuin opzij van de gesloten slagbomen verschool ik mij in een grasstrookje achter de Kanaalwegfile. Toen na een welhaast ondraaglijke wachttijd – vier lange binnenvaartschepen gingen tergend traag onder de opgehaalde brug door – het brugdek daalde, stelde ik mij op achter de slagbomen. Nu moest ik zo snel mogelijk bij de volgende stoplichten zien te komen. Daar kon de Saab drie kanten op, dus daar moest ik mij zo verdekt mogelijk opstellen om hem verder te kunnen volgen.

Met een hol, bijna macaber geluid kwam het brugdek neer. De slagbomen gingen open, de fietsers zetten zich in beweging, maar het autoverkeer stond vooralsnog muurvast. Bij het al snel door mij bereikte volgende stoplicht stond ik minstens drie minuten naar de zwarte Saab uit te zien. Voordat hij verscheen, had ik alle tijd het donkerste plekje te zoeken waar ik hem opwachten kon. Ging de Saab rechtdoor, dan wachtten verderop nog vele stoplichten, en dankzij al die lichten zou ik hem makkelijk kunnen blijven volgen, maar als hij bij het vijfde licht zou afslaan, de snelweg op, was ik hem onherroepelijk kwijt. Ging hij naar rechts, dan kwam hij in een armetierig woonwijkje waar hij alleen via diezelfde toegangsweg weer uit zou kunnen komen. Daar zou ik hem, hoe snel hij misschien ook in die wijk zou verdwijnen, te allen tijde kunnen opsporen. Ging hij naar links, dan kwam hij op het Waardeiland. Ook daar zou hij mij nooit kunnen ontglippen.

En hij ging naar links, hij reed het Waardeiland op. Telkens afremmend voor de verkeersdrempels kroop de Saab over het eiland. Op gepaste afstand volgde ik. Uiteindelijk kwam de auto tot stilstand op de kop van het eiland waar de duurste schakelvilla's staan met de meest weidse uitzichten over de Zijl. Mijn fiets ketende ik vast aan de paal van een verkeersbord. Onder dekking van de schaduwen der schakelvilla's liep ik traag in de richting van de Saab. De achterlichten werden gedoofd, het portier zwaaide open. Gehuld in een lange, donkere jas stapte een tenger iemand uit.

Zonder enige twijfel was het een vrouw, of misschien moet ik zelfs zeggen: een meisje. Eigenaardig dat je, ook wanneer de afstand groot is, onmiddellijk weet, al zie je niets dan de kromming van de rug, of je met een man of een vrouw van doen hebt.

Terwijl het meisje haar tas uit de Saab haalde, deed ik nog enkele passen haar richting uit. Ik geloof dat ik toen al wist wie het was die daar met zulke sierlijke bewegingen haar tas aan haar rechterschouder hing. Ze smeet de Saabdeur dicht, stapte onververvaard mijn richting uit. Even nog overwoog ik een zijstraatje in te slaan en haar te laten passeren, waarna ik haar zou kunnen volgen, maar toen ze nog wat dichterbij was gekomen en ik haar lange haar zag oplichten onder een gele straatlantaarn, wist ik zo zeker dat daar het albasten meisje liep, dat ik rustig bleef wachten. Ik deed mijn plastic regenjas uit, frommelde hem in elkaar, stopte hem in mijn fietstas. Het op mij toe lopende meisje ontwaarde uiteraard een lichtbruin bisambontjasje. Het deerde haar blijkbaar niet, sterker, ze versnelde haar pas, kwam op me af, zei: 'Hé, bent u het? Hoe komt u zo snel hier? Zag u zonet nog op de gracht fietsen. Fietste u dan hierheen?'

'Ik ben je gevolgd,' zei ik, 'ik wou weten wie er in de zwarte Saab van Roos reed.'

'O, da's supereenvoudig, it's Fiona. Wist u toch al? Ben u gepasseerd in Wassenaar, heb nog getoeterd, u reed op het fietspad richting Den Haag.'

Verbaasd staarde ik haar aan, wilde iets gaan zeggen, maar ze zei vrolijk: 'Wassenaar... was ze naar? Nee, ze was leuk.'

'Hoe wist jij dat Roos dood was?'

'Gehoord in 't ziekenhuis. Was daar voor een dagbehandeling.'

'Hoe kom jij in de Saab van Roos terecht?'

'Roos heeft altijd tegen me gezegd: als ik doodga, mag jij mijn Saab hebben.'

'Ja, maar hoe... heb jij 'm dan weggehaald uit Katwijk?'

'Na de crematie met de bus naar Katwijk gegaan, vond dat 't toen kon. Roos was toen immers voorgoed weg.'

'Wist je dan waar hij geparkeerd stond?'

'Ja, ben zo vaak meegeweest als ze ging zonnen, ze zette hem altijd op hetzelfde plekje, kon 'm op die maandagavond blindelings vinden.'

‘Hoe kwam je aan haar autosleutels?’

‘Ze had me een stel reservesleutels gegeven. Voor als ze abrupt dood zou gaan. Dat dacht ze namelijk steeds, dat ze abrupt dood zou gaan, en dat Fiona dan niet bij haar autosleutels zou kunnen.’

‘Maar die auto is nog niet op jouw naam overgeschreven. Laatst kreeg ik zelfs een acceptgirokaart toegestuurd. Een bekeuring voor te hard rijden. Dat heeft toen nog een boel gedonder gegeven.’

‘O, sorry, weet waar ’t gebeurd is.’

We stonden een poosje te zwijgen. Mij leek ’t het meest verstandig een en ander eerst maar eens met Graafland te bespreken voor ik met haar overlegde hoe dit nu verder moest. Van mij mocht ze in die Saab blijven rijden, maar dan moest hij op haar naam overgeschreven worden, en hoe ging dat dan met successierechten? Of moest ik hem haar schenken, waarna zij schenkingsrecht zou moeten betalen? Enfin, dat was allemaal van later zorg. Eerst wilde ik weten waarom ze mij om twee uur ’s nachts een doodschrik had bezorgd en waarom ze in het condeleanceregister als adres had opgegeven: woonboot Poseidon.

‘Waarom stond je om twee uur ’s nachts in Grimburchstaete voor de deur?’

Alsof zoiets volkomen vanzelfsprekend was, zei ze liefjes: ‘Was blut en dacht: zal bij Roos aan de bijbel schudden. Die heeft het zelf toch niet meer nodig.’

‘Waarom heb je in het condeleanceregister woonboot Poseidon als adres opgegeven?’

Ze keek me met haar onschuldige ogen aan alsof ze wou zeggen: wat is dit voor een doldwaze vraag?

‘Da’s toch logisch, daar zo vaak met Roos heen geweest.’

‘Woon je hier op het Waardeiland?’

‘Nee, hier woont vader.’

‘O, dus daar ben je nu op weg naartoe?’

‘Als dat eens waar was. Hij wil niet toegeven dat hij vader is. Moeder heeft een poosje op dat lab gewerkt, raakte zwanger van hem, werd toen ontslagen. Roos heeft zich dat erg aangetrokken, Roos heeft moeder erg gesteund. Roos heeft vader regelmatig verrot geslagen, maar hij heeft nooit willen toegeven dat hij moeder...

Hij wil het nog steeds niet toegeven. Roos zei altijd dat ze 'm zou dwingen Fiona te erkennen. Ze kon hem onder druk zetten, zei ze, ze wist van alles van hem, zei ze, dat uit de buurt van de grote klok moest blijven.'

'Dus het kwam hem goed uit dat ze een zonnesteek kreeg.'

'Reken maar. Dadelijk geroepen: dat heeft vader gedaan, en wou naar de politie gaan.'

'Waarom heb je dat dan niet gedaan?'

'Je kunt eigen vader toch niet aangeven?'

'Dus jij denkt dat je vader Roos...'

'Dacht 't, maar...'

'Wat maar?'

Ze gaf daar geen antwoord op, zei somber: 'Hoopte zo dat hij Fiona na afloop van de crematie... maar hij zag Fiona en was meteen verdwenen... je hebt een jasje van Roos aan, staat je goed, ze zei altijd dat je haar zusje was.'

'En jij was blijkbaar haar nichtje.'

'Klopt, was haar nichtje, dus ben ook nichtje van jou.'

'Wat ga je nu doen?'

'Naar vader kijken, ben namelijk een stalkster. Als het maar even kan gaat Fiona naar zijn huis. Meestal zit hij te werken in de serre, kun je hem op het pad achter hun tuin mooi verlicht achter al dat glas zien zitten. Ga mee, kun je hem ook zien, ergens is hij ook familie van jou als jij nichtje bent.'

'Ik vind 't raar om...'

'Raar is nijlpaardhaar. Kom, loop een eindje mee, hij ziet ons toch niet. Ben wel een stalkster, maar wil niet opdringen. Roos zei altijd dat hij, als hij niet getrouwd was, Fiona niet zo rot zou behandelen. Hij wil het voor zijn vrouw niet toegeven dat hij dochter heeft, dat is het.'

We liepen naar het uiterste puntje van het Waardeiland, kwamen daar in zo'n smal laantje terecht tussen de manshoge heggen van twee tuinen. Iets verderop was de heg wat lager, kon je eroverheen kijken.

'Zie je,' zei ze, 'daar zit hij. Word er altijd reuze blij van als hij daar zit. Er gaat zoiets vredigs van uit. Hij werkt, hij schrijft, hij studeert, 't is net of alles dan goed is. Soms komt z'n vrouw even binnen en dan snauwt hij. 't Is jammer, die vrouw. Als zij er niet was, mocht Fiona bij hem in serre onder lamp zitten. Maar ja, ze is dokter geweest, dus hij heeft altijd een arts bij de hand. Handig.'

'Dokter geweest? Ze heeft medicijnen gestudeerd, en ook op het lab gewerkt. Zo heeft ze hem leren kennen. Of ze ooit praktijk heeft uitgeoefend, betwijfel ik.'

Een minuut of twintig stonden we daar zwijgend te kijken. De Zijl kabbelde onrustig, de eenden snaterden luid en verontwaardigd omdat het waterkoud was. Ondanks mijn warme jasje kreeg ik het ook koud, maar ik bleef geboeid naar de man in de serre staren. Het meisje had gelijk. De aanblik van die rustig werkende hoogleraar, daar in dat verlichte terrarium, monterde je op. Af en toe wierp ik een blik op het albasten meisje, dat op zo'n verontrustende manier haar naam gebruikte. Uiterst geconcentreerd stond ze naar Eduard te staren. Ze leek werkelijk geen spat op hem. Misschien bedroog ze me of was datgene wat ze verteld had onderdeel van haar waanwereld. Nooit had ik iets over haar of haar moeder gehoord, terwijl ik ruim een kwart eeuw, eerst van dichtbij dankzij Thomas, later iets meer uit de verte dankzij Roos, bij al wat er in het laboratorium omging betrokken was geweest. Ik zou kunnen nagaan of haar verhaal waar was, maar wat deed het ertoe? Was er sprake van gekte, dan had die gekte iets aantrekkelijks. In feite bestaat gekte niet, bestaan er alleen maar mensen die gekte niet begrijpen. De logica van wanen is doorgaans verbluffend.

'Zo dadelijk gaat hij de hond uitlaten,' zei ze, 'moeten teruggaan, vind het niet prettig als hij Fiona zou zien.'

Toen we weer terugliepen, zij naar haar auto, ik naar mijn fiets, vroeg ik: 'Wat denk jij? Zou Roos vermoord zijn?'

'Roos is vermoord,' zei ze ernstig, 'dat staat vast.'

'Je dacht dat je vader het gedaan had?'

'Ja, Roos heeft altijd gezegd dat vader, als hij in het nauw gedreven zou worden, weleens gekke dingen zou kunnen doen. Vandaar dat... ja, hij kan het geweest zijn, maar 't kan ook iemand anders geweest zijn. Roos heeft vaak genoeg gezegd dat er iemand was die een vreselijke hekel aan haar had.'

'Wie was dat dan?'

'Zeg maar liever niet. Is allemachtig gevaarlijk om dat te weten.'

Ze glimlachte betoverend naar me, zei toen: 'Abrupt dood... mag u mijn Saab hebben.'

'Waarom zou je plotseling doodgaan?'

'Vermoed, weet misschien zelfs wie 't gedaan heeft. Als u 't zou weten, zou u ook abrupt dood kunnen gaan, dus is 't beter als u 't niet weet.'

'Ook als ik m'n mond daarover stijf zou dichthouden?'

'Wie weet is op z'n hoede,' zei ze plechtig, 'en wie op z'n hoede is gedraagt zich daarnaar. En verraadt daarmee dat hij weet.'

Aangekomen bij de Saab keek ze me bedroefd aan met haar grote ogen.

'Wil niks verraden, ben daarom de hele tijd ver uit de buurt gebleven. Daarom ook beter om in de auto te stappen. U stapt op uw fiets en gaat andere kant op.'

Ze stapte in de Saab, startte de auto, reed weg. Ik liep naar mijn fiets, greep naar het sleuteltje van mijn slot dat ik in de zak van mijn jasje had gedaan, dacht toen: waarom zou ik niet even kijken hoe hij op mijn aanblik reageert?

Ik liep terug naar het huis van de hoogleraar. Wat verderop in de straat verschool ik mij in het portiek van een schakelvilla. Ik deed mijn handschoenen uit, stopte ze in de zak van mijn jasje. Ik haat koude handen, maar ja, de vlammende nagels van Roos hadden al eerder mannen op het verkeerde been gezet. Vrij rustig stond ik te wachten. Ik voelde me een potloodventer. In plaats van een geslachtsorgaan hield ik tien fluorescerende Nebukadnezarnagels gereed. Ik hoorde een deur opengaan. Ik zag hem niet, maar kon horen dat hij dichterbij kwam. Net voor hij voorbij zou lopen, stapte ik uit het portiek.

Had ik het maar niet gedaan. Nooit in mijn leven heb ik iemand zo gruwelijk zien schrikken. Hij werd asgrauw, het leek of hij verschrompelde. Het hondje begon woedend te blaffen, deed een uitval naar mijn zwarte laarzen.

'Roos,' zei hij, 'jij hier...' en schudde toen in grote vertwijfeling zijn hoofd.

'Neem me niet kwalijk,' zei ik, 'ik ben...' en toen stopte ik, want wat ik hoorde was niet mijn eigen stem, maar de zware alt van Roos. Het leek alsof hij op dat stemgeluid had gewacht. Net als

Bas ging hij onderuit, maar híj kwam niet al na een paar seconden overeind. Integendeel, hij bleef doodstil liggen. Ik stapte over hem heen, rende naar zijn huis, drukte op de belknop. Een alarmlamp van minstens driehonderd watt floepte aan. Zijn vrouw deed open, zag mij in dat schelle licht, schrok ogenschijnlijk helemaal niet, zei alleen maar verbaasd: 'Wat is er?'

'Eduard is in elkaar gezakt.'

Ze zag hem liggen, liep gedecideerd op hem af, daarbij zo goed mogelijk camouflerend dat ze vanwege een zenuwaandoening gedoemd was tot een raar schuifelpasje. Ze beurde hem half op.

'Help een handje,' zei ze, 'dan dragen we hem samen naar binnen.'

Even later lag hij, ondersteund door een hoofdkussen, op een zitbank. Het hondje stond met grote angstogen naar hem te kijken en wisselde dat telkens af met een grauw mijn kant uit.

'Ik denk dat hij flauw is gevallen,' zei zijn vrouw, 'maar laat ik voor de zekerheid naar zijn hart luisteren. Als jij nu even z'n stropdas en overhemd losmaakt, haal ik ondertussen mijn stethoscoop.'

Ze liep de kamer uit. Voorzichtig trok ik zijn stropdas los. Toen begon mijn worsteling met de overhemdknoopjes. Enfin, vastmaken overtreft gelukkig losmaken met lange nagels, dus toen ze terugkwam had ik het godlof voor elkaar. Ik zag het bovenste deel van zijn ontblote borst, ik zag de spookachtig zwarte haren. Hij was de man van de foto.

'Zeg hem als hij bijkomt dat het me vreselijk spijt,' zei ik.

'Spijt? Spijt waarvan?'

'Dat ik hem zo heb laten schrikken.'

'Maak je niet druk, hij kan niks hebben. Van een briesje waait hij al om.'

'Ik ga,' zei ik.

'Nu al? Jammer, we hebben je zo lang niet gezien. Geef de katten een knuffel van me.'

'Zal ik doen,' zei ik.

# 24

Nadat ik de poezen hun Sheba had voorgezet en mezelf had gevoed met een eenpansgerecht van ui, knoflook, champignons, prei, blokjes winterwortel, blokjes selderijknol en het door de Inca's als heilig beschouwde quinoa – wat fantastisch, dat supergraan met hoog eiwitgehalte uit de Andes – haalde ik, het was ruim een week na mijn expeditie naar het Waardeiland, het Rijksherbariumboek uit de diepvries. Al direct nadat ik het boek geleend had, wou ik erin bladeren, maar toen ik het in de woonkamer opensloeg schoot er een eng bruin beestje weg. Waarschijnlijk een boekenwurm. Het boek had ik toen in het diepvriesvak van de koelkast gelegd. Eerst alsjeblieft alle enge beestjes dood.

Op de ijskoude bladzijde vierendertig vond ik een bericht over The Black Datura dat als volgt luidde. 'Baden Powell verwijst naar een reeks monsters die getoond worden in het museum van Lahore, en noemt ze illustratief voor het gebruik van dit medicijn bij misdaden in Noord-India. Hij zegt (citaat uit een rapport uit 1863): "De reeks bestaat uit zaadjes van de plant in onbewerkte staat, geroosterd zaad, essence van het zaad, *atta* (meel) vermengd met gif, dito suiker, dito tabak." Vervolgens merkt hij op dat dit het middel is dat de "Thugs" gebruikten om hun slachtoffers te verdoven. "Beide soorten Datura, de witte en de paarse, worden gebruikt, maar de witte (sic) wordt als het meest effectief beschouwd. Voor vergiftigingsdoeleinden wordt het zaad gedroogd en tot poeder vermalen: aldus kan het makkelijk vermengd worden met suiker, tabak et cetera. Ook kan het zaad gedestilleerd worden met water zodat er een krachtige essence ontstaat; tien druppels daarvan in een *chillam* van de *huka* volstaan om een man twee dagen buiten westen te doen geraken. De smaak is scherp en bitter, daarna volgt een brandend verstikken. Het is heel moeilijk te traceren bij een postmortaal onderzoek. De slachtoffers worden gewoonlijk in bewustloze toestand aangetroffen, zwaar en moeizaam ademend; verplaatst men hen, dan is het van belang hen niet aan de zon bloot te stellen, dat wordt hun fataal. Het gif werkt sneller in warm weer dan in de kou; veel hangt af van het gestel van het slachtoffer, maar in warm weer begint het gif binnen vijf minuten te werken, een coma treedt binnen het uur in."'

Sinds 1863 was ongetwijfeld meer over Datura's bekend geworden. Toch kwam al wat ik las mij vertrouwd voor. Hier had Riet uit geput. Dat ze over het verhaal van de man van Claire had opgemerkt dat er weinig van klopte, leek overdreven. Waarschijnlijk was Roos domweg met fijngestampt Daturazaad vergiftigd. Zou Roos, als haar koffie zuur of bitter was geweest, dat niet geproefd hebben? De vers gezette koffie op het Farmacologisch Laboratorium was altijd loeisterk, dus bitterder dan te lang doorgegroeide tuinbonen. Roos had haar koffie altijd zwart gedronken en van huis uit was koffie sowieso al zuur.

Dan bleef alleen nog het probleem over hoe de moordenaar erin geslaagd was het vergif ongezien in haar mok te krijgen. Dat was even makkelijk als het schaduwen van een Saab met een rijwiel. In plaats van suiker gebruikte Roos altijd zoetjes in haar koffie. Die zoetjes bewaarde ze in de zak van haar witte laboratoriumjas. Je hoefde alleen maar – en daar waren farmacologen goed in – witte lookalike combipilletjes te maken die naast de zoetstof aspartaam voorzien waren van het extract uit het Daturazaad. Die moest je in haar jaszak doen, terwijl je de echte zoetjes eruit haalde. Omdat Roos haar onflatteuze labjas in de loop van de dag vele malen aan en weer uit deed, had de moordenaar tussen koffiepauze en lunch ongetwijfeld de gelegenheid gehad die wisseltruc uit te voeren. Bijvoorbeeld als Roos naar het toilet ging, want dan deed ze begrijpelijkerwijs haar jas even uit.

Wat te denken van het feit dat het gif blijkbaar zo snel werkte? Soms al na vijf minuten. Had de moordenaar op de een of andere manier iets met het vergif uitgespookt waardoor het pas na een paar uur begon te werken? Kon best, daar waren technieken voor. Het hing ervan af in welke klasse der farmaca het Daturagif viel. Je kon het misschien labelen aan moleculen die de opname ervan door de darmwand heen vertraagden. Alle knowhow om zoiets te maken was op het lab aanwezig. Met de witte ratten die al sinds mensenheugenis in de catacomben voorhanden waren ten behoeve van de wetenschap had de dader misschien eerst wat experimenteel onderzoek uitgevoerd. Maar dan was de moordenaar planmatig en doelbewust te werk gegaan. Of zou iemand die toevallig op zo'n citaat van Baden Powell stuitte puur uit nieuwsgierigheid, als zo'n Indiase Datura in de binnentuin achter je zonnewijzer opschoot als Jona's wonderboom, wat simpele experimentjes uitvoeren om eens te zien of er waarheid school in dat verbazingwekkende verhaal uit 1863?

Wie zou dat dan geweest kunnen zijn? Alle stafleden waren reuze nieuwsgierig, en ze waren er ook allemaal tuk op iets opzienbarends te ontdekken waarover je niet alleen zou kunnen publiceren maar dat op het eerstvolgende farmacologencongres voor verhitte discussies zou kunnen zorgen na zorgvuldig voorbereide referaten. De meeste stafleden waren druk met hun eigen onderzoek, hadden gewoon geen tijd om en passant ook Daturagif te bestuderen (al wist je maar nooit), maar de emeritus hoogleraar die niet meer onder het juk gebukt ging van gericht onderzoek waarover gepubliceerd moest worden, was uiteraard een voor de hand liggende kandidaat. Het albasten meisje had me gezegd dat behalve haar vader iemand anders Roos vermoord kon hebben, maar ze had me ook verteld dat Roos haar vader onder druk had gezet om te erkennen dat hij een buitenechtelijke dochter had. Wie weet had Roos gedreigd dat ze zou onthullen wat ze wist over frauduleus onderzoek. Ze wist een en ander wat, zoals het meisje hàd gezegd, uit de buurt van de grote klok moest blijven. En misschien had het meisje mij dat verhaal over iemand anders die Roos haatte verteld om haar vader, van wie ze vermoedde dat hij de moordenaar was, maar die ze nooit wou aangeven, te beschermen.

Minstens eenmaal per week kwam de emeritus hoogleraar naar het lab om wat experimentjes te doen, zoals hij het zelf altijd noemde. Had hij de werking van het gif uit de Datura onderzocht, dan zou Roos, en niemand anders, hem daarbij geholpen hebben. Aan Roos kon je echter niet meer vragen: heb jij zaden van de Datura fijngestampt en de stof daaruit onderzocht? Uit het feit dat ze met zo'n bloemblaadje naar Ici Paris was gestapt kon je misschien opmaken dat ze ook om professionele redenen in die plant geïnteresseerd was geraakt.

Nadat ik bij het grote woonkamerraam, turend naar het steelpannetje van de Grote Beer, lang over het citaat van Baden Powell en over de farmacologen had zitten mijmeren, viel me in: als een van hen eerst de stof heeft onderzocht en op ratten heeft uitgeprobeerd, en vervolgens als gelabeld nepzoetje met vertraagde werking heeft toegediend, is het vrijwel ondenkbaar dat de onderzoeker die middag op het lab is gebleven. Zo'n wetenschapper wil erbij zijn. Zowel om te zien hoe het experiment verloopt als om te kijken of het slaagt. Dan heeft hij ook in Katwijk op het strand vertoefd, dan is hij vlak langs haar gelopen, dan staat hij tussen de toeschouwers als ze in de ambulance wordt gehesen.

Dus kwam het weer tot een partijtje vrij worstelen met de videorecorder, waarvan ik de gebruiksaanwijzing nog altijd niet gevonden had. De kopie van Mastenbroeks band was net iets minder helder, maar het laatste wat ik wilde was hernieuwd contact met die creep.

Weer zag ik twee keer nagenoeg dezelfde schaduw over Roos heen vallen, en daar kreeg ik het, nu ik bijna zeker wist dat daar haar moordenaar liep, knap benauwd van. Tussen de toeschouwers voor en na het vertrek van de ambulance (tijdens het inladen zag je geen toeschouwers, omdat Mastenbroek toen had ingezoomd op de brancardbroeders) zag ik weer de tengere verschijning staan waarvan ik eerst had gedacht dat het Fietje was, zoals Freek haar genoemd had. Nu ik haar nogmaals gezien en gesproken had, verbaasde het mij dat ik de verschijning op de band had gedetermineerd als het albasten meisje. Tengermens leek er niet op. Wat kan een mens zich makkelijk vergissen! Toen dacht ik: wat ben ik een sukkel, ik heb steeds de pest in gehad omdat iedereen die daar staat nagenoeg bloot is, en een zonnehoed plus zonnebril op heeft en dus nagenoeg onherkenbaar is, maar haar 'slaaf' is ook naakt, ik had al die tijd al kunnen kijken of de oude prof op het strand tussen de toeschouwers staat. Waarom heb ik dat niet eerder gedaan? Ik haalde de foto erbij en keek mijn ogen uit, spoelde heen, spoelde terug, zag steeds hinderlijk blikkerende brillenglazen, die het beeld verpestten, zag maar liefst twee mannen staan even zwart behaard als de oude professor. Was er nu maar één man geweest, dan zou ik me daarop geconcentreerd hebben, en zekerder van mezelf zijn geweest. Nu was ik er nagenoeg van overtuigd dat een van die twee Wehnagel was, maar nagenoeg is niet honderd procent, juist omdat beiden in aanmerking kwamen. Ze droegen allebei grote strooien hoeden, gingen allebei half schuil achter toeschouwers. Daarbij kwam dat het beeld niet scherp was, anders zou ik wellicht de professor herkend hebben.

Ik zette de band weer af; het was inmiddels laat geworden, ik moest maar eens naar bed. Ik pakte het Rijksherbariumboek van de vensterbank. Ik wou het in bed nog even inkijken. Weer viel die uitleenbon eruit. Voor ik hem teruglegde, streek mijn blik eroverheen. Wat een vracht gegevens. Alleen al op het smalle vouwstrookje links: uitleendatum, transportstation, bestemmingsbalie, aanvraagnummer, titel, auteur, bandinfo, bandzebra, terugbrengen vóór, type lening, toelichting, lenersnaam, lenerszebra. Ik klapte het blaadje om, keek naar het brede rechtergedeelte. Het eerste wat mij opviel was de lenersnaam: Eduard Wehnagel. Toen keek ik naar de datum achter 'terugbrengen voor': 14 juli 2000. 14 juli 2000? Terugbrengen voor 14 juli 2000? Wanneer had hij dat boek dan geleend? Drie weken daarvoor, op 23 juni 2000. Zo'n anderhalve maand voor de fatale datum had hij het boek al in huis gehad. Tijd genoeg om Daturazaad te winnen, wat proefjes met ratten te doen, een combipilletje te maken van zoetstof en het Datuproduct.

Ik ging naar bed en lag uren te woelen. Allerlei gedachten en veronderstellingen krioelden als wolfspinnen door mijn brein. Tegen een uur of drie kwam ik min of meer tot rust. Het leek zonneklaar. Ik stond op, liep in het mooie, peperdure, zilverkleurige hemdje en broekje van Roos naar de videorecorder, zette hem aan, bekeek de schaduwen die me ook dit keer uiteraard niets wijzer maakten, zag de ambulance aankomen, zag hoe Roos werd ingeladen, zag de toeschouwers die daarna zo ongeordend door elkaar heen stonden. Zag weer die gemeen fonkelende, vuistgrote zonnebrilglazen met daarboven niets dan strohoed, en daaronder niets dan het blote lijf van een mannelijke toeschouwer, achter wie een brildraagster schuilging, zag weer die twee zwartbehaarde kerels. Kwamen allebei in aanmerking, en juist daarom knaagde de twijfel. Niettemin, na die uitleenbon kon er nauwelijks twijfel meer bestaan.

Ik stapte in bed, zakte goddank weg, sliep vervolgens een gat in de dag. De koortsachtige zekerheid van drie uur 's nachts bleek na mijn slaap vervlogen te zijn. Helaas, vaak heb je dat. De aantrekkelijke hersenschimmen van de avond blijken na een verkwikkende nachtrust 's morgens spookachtige luchtkastelen. Ik kleedde me aan en drentelde heen en weer door de grote woonkamer, met Tijg alsmaar op m'n hielen. 'Wat moet ik doen, Tijg, Tijgje, zeg eens, wat moet ik doen? Ik weet niet wat ik doen moet. Je kunt naar de politie gaan, maar wat heb ik voor bewijzen?' Je zou uitgelachen worden als je zou zeggen: 'Iederéén die Roos goed gekend heeft, is nogal geschokt als ik erbij loop als Roos, maar hij bleef zowat dood, dus...' 'Ja, wat dus,' zou de politie zeggen, 'het was al aardedonker, u stapt totaal onverwacht uit een portiek. Alleen al daarvan schrik je je dood.' En dan de rest nog: een jasje dat hij goed kende, een bontrand die hij vaker had gezien, vlammende nagels waar geen enkele vrouw behalve Roos ooit mee rondliep.

Een per ongeluk in een boek achtergelaten uitleenbon, zou dat indruk maken? In de tuin had een uitheemse Datura vorstelijk staan bloeien. Daarom had de professor daarover uiteraard wat literatuur in huis gehaald. Niks bijzonders.

Goed beschouwd had ik niets anders dan de verbazingwekkende, midden in de nacht vanuit mijn brein opgedoemde, intuïtieve zekerheid dat hij het geweest moest zijn. Met een serieus motief kon ik ook al niet op de proppen komen. Angst voor de onthulling dat hij gefraudeerd had bij wetenschappelijk onderzoek? Stel dat Roos hem ermee had gedreigd dat ze dat zou onthullen als hij bleef weigeren zijn dochter te erkennen, hoe had ze dat dan moeten aanpakken? Een publicatie sturen naar een toonaangevend farmacologisch tijdschrift? Gesteld al dat ze, daarin niet geschoold, zoiets zou kunnen schrijven, zou men haar geloven? Een analiste die nooit eerder iets gepubliceerd heeft. Ze had er uiteraard mee naar een krant kunnen gaan, maar wat zou een krant nu met zulke informatie moeten doen? Claire was een mogelijkheid geweest, en het was denkbaar dat de professor toen hij had vernomen dat Claire een poosje op het lab zou komen werken, zijn maatregelen had getroffen.

Wetenschappelijke nieuwsgierigheid, kon dat een motief zijn? In zijn geval zeker, hij had de stof misschien zelfs op ratten uitgeprobeerd. Dat kon en passant bijzondere resultaten opgeleverd hebben die hij aan het verwerken was toen ik hem in zijn serre zo sereen had zien arbeiden.

Ook bleef goed mogelijk dat hij jaloers was geweest. Vele jaren had hij, bijna vanaf de dag dat Roos in zijn werkkamer een dubbeltje op zijn kant had gezet, een verhouding met haar gehad, zoals Thomas me herhaaldelijk had verzekerd. Al in die tijd had hij kennelijk ook wat minder alledaagse seksuele voorkeuren, en daarmee had hij bij Roos kunnen aankloppen. Vervolgens had hij gezien dat Roos verhoudingen had met andere mannen, met z'n opvolger Bas bijvoorbeeld. Hij had iemand achter Roos aan gestuurd om uit te zoeken of ze in haar vrije tijd op een geheim laboratorium werkte waar ze xtc-pillen of vergelijkbare drugs maakten. Dat had niets opgeleverd, had Riet me gezegd, maar misschien had hij haar niet verteld dat hij wel degelijk íets te weten was gekomen: dat Roos in de Poseidon kaarsvet drupte op de ruggen van bouwvakkers, autoslopers en brandweermannen, en haar volle blaas leegde op een tengere aannemer.

Was hij haar misschien gaan haten in de loop der jaren?

Kon je als fatsoenlijk mens doden, als je haatte? Als ik de knowhow had en er zo'n Daturastofje op m'n weg verscheen, zou ik Marjolein dan kunnen doden?

Op het hoogtepunt van de dag zou ik naar het lab kunnen gaan. Dan zou ik bij de bittere koffie al die naarlingen die het mij misgunden dat ik in het appartement van Roos woonde en haar kleren droeg, in het gezicht kunnen slingeren wat ik wist en vermoedde. Dan konden ze mij op hun beurt misschien een en ander vertellen wat mijn veronderstellingen zou bevestigen. Nog mooier zou het zijn om te gaan op een dag dat hij zelf aanwezig was. Dan zou ik hem mijn theorie kunnen toeschreeuwen en zou hij misschien zo van zijn stuk raken dat iedereen zou kunnen zien: hij heeft Roos omgebracht. Hij zou ook kunnen zeggen: 'We hebben hier een videorecorder, draai die band maar eens af,' en dan was ik nergens meer. Twee behaarde mannen, in plaats van één. Een van die twee was hij, daar was ik tamelijk zeker van, maar een scepticus zou er allicht anders over denken. En het waren daar doorknede wetenschappers, dus rasechte sceptici.

Ik zou Freek kunnen meenemen om hem te intimideren, maar Freek was een ongeleid projectiel, zou gaan bulderen. Mij was om duistere redenen de macht verleend hem, mits ik de stem van Roos opzette, de mond te snoeren, maar niet dan nadat hij termen zou hebben uitgebraakt die daar nog nimmer waren opgeklonken. En bij dat alles was het een groot probleem dat ik mij, al had ik altijd een hekel aan hem gehad, diep schaamde de oude professor zo te hebben laten schrikken. Als hij Roos had omgebracht, verdiende hij niet beter, maar toch, dat asgrauwe gezicht, ik kon het maar niet kwijtraken.

Was ik voor honderd procent zeker geweest van mijn zaak, dan zou ik mij resoluut naar Farmacologie hebben begeven op het hoogtepunt van de labdag. Al was het alleen maar om de anderen te waarschuwen. Pas op, hij onderzoekt het stofje uit de Datura. Denk niet dat het alleen werkt als je in de zon stapt, hij zal ook willen weten wat de LD 50 is bij toediening op druilerige decemberdagen. Ik zou Riet kunnen aanhalen: '...zo'n verhaal over een poeder... kom nou, je zou hier toch nooit zo amateuristisch te werk gaan. Je weet niet eens de LD 50 van zo'n stof.' Nu, die kwam je ook niet te weten na één experiment op een zonnebaadster. Maar misschien had hij de LD 50, de lethale dosis waarbij de helft van de populatie overlijdt, al bij ratten vastgesteld. Ratten genoeg, honderden ratten, ze waren op afroep bij tientallen tegelijk beschikbaar.

Helaas, ik was niet zeker van mijn zaak. Sterker: terwijl de morgen voortschreed, en zoals altijd zonder dat je er ook maar iets van merkte, overging in de middag, en de middag weer in de avond, begon ik hoe langer hoe meer te twijfelen. Eerder al was er bij mij sprake geweest van 'jumping to conclusions'. Eerder al had ik, op grond van de vaagste aanwijzingen, aangenomen dat Roos in een geblindeerde woonboot xtc-pillen had gemaakt, terwijl ik uit die 'tien kleine lampionnetjes die over het water zweefden' had kunnen of moeten opmaken dat je daarmee wel extase kon bewerkstelligen, maar niet de extase van xtc.

Als verzachtende omstandigheid voor die enorme blunder kon misschien gelden dat ik toen ongesteld was geweest, en dat was ik nu niet, en zou ik binnenkort ook niet worden. Toch garandeerde dat allerminst dat ik mij nu niet vergiste. Als je alles nog eens goed doordacht en in aanmerking nam dat Riet mij had verteld over telefonische bedreigingen, kon je nauwelijks onder de conclusie uit: hij heeft Roos omgebracht.

Wat moest ik opmaken uit het feit dat hij zich zowat dood was geschrokken? Hoe zou ik zelf reageren als ik iemand, van wie ik wist dat hij of zij dood was, totaal onverwacht uit een portiek zou zien opdoemen? Ook Bas was onderuitgegaan, ook de portier, een student en Mijna waren geschrokken. Niettemin: als ik eraan terugdacht hoe wit hij was weggetrokken en 'Roos' had gestameld, en vervolgens als het ware in elkaar was geschrompeld, leek er maar één conclusie mogelijk: hij wordt geteisterd door schuldgevoelens. Via het mortuarium kon hij het lab binnengeglipt zijn om de zoetjes te verwisselen. Dat had hij, die het lab zo goed kende, gemakkelijk ongezien kunnen doen. Er waren zoveel nissen en donkere hoeken in dat macabere gebouw waarin je je even kon verstoppen als je iemand hoorde aankomen. Ook bleef denkbaar dat iemand hem had gezien. Ik kon het navragen, maar ja, zou iemand zich nog herinneren of de oude professor op woensdagmorgen 9 augustus in het lab had rondgelopen?

's Avonds om een uur of negen had ik 't niet meer. Ik snakte naar een pilletje dat mij rustig zou maken. Ik draaide *Introit voor klein orkest en soloviool* van Gerald Finzi. Die serene elegie had mij altijd geholpen, altijd tot rust gebracht. Nu werkte zelfs dat niet. Het enige wat ik ten slotte bedenken kon om mijn in rep en roer geraakte nervatuur wat tot bedaren te brengen was wandelen. Toen ik beneden de buitendeur opendeed, beet de vrieskou zich vast in mijn huid. Ik ging weer naar binnen en zei tegen Tijg, die blij was dat hij me zo snel zag terugkeren: 'Dit is overmacht, ik weet dat 't niet kan, ik eet geen dode koeien, varkens of kippen, ik spuug op de bio-industrie, ik verfoei alles wat zweemt naar het kweken van dieren omwille van hun pelsjes, maar die jas hangt er en ik moet tot rust komen.'

Alleen al het aantrekken van haar nerts bleek een tovermiddel. Je weet niet wat je overkomt als je je daarin hult. Het is alsof je een goedaardige xtc-pil inneemt. Het is alsof je gekoesterd wordt. Toen ik ermee buiten liep, en de koude mij niet alleen nauwelijks deerde maar mij bovendien nog eens extra duidelijk demonstreerde wat een fantastische jas zo'n nerts is, wist ik dat ik snel terug moest. Dit was ongetwijfeld net zo verslavend als een sigaret of chocolade.

Ik ging naar huis, had toen ik het appartement na het korte tochtje betrad gruwelijk last van de kattengeur, maakte honderd gulden over naar de Stichting Bont voor dieren, zei tegen Tijg: 'Nog even een giro op de bus doen,' en stapte opnieuw in haar nerts naar buiten. Het was verbazend helder, het vroor, je kon Cassiopeia en Voerman-Capelle zien schitteren alsof ze onder handbereik waren. Als ik ademde, verschenen er van die condenswolkjes. Anders dan Roos leefde ik nog, ik leefde nog, maar als de professor degene was die Roos had omgebracht, lag het voor de hand te veronderstellen dat ik, nu ik zo nadrukkelijk zijn aandacht op mij gevestigd had door als een potloodventer uit het portiek te stappen, de volgende proefpersoon zou zijn voor een wetenschappelijk experiment. Kun je met het Daturastofje ook iemand ombrengen die niet in de zon gaat liggen? Eén ding stond vast: ik moest Freek waarschuwen.

# 25

'Zo zo, druk hier op het bezoekuur. Ben jij soms die brandgevaarlijke notaris?'

'Inderdaad, maar druk hier, kom nou, ik ben g... g... ik ben de enige, ik ben er overigens net.'

'Ik had hier eerder kunnen zijn, maar ik heb me rotgezocht, dit is geen normaal ziekenhuis meer, dit lijkt haast offshore-industrie, ik wou dat ík dit had mogen neerzetten.'

'Ja, dit LUMC, 't is erg gr... gr... uit z'n krachten g...'

'... ben je zo geboren, of heb je toen je klein was op de bewaarschool een ongeluk gehad.'

'Een ongeluk? Hoezo?'

'Dat je reutelt als een haas in doodsnood als er een g opduikt. Aangehaald ben je, moet je de hele dag lullen, aktes voorlezen, en al die trammelant meer, en blijft steeds die g als een graat in je keel steken. Komt 't daarvan? Ben je vroeger als ukkie zowat gestikt in een graat en kun je daarom de g niet meer zeggen? Ik zie 't voor me, graatje in je keel, je moeder vraagt: "Wat is er aan de hand," en jij wilt zeggen: "Graat in m'n keel," maar je blijft "Gr..." zeggen. Kom bij mij voegen, zou je me enorm mee uit de brand helpen, niemand die tegenwoordig nog voegen wil, 't zou echt wat voor jou zijn, je smeert die richels dicht, en daar hoef je je waffel niet bij open te doen.'

'Ik voeg de hele dag al documenten bij elkaar.'

'Ach ja, ik hoor 't al, voelt zich ook weer te goed voor het edele handwerk. Je kunt daar alleen nog allochtonen voor krijgen, Marokkanen, Turken, alles wat uit de koran mummelt... daar zijn er zat van.'

'U bent blijkbaar ook zo iemand die Nederland te vol vindt.'

'Nou en of, veel te vol, mudvol, maar niet omdat er zoveel van die mummelaars zijn, daar zijn er hoogstens tien flinke stadions van, dat stelt geen reet voor. Nee, het is te vol omdat er zoveel Nederlanders zijn, vijftien miljoen of daaromtrent, en da's nog 't ergste niet, 't ergste is dat al die Hollanders het zo hoog in de bol hebben. Vind nog maar eens een Hollandse vakman, een timmerman, een loodgieter, een schilder. Al onze eigen mensen willen hogerop, kijken neer op handwerk. En allemaal hebben ze bossen haar op hun tanden. Ga naar de Aldi. Sta je in de rij bij de kassa tussen van die bescheiden, vriendelijke vrouwen met hoofddoekjes om, komt er een Nederlander. Meteen herrie, meteen bulderstemmen, meteen voordringen.'

'Ik kom nooit bij de Aldi.'

'Te min zeker, de Aldi?'

'Dat wil ik niet zeggen, maar...'

'Je hebt gelijk, het is niet allemaal kwaliteit daar, gisteren dacht ik, verrek, Tijg en Ober en Lellebel zitten op een houtje te bijten, dus ik daar direct heen met een blikje poezenvreten bij de Aldi vandaan. Dat bliefden ze absoluut niet. Ze snuffelden eraan en keken toen diep verontwaardigd naar me op. Alsof ik ze wou schofferen, nou, daar heb ik godlof wel andere poesjes voor. Gelukkig waren ze nog kerngezond. Alleen flink dorstig. D'r is nogal wat voor nodig om een kat dood te krijgen, zelfs dierenartsen overleven ze, kun je nagaan.'

'Wat is er precies g... g... voorgevallen, ik heb wel 't een en ander op Radio Rijnland g... g... horen vertellen en bij TV West g... mogen aanschouwen, maar...'

'Ik ken 't je precies vertellen. Het begon ermee dat ze me opbelde en tegen me zei: "Misschien zie ik spoken waar ze niet zijn, maar zouden we niet een paar simpele voorzieningen kunnen treffen?" Dus ik vraag: "Wat voor voorzieningen?" "Dat ik jou een sleutel geef zodat je hier naar binnen kunt als mij iets zou overkomen. En we zouden een soort hotline moeten hebben zodat ik je onmiddellijk waarschuwen kan als er iets gebeurt. Als ik eerst zo'n stem krijg: 'Bouwbedrijf Volbeda,' en dan: 'Nee, meneer is momenteel niet bereikbaar, kan hij misschien terugbellen,' zou ik al dood kunnen zijn eer je terugbelt." "Ik geef je 't geheime nummer van m'n clandestiene mobieltje," zei ik, "en koop zelf ook zo'n kreng, en steek dat altijd bij je, kun je me overal vandaan bellen." "Ja, maar heb jij je mobieltje dan altijd bij je...?" "Dat draag ik op m'n hart," zei ik. Ze zei 't allemaal nogal luchtig, maar bij mij ging meteen alarmfase één in. Ik bedoel: ik had dit eerder meegemaakt en daardoor ben jij toen in beeld gekomen, had jij opeens een hoop werk, dat gun ik jou geen tweede keer. Dus ik heb meteen Stennis van Stenis...'

'Stennis, heet die man Stennis?'

'Nee, hij heet van z'n eigen Piet, en wil Peter genoemd worden, is 't nou goed, dus die Van Stenis opgebeld en gezegd: "Ik heb een klusje van jou te goed, want jij hebt twee grote rekeningen voor klein kruimelwerk gestuurd, vuile fielt, hou jij d'r eens in de gaten." Hij had gelukkig weinig omhanden, zo tegen de kerst, dus alle tijd om haar na te lopen. Hij kwam algauw met 't bericht dat ze volgens hem gestalkt werd door een of andere leipe gozer uit Katwijk, maar dat was loos alarm. Lees je 't rapport dat hij me met een nota erbij direct na de kerst heeft laten brengen, dan zie je dat hij... je gelooft 't haast niet... dat die zakkenwasser precies gezien heeft wat er gebeurd is. Toen had hij meteen moord en brand moeten schreeuwen, maar toen ik hem er gisteren over belde zei hij: "Je ziet dat zo vaak gebeuren. De mensen kijken in andermans karretje en denken: hé, die champignons zien er mooier uit dan de mijne, en als de ander even met z'n rug naar z'n karretje toe staat om wat te pakken, verwisselen ze snel de bakjes. Vooral vrouwen zijn daar gehaaid in." '

'Dus 't gif zat in champignons?'

'Precies, in paddestoelen. 't Had ook nergens beter in gepast. Van huis uit zijn ze al giftig.'

'Ze kunnen anders best lekker zijn.'

'Lekker? Paddestoelen? Zelfs de konijnen blieven ze niet. Ja, Leonie is er dol op, die vrat ze volgens mij bij elke warme maaltijd, vandaar ook dat 't zo verrekt slim was om 't gif in die hoedjes te stoppen; de eerste keer dat we uit eten gingen bestelde ze grietfilet met een soortement eekhoorntjesbrood. Van die griepgriet at ze met lange tanden, maar dat eekhoorntjesbrood smikkelde ze op alsof 't grote garnalen waren. Eekhoorntjesbrood, je houdt 't niet voor mogelijk... Paddestoelen... als je ze aan die lui in de bajes zou voorzetten, werd er nooit meer gestolen.'

'Leonie heeft die champignons thuis klaargemaakt...'

'Ja, gelukkig niet allemaal, ze had de helft in 't bakje laten zitten voor tweede kerstdag, anders had je nog niet geweten dat die rotzooi daarin verstopt zat... ik bedoel: met een fijn naaldje erin gespoten, moet je nagaan... je koopt dus 's morgens een bakje champignons, je lost dat gif op in water, je stopt dat gifwater in een injectiespuit, en je injecteert al die bolletjes ermee. Je zet 't doorzichtige dekseltje weer netjes terug op 't blauwe bakje waar ze in zitten, je gaat ermee in een tas naar de supermarkt, je wacht rustig tot er een bakje champignons in andermans karretje is geladen, en dan verwissel je, als de ander eventjes niet oplet, of even wegloopt om iets te pakken en 't karretje een moment onbeheerd laat staan, in de grote drukte razendsnel de bakjes. Het is gebeurd op zaterdagmiddag 23 december, dus 't was tjokvol bij de Digros, het is haast een wonder dat Stennis 't gezien heeft. Of misschien mot je dan toch van vakmanschap spreken. Daarom moet ik dat aanvullende notaatje wat die zak tabak me stuurde maar voldoen. Al blijft 't natuurlijk onvergeeflijk dat hij, terwijl hij, toen die bakjes huppekee verwisseld werden, en daar zowat met z'n neus bovenop stond, geen alarm heeft geslagen. Ik denk toch dat ik tien procent van die nota aftrek.'

'Aan 't eind van de middag heeft ze die champignons dus klaargemaakt...'

'Ja, 't ging in een of ander gerecht met... met... ik heb 't geweten, maar ik weet 't niet meer, iets van de indianen, geloof ik.'

'Q... q... q...'

'O, dus de q kun je ook niet zeggen. Bleef het daar maar toe beperkt, dan zat je goed, zou niemand d'r iets van merken dat je gruwelijk gehandicapt bent.'

'Quinoa.'

'Geweldig, hoe komt dat nou zo, dat je dat zeggen kunt?'

'Omdat haar oogleden trillen.'

'Alsof ik dat niet allang gezien heb makker, ze komt d'r weer helemaal bovenop heeft zo'n witjas me gezegd. Meestal geloof ik d'r geen barst van wat die lui zeggen, maar in dit geval wou ik daar maar eens van afzien... waar waren we ook weer? O ja, ze bakte die champignons vanwege die quinoa, een poosje later eet ze ervan, en eigenlijk merkt ze, omdat ze de hele tijd natuurlijk behoorlijk op haar qui-vive was, direct al dat er iets mis is, dat ze die rotzooi binnen heeft. Dus ze belde me, ik er subiet heen, maar toen ik d'r aankwam, lag ze al in coma. Dus ik een ambulance gebeld en de politie. Zij in sneltreinvaart hier naar 't ziekenhuis, maag leeggepompt, en sindsdien ligt ze hier, niks geen kerstdagen, en dat terwijl ik 't nota bene voor mekaar had gekregen dat ze met kerssemis samen met mij de dis... wat is er nou aan de hand, makker? Waarom kijk je nou alsof je de schurft in hebt? Jaloers? Man, je bent minstens tien jaar jonger dan zij.'

'Toen ik g... toen ik via de telefoon had laten weten dat we over de erfenis moesten praten, kwam ze aanrijden op haar fietsje. Zonder poeha of kouwe drukte. Meestal zie je meteen dollartekens in de ogen als je iemand vertelt dat hij flink g... g... bedacht is, maar zij... ze heeft niet één keer g... g... willen weten hoeveel ze uiteindelijk zou erven. Da's toch altijd het eerste waar de erfgenamen naar informeren. Hebzucht, dat is zoiets ongelofelijks, mensen zijn zo inhalig. En later, met die aandelen... een ander zou gr... wil meteen weten hoeveel en bij welk bedrijf en hoe ze staan genoteerd, maar zij wil d'r alleen maar vanaf. Ze zijn verkocht toen ze 't hoogst stonden, daarna kelderden ze ongelofelijk. Als ze d'r weer bovenop komt, hoeft ze niet meer te werken. 't Is jammer want ik had haar graag bij mij op kantoor gehad.'

'Bij jou op kantoor? Koffie rondbrengen zeker voor een paar notariële grijpstuivers, kom nou toch, bij mij kan ze ook zo terecht, als pr-meisje, verdient ze heel wat meer, want in de bouw kun je nog eens wat ritselen, vooral als je voor de overheid werkt. Zo, zo, dus jij bent een tikkeltje verkikkerd...'

'Ja, ik... ik was meteen... ik... ja, nee, wis en zeker, d'r is... ach, 't is waar, ik ben al g... g...'

'Het lijkt wel multiple choice. Wat wou je zeggen? Getrouwd of gehuwd?'

'Het laatste.'

'Bij mij begint 't ook met een g, de g van gescheiden. Ik heb al twee legsels, en een derde broedsel, ik moet 'r niet aan denken, maar dat ze d'r een is waarvoor je wel op je knieën wil gaan liggen hoef je mij niet te vertellen, al zou ik niet graag met d'r samenwonen, elke dag paddestoelen... gedverdemme, en in 't begin dacht ik ook: wat is dat voor aanstellerij, dat ze zo d'r best doet om op Roos te lijken.'

'Da's mijn schuld, ik heb haar gezegd dat 't er voor de poezen moest uitzien alsof hun bazinnetje nog leefde...'

'O, zit jij daarachter... afijn, dat betijt wel, en eerlijk is eerlijk, al die mooie kleren van Roos staan d'r fantastisch, zeker nu ze ook wat ponden is kwijtgeraakt, het is alleen dat je telkens even slikken moet als ze iets van Roos aanheeft, het heeft toch iets lijkenpikkerigs...'

'Maar nu begrijp ik nog niet hoe de politie zo snel de dader...'

'Ik kom daar aanrennen, doe de deur open, zie haar liggen, bel een ambulance en bel de politie. Ik zeg: "Ze is vergiftigd en ik weet haast zeker door wie." Dus ik vertel die smerissen achter wie ze aan moeten gaan, maar ja, ze geloofden me niet. Dus ik bel Stennis op z'n mobieltje... de duitendief zat met z'n hele kroost al in Center Parcs... en vraag: "Heb jij vandaag wat bijzonders gezien." Waarop hij zegt: "In de Digros heeft een vrouw met een bril op bakjes champignons verwisseld." "Bingo," zeg ik. Moest ik toch nog praten als Brugman om die smerissen zover te krijgen dat ze d'r meteen heen gingen. 't Was trouwens nog een hele uitzoekerij om haar adres te vinden. Ze had een blommennaam, dat herinnerde ik me wel, maar ik had de verkeerde blom in m'n hoofd, mispelblom, ja dan kun je 't hele telefoonboek wel doornemen. En ik maar zoeken en die juten maar zeggen: 't kan wachten, 't komt de dag na kerst wel. Dan kan brillemans d'r ondertussen nog tien vergiftigen zei ik, vrede op aarde, in de mensen een welbehagen en bij nachte worden nog tien herdertjes omgelegd. Ik heb ze gezegd: als jullie er niet subiet achteraan gaan, kom ik met m'n grootste shovel en ram dat nieuwe politiebureau van jullie in elkaar, ik heb 't zelf gezet dus ik weet precies waar de zwakke plekken zitten. Daar moesten ze hartelijk om lachen, maar uiteindelijk hebben ze d'r, na telefonisch overleg met 't bureau, dan toch opgehaald en onderweg naar de cel hebben ze d'r in zo'n witte Porsche al flink onder handen genomen. Maar ze gaf geen krimp, ze ontkende in alle toonaarden, dat ligt voor de hand, maar een paar nachtjes in de cel, en ze praat wel...'

'Heeft men enig idee waarom die vrouw...'

'Volgens mij wou ze een pil maken. Een pil waarmee je lui die je niet zinnen zomaar omleggen kan zonder dat er een haan naar kraait. En waarmee je ook jezelf kan omleggen als je d'r geen zin meer in hebt. 't Is allemaal nog niet zo gek gedacht, ik zou d'r wel weg mee weten, zo'n pil. Als je zoals ik aan handen en voeten gebonden bent omdat je elke maand weer zo'n sloot alimentatie moet ophoesten, heb je zeker emplooi voor zo'n moordtabletje. Je loop even ân, je zegt met tranen in je ogen: "Ik mis m'n knulletjes zo, mag ik ze even zien," je drinkt een kopje thee mee en dropt stiekem een wit snoepje in 't kopje van je ex... ja, dat de mensheid om zo'n pil smeekt, daar sta ik vierkant achter. Als die er komt, hoop ik alleen dat ze 'm niet al te duur maken. Want als je d'r zelf geen zin meer in hebt, is 't natuurlijk ook een uitkomst. Je neemt 'm in, je gaat in 't warme zonnetje zitten, je voelt hoe dat warme zonnetje je oogleden streelt, je wordt soezerig en voor je 't weet ben je ginds. Rustig, pijnloos, vredig, dag bloemen, dag dieren, dag mensen. Per jaar springen zo'n elfhonderd mensen voor de trein. Daar zou zo'n pil toch ook een uitkomst voor zijn? En ben je ook af van die bloederige blubberzooi op de rails.'

'De Heilige Vader...'

'De Heilige Vader? Die knul met dat geborduurde biljartlaken om? Mummelmans de eerste, daar heb ik toch zo'n schijt ân, die is tegen alles waar de mensheid bij gebaat zou zijn.'

'Nou goed, maar die pil, wat een onzinverhaal, ze was...'

'Dat zeg je nou, maar toen ik brillemans voor 't eerst zag... ook boven paddestoelen trouwens, zei ze tegen me dat er naar zo'n pil meer vraag zou zijn dan naar bruin brood. Toen dacht ik direct dat zij... ik heb 't ook met zoveel woorden gezegd, hebt u Roos soms dat pilletje gegeven... als d'r beter naar me geluisterd was... als ik beter naar mezelf had geluisterd, lag Leonie hier nou niet. Ik mag dan geen ster zijn in breuken, maar soms...'

'U hebt uzelf niets te verwijten. Zonder u was Leonie dood geweest. Maar hoorde ik op Radio Rijnland ook niet iets over borstkanker?'

'Ja, die tang had begin dit jaar van de dokter gehoord dat ze borstkanker had, dat ze pakweg nog twee, drie jaar te leven had. Ze wou d'r alvast een paar vooruitsturen om daarboven poolshoogte te nemen.'

'Vooruitsturen? Zou 't niet eerder zo zijn dat ze verzuurd en verbitterd was en 't daarom niet kon aanzien dat een mooie vrouw op haar werk... want mooi was ze, die mevrouw Roos, zeg maar gerust beeldschoon.'

'Zeg mij wat. Overal waar ze verscheen, moesten meteen dranghekken geplaatst worden. Wees voorzichtig met wat je zegt over verzuurd en verbitterd. Dan is het hek van de dam. Dan gaan ze zeggen dat die tang een strenge moraal had en 't niet kon aanzien dat Roos 't allemaal niet zo nauw nam en haar daarom wou straffen, en Leonie, toen die zo duidelijk in 't voetspoor van Roos trad, idem. Dan krijg je te horen dat ze Roos haatte omdat Roos iets had gehad met al haar mannelijke collega's, terwijl die met haar nog niet van bil zouden zijn gegaan al waren ze d'r vorstelijk voor beloond. Dan gaan ze alle kerstdagen en jaarwisselingen opsommen dat ze bij een aftands konijnenboutje alleen heeft gezeten. Als je daarmee begint, huren ze zielknijpers in en begint iedereen "Ach wat zielig" te roepen, en krijgt ze een taakstraf opgelegd van tweehonderdveertig uur, voor 't gemak dweilen op dat laboratorium... terwijl ze mijnaangaat meteen opgehangen moet worden, liefst vandaag nog, ik wil de strop wel omleggen, hoeven ze me niks voor te betalen, daar wil ik wel geld op toe leggen, nee wacht, niet verhangen, ze moeten d'r volstoppen met die troep, en dan leggen we d'r op de zonnebank, gaan wij kijken hoe ze crepeert, net zoals zij op 't strand is wezen kijken hoe Roos crepeerde, wat een tang, wat een stuk secreet, wat een tyfuswijf, wat een vuil, smerig, goor tering...'

'Stil, ze wou iets zeggen.'

'Klopt. Weet je wat ze wou zeggen? Ze wou zeggen: "Houd daarmee op."'

'Je hebt g... g... scherpe oren.'

'Ja, dat zei m'n moeder vroeger ook vaak. Ach ja, en daar zitten we dan aan weerszijden van een ziekenhuisbed.'

'Je ziet dat 't ieder ogenblik afgelopen kan zijn, ik heb nog zo tegen Leonie gezegd: kom bij me om een testament op te stellen.

Als ze d'r weer bovenop komt, zal ze allicht ontvankelijker...'

'Smeerlap! Wil je d'r weer naar je kantoor lokken! Leuk met z'n tweetjes in een klein kamertje tussen twee saaie overdrachten door zakjes koffiecreamer openscheuren en...'

'U bent altijd welkom om mee te komen. Hebt u al een testament?'

'Ik? Waar heb dat nou voor nodig? Ik heb geen cent te makken, laat staan dat ik iets heb om na te laten. Wat ik heb, maak ik meteen op, anders komt 't vroeg of laat in de klauwen van m'n twee exen terecht.'

'Toch, heus, een uiterste wilsbeschikking...'

'Man, lazer op, als je d'r nog één keer over begint, geef ik je zo'n hengst dat ze jouw uiterste wilsbeschikking uit een la moeten opdelven. Want ik neem aan dat je die al hebt.'

'Nou en of.'

'Kijk eens, nee... jammer, ik dacht dat ze bijkwam, maar blijkbaar is 't nog niet zover, hé, daar komt zo'n witjas aan.'

'Heren, goedemiddag, ik heb nog wat aanvullende literatuur uit het Rijksherbarium gefaxt gekregen over die Datura. Met de stof eruit kun je van patiënten zombies maken die volledig bij bewustzijn zijn, maar die zelfs hun oogleden niet kunnen opslaan. De meest werkzame stof in het gif is scopolamine. Nu we dat weten, zijn we therapeutisch een stuk verder, kunnen we gerichter werken.'

'Gerichter, je bedoelt dat je nou een smoes hebt om de rekening wat hoger te laten uitvallen?'

'Meneer, houd alstublieft uw fatsoen, anders is daar het gat van de deur. Ik kom haar nu een injectie geven. Ik maak me sterk dat we haar er voor het eind van de week weer bovenop hebben.'

'Mooi zo, is ze met Oud en Nieuw weer thuis, ik zal flink wat champagne inslaan en die alvast koud zetten.'

'Ze is anders van harte uitg... g... van harte welkom om bij mij Oud en Nieuw te komen vieren.'

'Dat geloof ik graag, maar als ze dat in haar hoofd zou halen, zal ik haar er fijntjes aan herinneren dat ik...'

'Ook alleen maar omdat ze jou gebeld had. Ze had ook mij kunnen bellen, dan had ik...'

'Jij? Man, schei toch uit, als jij 112 had gebeld, had je gezegd: "Stuur alstublieft een wagen naar de Gr... Gr... Gr..." en dan hadden ze bij 112 gedacht dat er een hond belde en de dierenambulance gestuurd. Hoor je dat? Daar komt nog weer iemand aanstiefelen, weer zo'n witjas, o nee... Zo, zo, wie hebben we daar? Wat kom jij hier doen?'

'Ik hoorde op Radio Rijnland, zag op TV West... ik heb alle ziekenhuizen afgebeld, ik hoorde dat ze hier lag.'

'En toen dacht je: kom, ik ga d'r maar eens een bezoekje brengen? Ik zal een videocameraatje voor d'r meenemen... wacht, ben jij soms die strandkneuter... ja, jij bent natuurlijk die strandkneuter... sukkel, boerenlul, hufter, wel de hele mikmak op een video zetten, maar die tang nou net niet!'

'Dat staat nog te bezien. Ik heb toen op die middag van de zonnesteek een oude vrouw langs zien komen, ik herinner 't me nog goed want ze was op die middag zowat de enige die al haar kleren gewoon aanhad.'

'Waarom heb je daar dan niks over gezegd?'

'Niemand heeft me daar toch naar gevraagd?'

'Had haar dan verdomme opgenomen.'

'Had? Ik heb haar op de band staan, dat weet ik honderdtien procent zeker. Tussen de toeschouwers staat een oude dame met een bril op. Goed, ze is tenger en gaat dus helemaal schuil achter al de anderen, en ze heeft een grote zonnehoed op, maar haar glinsterende brillenglazen zie je erg duidelijk omdat de zon erop valt en door de glazen weerkaatst wordt.'

'Bewaar die band dan maar goed, 't is te hopen dat ze 'm accepteren als bewijsmateriaal. Als je per ongeluk een moord zou filmen, maak ik me sterk dat zo'n goocheme advocaat, zo'n Moskoufiets, 't zo zou weten te draaien dat je band niet alleen geen wettig verkregen bewijsmateriaal blijkt te zijn, maar ook meteen vernietigd moet worden. Waar het naartoe moet, ik weet het niet.'

# 26

Ik hoorde de branding zacht ruisen en rook de zee. Een mannenstem zong: 'Die Sonne sticht. Ein Garten lacht uns an, Der vor der Glut uns Schützen kann.' Toen kwam, gezongen door vier stemmetjes, op het liefelijkste, innigste, hartverwarmendste melodietje dat ik kende: 'Vater unter Serapsreih'n, Blick' mit Huld auf den herab, Der Entstehung und Gedeihen, Unserm Institute gab!' Het was net of dat melodietje mij terug wou voeren, dwars tegen een andere Schubertmelodie in die ook maar steeds door mijn hoofd zoemde, pom, pompom, pom. Ik wou mijn ogen openen, maar dat lukte nog niet, hoewel het er werkelijk op leek dat ik mij, na een ondraaglijk lange tijd waarin ik als het ware *standby* was geweest, weer ontpoppen mocht als een mens met een normaal bewustzijn. Al wat zich bij mijn ziekenhuisbed had afgespeeld, en al wat daar boven mijn hoofd had geklonken, had ik domweg geregistreerd zonder in staat te zijn erop te reageren of erover na te denken. Het was net alsof ik finaal versteend was – niet in staat tot welke gedachte of handeling dan ook. Ik was zelfs niet in staat geweest om te slapen. Wat merkwaardig en onthutsend dat zoiets mogelijk was, dat je kon existeren zonder er te zijn, dat je lichaam als het ware uitstond en je desondanks nog leefde. Alsof je een apparaat was waarop een rood lampje gloeide ten teken dat je het aan kon zetten met een afstandsbediening. Blijkbaar kon je ook een mens aanzetten. Alleen had je daar dan zo'n injectie voor nodig, die mij zonet in het bijzijn van Freek en de notaris was toegediend. Ze waren inmiddels opgestapt. Was het bezoekuur al voorbij?

Ik probeerde na te denken, maar dat lukte nauwelijks, want dwars door Schuberts cantate heen kwam het kerstliedje opzetten dat ze op zaterdagmiddag bij de Digros als muzak over de klanten hadden uitgestort:

*'Komt verwondert u hier mensen,*
*ziet hoe dat u God bemint,*
*ziet vervuld der zielen wensen,*
*ziet dit nieuwgeboren kind.'*

Toen ik klein was, had ik dat altijd zo mooi gevonden, misschien omdat 't bij ons christelijk-gereformeerden niet gezongen mocht worden. Komt, verwondert u hier mensen. Gek dat dat zo verbeten door Schubert heen probeerde te breken. Kwam dat doordat ik mij verwonderde? Als het daarbij had kunnen blijven! Nee, ik verwonderde me niet, aan verwondering was ik ontstegen, verbijstering was mijn deel. Blijkbaar hadden ze Riet opgepakt. Wat een idioten! Degene die Roos had omgebracht en mij had willen ombrengen, liep nog altijd vrij rond, die kon bij wijze van spreken, net als Freek of de notaris of die creep Mastenbroek, aan mijn ziekenhuisbed verschijnen om het karwei even af te maken.

Wat me verwonderde was dat ik, hoe bijna dodelijk ongerust ik ook was, de hele tijd de zee rook en dat mij dat zo troostte.

Datgene wat bij me ingespoten was, begon nu eerst goed te werken. Het was of mijn hele lichaam zich ontspannen mocht, of al mijn spieren weer los werden, het leek of ik wegzonk, zomaar de dood in, al zou het hopelijk niets anders zijn dan een diepe slaap. Ik ervoer dat wegzinken als uitzonderlijk prettig, en Schubert zou me hopelijk terugvoeren met dat wondermooie melodietje.

Toch vocht ik, hoe zalig dat zinken ook was, wanhopig tegen die verbluffende, nog nooit zo verpletterend en dwingend ondervonden loomheid. Ik moest wakker blijven, klaarwakker blijven, want ieder moment kon de echte dader aan mijn bed verschijnen om alsnog met me af te rekenen. Via radio en tv was immers al bekendgemaakt dat de champignonsaanslag niet was gelukt. Ik was er vrijwel zeker van dat degene die Roos had omgebracht wist dat ik nog leefde. Ik moest maar hopen dat ze niet gemerkt had dat ik haar bij de Digros, dom genoeg zonder mij te realiseren dat ze daar voor míj liep, in een welhaast perfecte vermomming, met een pruik en een bril op, had zien rondschuifelen. In ieder geval kon ze niet weten dat mij, zodra ik haar zag, vooral dankzij die rare flikkerbril en die zwierige hoed en die veel te grote jas, de schellen van de ogen waren gevallen. Natuurlijk, die tengere verschijning op de videoband van Mastenbroek die mij steeds zo bekend was voorgekomen, en zich bij die gelegenheid ook zo verrassend kundig, zij het weinig zomers, had vermomd, dat was niemand anders dan zij. Waarom had ik dat niet eerder gezien? Vanwege die vermomming? Waarom zag ik daar dan wel doorheen bij de Digros? Omdat ik haar toen *live* zag en niet op een vaag videobeeld? Of vanwege dat eigenaardige schuifelpasje? Diep in de vorige eeuw had ze mij in haar keuken bij rinkelend vaatwerk tijdens de afwas toegebeten: 'Dat sekreet blijft maar vozen met mijn man,' waarna ze met haar afwasborstel zo heftig in het spoelwater sloeg dat ik de spetters in mijn gezicht kreeg. Geduldig had ze gewacht op haar kans. Afgelopen zomer had die kans zich dankzij de doornappel voorgedaan. Eduard had een boek geleend dat ze naar alle waarschijnlijkheid ook had ingezien. En ongetwijfeld had ze die Datura in de binnentuin zien bloeien, want ze kwam haast net zo vaak op het lab als haar man. Zomaar een uitbundig groeiende en bloeiende plant in de binnentuin bij de zonnewijzer met zaden die je makkelijk winnen en bewerken en zelfs tot kerst bewaren kon, en waar je een tabletje van kon maken dat je eruit kon laten zien als zo'n zoetstofpilletje of waar je een extract van kon vervaardigen dat je met een naald in champignons kon injecteren. Ze had de benodigde knowhow; voor ze trouwde had ze jarenlang op het lab gewerkt. Alles leek die zomer volmaakt gelukt, maar toen was ik onverwacht op een winteravond te voorschijn gekomen en toen had ze, mij schromelijk overschattend, waarschijnlijk gedacht dat ik te veel wist. Terwijl ik stom genoeg uitsluitend op haar man gefocust was geweest. Eén stapje slechts had ik hoeven doen. Zij had uiteraard ook geweten dat Roos uit de school kon klappen over frauduleus onderzoek, ook geweten dat Roos haar man daarmee, als ik het meisje mocht geloven, onder druk had gezet om Fiona als dochter in de armen te sluiten. Waar in haar geval nog bij kwam dat ze Roos bitter haatte. Ik probeerde mij te herinneren hoe ze gekeken had toen ze mij, perfect uitgedost als Roos, onder minstens driehonderd watt in haar deuropening had zien staan. Stalen zenuwen had ze, dat kon niet anders, want ze had niets laten merken. Als ze al verbaasd was geweest, had ze dat meesterlijk weten te verbergen. Maar misschien was ze niet verbaasd geweest; waarschijnlijk had ze allang vernomen dat ik rondliep in de kleren en met de nagels van Roos en mijn haar in haar coupe had laten knippen. Of misschien had ze, omdat ze zich de geest van Roos, door haar te vermoorden, veel effectiever had toegeëigend dan ik ooit zou kunnen, alleen maar als Sara in haar tent gelachen om mijn primitieve pogingen er als lookalike van Roos uit te zien. Zoveel was zeker: door bij haar aan te bellen had ik mijn lot bezegeld, en tien tegen één zou ze alsnog proberen mij uit de weg te ruimen.

Goddank, ik leefde nog, ik kon van de daken schreeuwen: 'Laat Riet ogenblikkelijk vrij, die heeft hier niets mee te maken,' mits ik wakker bleef.

Hoe wonderlijk dat je je achteraf nooit het moment kunt herinneren dat je insliep. Toen ik ontwaakte, wist ik alleen maar dat ik vele uren achtereen verrukkelijk geslapen had. Ik voelde me veel beter, kon nu zelfs mijn ogen openen. Toen ik dat voorzichtig en nog wat traag probeerde, was het eerste wat ik ontwaarde de schittering van flikkerende brillenglazen. Een huivering doortrok mijn hele lichaam, ik wou een schreeuw geven, maar zo groot was mijn schrik en zo woest die schreeuw dat hij in mijn keel bleef steken. O, mijn God, daar was ze, nu zou ze... o, o, en wat moest er dan met de poezen gebeuren?

'Stil maar, kindje, ik ben 't, je hoeft niet bang te zijn.'

Wijd opende ik m'n ogen.

'Jij hier?' vroeg ik stomverbaasd, 'hebben ze je laten gaan?'

'Ja, want die Van Stenis herkende me niet, die moest naar me koekeloeren door zo'n halfdoorlaatbare spiegel en die zei toen vol leedvermaak en zo hard dat ook ik het kon horen: 'O nee, jullie hebben de verkeerde, die dame van de champignons zag eruit als een tenger dwergje, en dit is een plompe heks, nee, jullie hebben weer eens vreselijk misgekleund.'

'Maar heb je dan nu pas achter die spiegel gestaan? Waarom niet meteen op zaterdagmiddag?'

'Omdat die Van Stenis toen al met vrouw en kinderen even helemaal weg was voor een jolige kerst in Center Parcs.'

Ik zuchtte diep, zei toen: 'Wil jij je alsjeblieft over de poezen van Roos ontfermen als me iets overkomt. En ervoor zorgen dat ze bij mijn begrafenis "Soave sia il vento" van Mozart en "Dies Natalis" van Finzi laten horen.'

'Da's afgesproken, maar waarom zou je iets overkomen?'

'Die dame van de champigons weet nu vast en zeker dat ik nog niet dood ben, die loert erop om het klusje af te maken.'

'Dat is mij ook door het hoofd geschoten,' zei Riet, 'en daarom ben ik meteen maar hierheen gekomen en zit ik hier nu als onbezoldigd bewaker. Want 't is hier doodstil, ze werken tussen kerst en Oud en Nieuw op minder dan halve kracht, al wat niet op sterven na dood is hebben ze naar huis gestuurd, iedereen die kwaad wil kan zomaar binnenlopen, en dus ook...'

'Heb jij dan enig idee wie...'

'*Of course*, ik had in de cel alle tijd om eens goed na te denken... De hele kerst heb ik in zo'n prettig, warm hol gezeten.'t Was daar reuze gezellig allemaal... eten en drinken op tijd, en je hebt nergens omkijken naar. Anders zit je die dagen moederziel alleen thuis en nu had ik doorlopend aanspraak, ik heb me best vermaakt.'

'Je houdt je groot.'

'Zou kunnen... gelukkig had ik toen die lui aan de deur kwamen de tegenwoordigheid van geest om mijn discman mee te grissen en alle pianosonates van Beethoven, gespeeld door Richard Goode... zoals me dat opgebeurd heeft... maar ik was ervan overtuigd dat ze me op den duur zouden laten gaan, al had ik dan voor die middag geen alibi. Hoe had ik dat moeten hebben? Ik heb op die middag overal boodschappen gedaan, net als iedereen.'

'Ik hoorde iets over borstkanker. Is dat waar?'

'Da's zo'n raar verhaal, hoe dat in de wereld gekomen is, ik snap er niks van, maar ja, maak maar eens wat mee waar je later een krantenbericht over leest, geen detail dat dan blijkt te kloppen.'

'Heb jij toen ze je verhoorden tegen de politie gezegd wie volgens jou die dame met de champignons dan wel was?'

'Nee.'

‘Waarom niet?’

‘Omdat ik steeds heb gedacht dat ze ’t allemaal zo sluw en perfect in elkaar heeft gezet dat ze als er al een rechtszaak van zou komen, wegkomt wegens gebrek aan deugdelijk bewijsmateriaal. Je kunt haar wel aangeven, maar je kunt niks bewijzen, ik denk dat de politie je hard uitlacht.’

‘Het enige is dat die Van Stenis haar misschien zou herkennen.’

‘Vast niet, tien tegen één had ze zich uiterst kundig vermomd, daar was ze erg goed in, vroeger al... ik herinner me nog...’

‘Ja, je hebt gelijk, ze had zich vermomd, ik heb haar bij de Digros zien lopen.’

‘Hoe herkende je haar dan?’

‘Aan dat eigenaardige schuifelpasje.’

‘Ja, dat kan ze moeilijk verbergen, ze lijdt, zoals je weet, aan een zenuwaandoening, ze heeft misschien niet zo lang meer te leven. Ik denk dat die ziekte haar hersenen ook al aangetast heeft. Want hoe anders te begrijpen dat ze, terwijl ze toch altijd zo’n strenge moraal had, nu zelfs voor moord niet meer terugdeinst.’

‘Maar haar hersenen werken nog goed genoeg om zo’n moord perfect uit te voeren.’

‘Schei uit, ze was altijd al een perfectionist. En zo verbijsterend slim! Veel slimmer dan Eduard. Ze had het geweldig ver kunnen brengen. Maar nee, ze trouwde, kreeg kinderen en was verloren voor de wetenschap.’

‘Hoe zou ze geweten hebben dat ik op zaterdagmiddag bij de Digros champignons wou gaan kopen?’

‘Ze wist dat je een paddenstoelenfreak was, dat wist iedereen op het lab, ze heeft je misschien een paar dagen met die champignons gevolgd, of ze heeft er domweg op gegokt dat je op die zaterdagmiddag... ’t doet me echt denken aan haar experimenten vroeger... ’t was altijd allemaal zo griezelig kundig in elkaar gezet, zo goed doordacht. En reken maar dat ze er ook van uit is gegaan dat je niet alle champignons zou gebruiken. Wat nog over was, is nu vast en zeker onbruikbaar om er nog iets aan te onderzoeken, daarin vind je stellig geen spoor meer van dat Datura-extract.’

‘Dat ze, als haar verstand niet... als ze... je begrijpt me wel, dat ze Roos heeft omgebracht... o, hemel, we zitten erover te praten alsof 't iets doodgewoons is... terwijl...'

'Ja, kindje, ik vind het ook ronduit verschrikkelijk, maar we moeten het allemaal ferm onder ogen zien en 't is misschien toch beter om alles nuchter door te praten... maar wat wou je gaan zeggen?'

'Roos haatte ze, dus... maar waarom wilde ze nu ook mij ombrengen? Waarom ook mij in godsnaam?'

'Misschien was ze bang dat je zo langzamerhand te veel wist.'

Ik zei: 'Ik moet je iets bekennen,' en ik vertelde haar over die avond op het Waardeiland, waarbij ik een beetje verdoezelde dat ik haar man een doodschrik had bezorgd.

'Zo zo, dus die Fiona heb je ook ontmoet... reuze lief meisje hoor, maar Eduards dochter? Laat me niet lachen, enfin, da's een ander verhaal. Ik wou wel dat ik in die cel al had geweten dat jij daar op 't Waardeiland verzeild was geraakt, nu begrijp ik beter waarom ze ook jou... jij duikt op. Twee druppels water Roos. Wat kan ze anders geconcludeerd hebben dan dat jij daar als een als Roos vermomde Nemesis opdook omdat jij griezelig dicht in de buurt van de waarheid was gekomen. En dat was zo, één gedachtesprongetje en je had geweten wie Roos... 't is amper te geloven, iemand die je altijd gekend en enorm gewaardeerd hebt, daarom heb ook ik geen moment gedacht... Maar ja, m'n vader... zo'n onberispelijke heer... toen hij aan Alzheimer leed, kwam hij met z'n drollen van de plee af om ze vervolgens gul uit te delen.'

'Ze heeft toch geen Alzheimer?'

'Nee, maar er is stellig iets mis bij haar.'

'Mis? Als ze dacht dat ik te veel wist en maar beter... ik bedoel, daar schuilt toch gewone logica in? Aan de andere kant, wat had ze van mij te vrezen? Al was ik naar de politie gegaan... zoveel risico liep ze toch niet, ik bedoel, ze heeft Roos zo akelig slim om het leven gebracht.'

'Een nagenoeg perfecte moord, zeg dat wel. Zelfs ik heb haar nooit verdacht, zelfs ik was ervan overtuigd dat er sprake was van een zonnesteek... maar ja, kijk, al was ze dan misschien weggekomen wegens gebrek aan bewijs, dan nog zou ze een heleboel sores aan haar kop hebben gehad. Niet dat ze daar volgens mij, haar kennende, zo erg tegenop zou zien, maar ik denk dat ze Eduard dolgraag zo'n eventuele rechtsgang en al wat daar aan ellende bij komt kijken heeft willen besparen... plus alles wat dan naar buiten was gekomen over de jarenlange verhouding van Roos met de professor, inclusief misschien details over... over... nou ja, dat doet er niet toe...'

'Over SM-praktijken,' zei ik.

'O, zover was jij dus ook al... daar ben je ook achter gekomen... hoe dan ook, ik denk dat ze vooral daarom in paniek is geraakt toen jij te veel leek te weten en dat ze daarom... ze is nu eenmaal dol op haar man, altijd geweest, daar vloeit alles uit voort, ik kan, al blijf ik zo'n moord iets ontzettends vinden, erin komen dat ze Roos vreselijk haatte. Hij is jarenlang tot gek wordens toe verliefd op haar geweest, 't is dat Roos nooit wat anders wou dan een losse verhouding, anders zou hij haar te allen tijde voor zijn Roosje in de steek hebben gelaten. Misschien was dat ook beter geweest... nu heeft ze moeten aanzien dat hij haar jaar in, jaar uit met Roos bedroog. 't Is goed beschouwd een groot wonder dat ze niet al veel eerder... enfin, laten we erover ophouden, ik heb een plan.'

'Wat voor plan?'

'Mij dunkt: het heeft akelig weinig zin onze vermoedens aan de politie mee te delen. Als ze haar al oppakken, moeten ze haar waarschijnlijk weer laten gaan. Laten ze haar niet gaan en komt er een rechtszaak dan houd ik 't erop dat ze wordt vrijgesproken wegens gebrek aan bewijsmateriaal. Je zult zeggen: maar moet ze dan niet gestraft worden voor die zogenaamde zonnesteek en die vergiftigde champigons? Ik voor mij vind dat straf, zeker een jarenlange gevangenisstraf, een belachelijk primitief en akelig ineffectief middel is. Corrigeer je daarmee het gedrag van je medemensen? Nauwelijks. Dus wat is 't anders dan een vorm van vergelding? Mijns inziens moet je nimmer kwaad met kwaad vergelden. Dat is reuze primitief, dat is niks anders dan veredelde wraakzucht. In dit geval lijkt mij vergelding al helemaal niet op z'n plaats. Deze vrouw heeft een leven lang in een hel geleefd omdat haar man het vrij openlijk hield met z'n analiste. Wat ons nu te doen staat is dit: voorkomen dat ze nog een keer zoiets probeert als deze champignontruc. Vandaar mijn plan.'

'Vertel.'

‘Ik ga naar haar toe, ik zeg tegen haar: “Ze hebben mij opgepakt, ik heb in de cel diep nagedacht en ben tot de conclusie gekomen: ze hadden jou moeten hebben. Daar- en daar- en daarom. Behalve ik is er geen sterveling die jou zelfs maar verdenkt. Ik ben niet van plan ooit tegen wie dan ook te vertellen dat jij Roos hebt omgebracht, op één voorwaarde: blijf verder met je handen af van Leonie. Dit temeer daar Leonie er, anders dan jij kennelijk veronderstelt, geen flauw idee van heeft dat jij Roos hebt omgebracht.” En dan vertel ik haar hoe jij die avond via dat wicht Fiona per ongeluk op het Waardeiland terecht was gekomen, en dat dat echt niets uitstaande had met eventuele verdenkingen van jouw kant.’

‘D’r zit één haak en één oog aan dat plan,’ zei ik.

‘Eerst de haak,’ zei Riet.

‘*Du moment* dat je haar zegt dat jij precies weet hoe de vork in de steel zit, loop jij eveneens een groot risico dat je door een of ander soort zonnesteek getroffen zult worden.’

‘Dat heb ik in de cel al grondig overdacht. Ja, dat risico loop ik, maar bijzonder groot is dat niet en daarbij komt: ze heeft me altijd graag gemogen, en heeft in de loop van al die jaren tientallen keren bij me uitgehuild. Hoe dan ook: dat risico wil ik... en lang heeft ze niet meer te leven, dus als ik al risico loop, dan hoogstens een jaar of wat. En als me iets mocht overkomen, kun jij actie ondernemen.’

‘Ja, maar dan ben jij misschien al dood.’

‘Zou jammer zijn, zorg er dan voor dat ze bij mijn begrafenis Beethoven draaien, laatste deel opus 109, gespeeld door Richard Goode. Maar je gaat zomaar niet dood, zo’n vaart zal ’t niet lopen, we zijn terdege gewaarschuwd en ik zal mij voorzien van een middel tegen Daturapillen en -extracten. Dat moet jij trouwens ook in huis nemen, ik zal het je bezorgen. Mijn God, waar praten we eigenlijk over... ’t gaat er maar om dat jij volledig uit de wind blijft. Als ik haar ervan kan overtuigen dat jij er geen flauw idee van hebt wie Roos die zonnesteek en jou die champignons heeft bezorgd, moet dat lukken. Maar hoe sta je daar zelf tegenover, misschien vind je het zo verschrikkelijk dat iemand heeft geprobeerd je te vermoorden dat je hoe dan ook naar de politie wilt stappen. Tenslotte zouden de meeste mensen dat ogenblikkelijk doen.’

'O, nee hoor, dat wil... ik... nee, ik wil alleen maar terug naar m'n poezen... ik wil...'

'Je praat warempel met de stem van Roos... die poezen, die doen toch wat... wie zorgt er nu voor ze?'

'Freek, hoop ik.'

'Is dat die man die bij ons binnenviel toen ik zo'n verrukkelijke quiche bij je at?'

'Ja.'

'O. Enfin, je had 't over een haak en een oog. De haak hebben we gehad, nu het oog.'

'Al gaan wij niet naar de politie, toch zal er vast en zeker een onderzoek komen, en dan kan... ik bedoel, 't is verbazend simpel allemaal, als ze doordenken...'

'Ook dat heb ik in de cel overdacht. Ja, zo'n onderzoek lijkt me onvermijdelijk, al hoorde ik laatst een commissaris op de buis zeggen: "Het werk loopt ons momenteel over de schoenen. Zelfs aan ernstige zaken komen we niet meer toe. Als niet onmiddellijk helder is wie de dader kan zijn, laten we het zitten." We moeten maar afwachten... als wij beiden onze mond stijf dichthouden, en jij dus ook niet vertelt dat je haar op zaterdagmiddag bij de Digros in vermomming hebt zien schuifelen... 't Zijn eerlijk gezegd nogal sukkeltjes hoor, daar bij de politie... Zo'n verhoor, wat was dat bespottelijk... twee van die kerels... dan weer brullen en stampvoeten, dan weer honingzoet uit de hoek komen... je had erbij moeten zijn, zo makkelijk als ik ze op 't verkeerde been kon zetten. Die dachten mij in een vloek en een zucht te kunnen intimideren... Wat was dat vermakelijk, wat heb ik daarvan genoten. Als academicus ben je bepaald aan andere vormen van intelligentie gewend. Tja, 't ligt nogal voor de hand, ben je superslim, dan ga je studeren, dan kom je niet bij de politie terecht. 't Zijn echt niet... ik geloof beslist niet dat daar de allerpientersten rondlopen, spijtig genoeg trouwens. Maar goed, hoe dan ook, doen ze onderzoek, dan kan ze als verdachte in beeld komen, dat is dan niet anders. Ze zal zich dan, als ze al vrij blijft rondlopen, wel twee keer bedenken voor ze jou... Nou ja, niets valt ooit volledig uit te sluiten, het hele leven is tenslotte een vorm van onophoudelijk risico lopen. Ik zal in elk geval m'n uiterste best doen om je te behoeden. Ik heb er immers alle belang bij dat je in leven blijft. Want ga je dood, dan moet ík voor de poezen zorgen.'

'Misschien is er daarnaast ook sprake van een ander belang,' zei ik ironisch.

'Ander belang?'

'Ik kan me zo voorstellen dat jij het geen prettig idee vindt als door een rechtszaak het lab in opspraak komt.'

'Ik geef eerlijk toe dat ook dat een overweging is. Het lab heeft internationaal een uitstekende naam, al proberen die snertlui in Quebec ons zwart... enfin, daar weet je alles van. Een geruchtmakende rechtszaak, daar zitten we niet op te wachten. En ik zeg je er eerlijk bij: ik zou 't ook allemaal vreselijk vinden voor Eduard. Dolgraag zou ik willen dat dit soort ellende hem bespaard blijft, het zou z'n dood zijn.'

Terwijl ik rustig naar haar lag te luisteren, dacht ik: ze is niet naar het ziekenhuis gekomen om mij te bewaken maar om mij te bewerken. Haar oogmerk is niet dat ik uit de wind blijf, ze wil dat het lab uit de wind blijft. Over de gang van zaken op het lab zei Thomas vaak: 'Eduard wikt, Riet beschikt.' Nu wil ze ook beschikken over de rechtsgang. Misschien zal het haar lukken, misschien niet. De vraag is: wil ik daaraan meewerken? Roos is vermoord, ik was bijna vermoord, mocht dat ongestraft blijven omwille van de wetenschappelijke reputatie van een laboratorium en een emeritus hoogleraar? Omdat het niet gelukt was kon ik haar, ooit misschien, over honderd jaar misschien, vergeven dat ze mij met vergiftigde champignons had willen ombrengen, al moet ik er eerlijk bij zeggen dat ik nauwelijks weet wat ik mij precies moet voorstellen bij het bijbelse woord 'vergeven'. Hoe het ook zij, ik had straf, zij het niet zo'n draconische straf, verdiend omdat ik haar man een doodschrik had bezorgd. Maar dat ze Roos had omgebracht, dat zou ik haar nimmer kunnen vergeven, al golden ongetwijfeld verzachtende omstandigheden.

Wat moest ik doen? Ik lag daar en zag golfjes op een in de zomerzon glinsterend slootje. Mijn broer had me in dat slootje geduwd en me er toen weer in paniek uit gehaald, dodelijk geschrokken omdat ik kopje-onder ging. Toen ik doornat eruit was gekomen had hij me gesmeekt niet tegen vader en moeder te zeggen dat hij me in 't slootje geduwd had en we waren wat verderop in de zon gaan zitten zodat ik kon opdrogen, en ik had mij daar, aan die slootkant, door de zon laten troosten en koesteren en ik had naar dat glasheldere water gekeken en naar de kabbelende golfjes die lichtribbels veroorzaakten die geruisloos over de bodem van de ondiepe sloot gleden, en of ik toen al echt beseft had dat straf nooit ongedaan kon maken wat er gebeurd was, dat wist ik niet meer, maar altijd als ik terugdacht aan de alsmaar voortglijdende lichtribbels, en vervolgens aan het feit dat ook hij in de bloei van zijn dagen was heengegaan, was ik er innig dankbaar voor dat ik hem toen niet verraden had.

Dus ik zei: 'Het enige wat voor mij telt is dat, wat wij of anderen ook doen of nalaten, Roos toch nooit meer terugkomt. Dus doe maar wat je goeddunkt, alleen zal Freek op z'n achterste benen staan als de politie het erbij zou laten zitten.'

'Alweer die Freek,' zei ze korzelig.

'Wat heb je tegen Freek?'

'Die pummel heeft die onbehouwen rekels in hun Porsche op mij af gestuurd. Daardoor heeft hij overigens al z'n krediet bij de politie verspeeld. Je had moeten horen wat ze over hem zeiden toen ze mij moesten laten gaan, nee, over die Freek maak ik me weinig zorgen... Och, och, die Roos, dat ze toch met dat slag omging, en jij daardoor nu ook!'

'Hij lijkt een ongelikte beer, maar eigenlijk is hij heel vermakelijk,' zei ik, 'heel oprecht, zo totaal anders dan die geremde academici waar wij mee omgaan, maar ja, erg onbesuisd, zoals je gemerkt hebt, in veel opzichten een groot kind.'

'Net als de meeste mannen.'

'Ik voel me kiplekker, waarom moet ik hier nog blijven liggen? Kijk jij eens, liggen mijn kleren in dat hoekkastje?'

'Ze laten je niet zomaar weggaan.'

'Ik kan toch stiekem wegpiepen?'

'Ik weet niet of ik je dat moet aanraden... Wacht, goed beschouwd wel, hier ben je niet veilig, want zeker nu ze hier lummelen, kan elke schooier die kwaad wil z'n gang gaan, en voor mij zou het een uitkomst zijn, kan ik ook weg, hoef ik niet op wacht te blijven zitten. En omdat hier zowat geen hond is, kunnen we fluitend naar buiten. En Starley staat vlak bij de ingang, want parkeren leverde daarstraks geen enkel probleem op, dus we zijn zo foetsie.'

Het was maar goed dat haar bruinbeige Toyota Starlet zo dicht bij de ingang stond. Toen ik mij had aangekleed en wou gaan lopen, bleek ik zwakker dan ik had gedacht.

'Ja, wat wil je,' zei Riet, 'je hebt sinds zaterdag niks meer gegeten. Maar geen nood, d'r zijn hier overal rolstoelen.'

Ze duwde me even later blijmoedig door de lange gangen. We kwamen niemand tegen; zonder enig probleem passeerden we de portier. Even later nestelde ik mij in haar Toyota terwijl ze de rolstoel terugbracht.

Eén moment brak, toen ik daar alleen in die auto zat, de jubel los. Ik leefde nog, ik was er nog en ik was weer op weg naar huis. 'Und meine Seele spannte, weit ihre Flügel aus, Flog durch die stillen Lande, als flöge sie nach Haus.' Zachtjes en zielsvergenoegd neuriede ik dat onvergankelijke liedje van Schumann.

'Weet je wat,' zei Riet toen ze naast me zat en we zomaar ongehinderd wegreden, 'als we in Roos'... in jouw appartement zijn, bel ik haar meteen op, maak ik terstond een afspraak, liefst voor vandaag nog. Moet ik alleen nog bedenken hoe ik haar kan spreken zonder dat Eduard erbij is. Maar daar vind ik wel wat op.'

Zelfs Lellebel kwam me met zwaaiende staart begroeten toen ik de woonkamer in strompelde en mij op de grote bank liet vallen. Riet had ondertussen haar nummer al gedraaid, kreeg blijkbaar Eduard aan de telefoon. Ze zei een paar keer 'ja', en legde toen de hoorn weer neer.

'Eduard zei dat ze griep heeft. Zaterdag is ze, vertelde hij, 's middags nog een tijdje de stad in geweest. Doodop kwam ze thuis en sindsdien ligt ze in bed. Kan ik mooi morgen op ziekenbezoek. Zit ik boven naast haar bed in hun slaapkamer, terwijl Eduard beneden in de serre zit te werken. Ziek, doodziek is ze! Ook haar heeft het blijkbaar flink aangepakt, misschien is ze minder ver heen dat ik dacht... des te meer kans dat ik haar ervan kan overtuigen... En jij hebt voorlopig niks van haar te vrezen.'

'Ach...' zei ik.

'Ik ga nu, als je 't goedvindt. Drink thee, eet fruit, vruchten zijn toch de allerbeste farmaca, heb je wat te eten in huis?'

'Ik geloof het wel. Misschien staat er nog een bakje aangebroken champignons.'

# Verantwoording

Het gedicht op blz. 116 is van Osip Mandelstam, vertaling Marja Wiebes en Magriet Berg.

Het citaat op blz. 202-203 is afkomstig uit George Watt: *Dictionary of the Economic Products of India*, Calcutta 1889-1896, lemma Datura fastuosa, Criminal Purposes. De oorspronkelijke tekst luidt als volgt:

Baden Powell alludes to a series of samples shown in the Lahore Museum as illustrative of the criminal methods of using the drug in Upper India. He says (quoting from a report of these written in 1863): 'The series consists of the seeds of the plant in their raw state, seeds roasted, essence of the seeds, atta (flour) drugged with the poison, sugar ditto and tobacco dito.' He then remarks this is the agent used bij the 'Thugs' to stupify their victims. 'Both kind of the dhatura, the white and the purple, are used, but the white (sic) is considered the most efficient. For poisoning purposes the seeds are parched and reduced to a fine powder: thus it is easily mixed with sugar, tobacco, &c. Also the professionals distil the seeds with water forming a powerful essence; ten drops of this is sufficient if put into a chillam of the huka to render a man insensible for two days. The taste is acrid and bitter, and soon followed by a burning suffocating. It is very difficult to detect in a post mortem examination. The victims are usually discovered in a state of insensibility, and breathing hard and heavily; if removed, care should be taken not to expose them to the heat of the sun, which is fatal. The action of the poison is quicker in the hot weather than in the cold; much, of course, depends on the individual constitution of the victim, but usually in hot weather it begins to work in five minutes, coma supervening within the hour.'

Van Maarten 't Hart verschenen bij De Arbeiderspers:

ROMANS

*Stenen voor een ransuil*
*Ik had een wapenbroeder*
*Een vlucht regenwulpen*
*De aansprekers*
*De droomkoningin*
*De kroongetuige*
*De jacobsladder*
*Het uur tussen hond en wolf*
*De steile helling*
*Onder de korenmaat*
*Het woeden der gehele wereld*
*De nakomer*
*De vlieger*
*De zonnewijzer*

VERHALENBUNDELS

*Het vrome volk*
*Mammoet op zondag*
*De zaterdagvliegers*
*De huismeester*
*De unster*
*Verzamelde verhalen*

NOVELLE

*Laatste zomernacht*

ESSAYS

*De vrouw bestaat niet*
*De kritische afstand*
*De som van misverstanden*

*Ongewenste zeereis*
*Het eeuwige moment*
*Een dasspeld uit Toela*
*Een havik onder Delft*
*Du holde Kunst*
*De gevaren van joggen*
*Johann Sebastian Bach*
*De schrift betwist*

AUTOBIOGRAFIE

*Het roer kan nog zesmaal om*
*Een deerne in lokkend postuur*

WETENSCHAPPELIJKE STUDIE

*Ratten*